心师

成为自己　成为教师
成为心理咨询师

蔺桂瑞　著

哈爾濱工業大學出版社

内容简介

她从山区小学教师成长为大学教授；她由一名心理学的门外汉成长为一位优秀的心理学家；她有着“小姑娘”般纯真快乐的心态；她在年近七旬时去了南极；她46年爱如当初的婚姻令人羡慕；她的家庭幸福和睦……她用爱书写了50年的教师生涯，她用一个不断完善的自己诠释了一名心理咨询师最重要的品质；她在生活中随时运用心理学，将自己的生活活成了一部现实的积极心理学。本书作者蔺桂瑞在书中通过讲述自己的人生经历和体验，分享了她对生活中诸多问题的思考与处理方法。每个人都希望自己拥有积极乐观的心态和幸福和谐的人生，相信读者会从此书中获得启发。本书适合广大教师、心理咨询师、学生和更广泛的人群阅读。

图书在版编目(CIP)数据

心印：成为自己　成为教师　成为心理咨询师 / 蔺桂瑞著. —哈尔滨：哈尔滨工业大学出版社，2019.11

ISBN 978-7-5603-8517-4

Ⅰ. ①心… Ⅱ. ①蔺… Ⅲ. ①回忆录-作品集-中国-当代 Ⅳ. ①I251

中国版本图书馆CIP数据核字(2019)第214881号

心印：成为自己　成为教师　成为心理咨询师

XIN YIN：CHENGWEI ZIJI CHENGWEI JIAOSHI CHENGWEI XINLI ZIXUNSHI

策划编辑　李艳文　范业婷
责任编辑　那兰兰　付中英
出版发行　哈尔滨工业大学出版社
社　　址　哈尔滨市南岗区复华四道街10号　邮编150006
传　　真　0451-86414749
网　　址　http://hitpress. hit. edu. cn
印　　刷　哈尔滨市石桥印务有限公司
开　　本　787mm×1092mm　1/16　印张23　插页4　字数278千字
版　　次　2019年11月第1版　2019年11月第1次印刷
书　　号　ISBN 978-7-5603-8517-4
定　　价　56.00元

致　谢

感谢父母，给予我生命，给予了我做人的所有积极品格；

感谢爱人，给予了我相伴一生的温暖、理解和包容；

感谢儿女，给予了我生活的快乐和幸福；

感谢弟弟妹妹，给予了我温暖和力量；

感谢老师，给予了我智慧的启迪，教会我怎样做人；

感谢同学朋友，给予了我友爱和情谊；

感谢领导，给予了我事业上的关怀与引领；

感谢学生，给予了我源源不断的青春活力；

感谢来访者，带我探索人生的奥秘，认识美丽的生命；

感谢相遇的每一个人，丰富了我的人生，催发了我的成熟；

感谢我自己，选择了一个终身挚爱，给别人关爱，也让自己不断完善和成长的事业。

作者简介

ZUOZHE JIANJIE

北京首都师范大学教授，原心理咨询中心主任

教育部普通高等学校学生心理健康教育专家指导委员会委员

北京市高校心理素质教育专家指导委员会副主任

北京高教学会心理咨询研究会名誉会长

中国心理卫生协会大学生心理咨询专业委员会常务理事

中国心理卫生协会团体咨询专业委员会常务理事

中国心理学会临床与咨询心理学注册系统首批注册督导师

北京大学等全国 23 所大学的心理健康教育顾问、兼职教授

北京西城、石景山、怀柔、密云区教委心理健康教育顾问

长期从事高校心理健康教育及心理咨询工作。近年来完成国家级、市级科研课题 20 余项，发表学术论文 40 余篇，主编（合编）著作 13 部

获北京市优秀教师，北京市优秀教学成果一等奖等多项奖励，主讲课程被评为教育部国家级精品课程、国家级精品资源共享课程

序

师爱，50年初心不变

我认真地拜读了蔺桂瑞教授的《心印》书稿，印象颇深、受益良多。这是一部成功人士的自传，是一本大学学者的口述历史，更是一份优秀教师教育工作的经验总结。

蔺桂瑞教授曾走进大山当小学老师，也教过中学生，担任过校长。她因出色的基层工作业绩，被任命为县级教育局领导干部。由于组织上的信任，她上完大学后又被任命为高校的处长。之后她学习心理学，转做心理咨询师。通过艰苦奋斗，她晋升为心理学教授。她的发展历程可谓精彩纷呈。虽然职务多变，但是她信念坚定，不忘初心，最为突出的一点是，忠于党的教育事业。她用爱岗敬业、关爱学生、严谨治学、为人师表诠释了50多年的教师生涯。

蔺桂瑞教授是一位出色的心理健康教育专家。她创建了首都师范大学的心理咨询中心，从废品堆中淘出了办公用品；走出被误解的孤独，逐步建立并壮大了心理咨询教师队伍；在非典与抗震救灾中锻炼和考验了她所带领的队伍。蔺桂瑞教授为首都师范大学心理健康教育事业呕心沥血，开展了一系列开创性工作：首次开展体验性心理咨询技能培训，首次举办辅导心理学研讨会，首次把自杀危机干预培训引进高校，首次使得心理咨询专业课程被评为国家级精品课程。这四个“首次”充分反映了蔺桂瑞教授在心理咨询工作中的创新。蔺桂瑞教授的创新工作，获得了国际同行的称赞，赢得了多位国外心理治疗专家的信任并与他们合作。蔺桂瑞教授众多著作的出版、多项优秀教学成果奖项的获得，正是几十年如一日地努力与创新的结晶。

蔺桂瑞教授用发自内心的爱滋润着师生的心田，这就是师爱。师爱是师德的灵魂，我称之为“师魂”。师爱是教育好学生的感情基础，学生一旦体会到这种情感，就会“亲其师”而“信其道”，获得教育的实效。蔺桂瑞教授以师爱之心爱护学生，也以仁爱之心爱护同事（教师）。我在《心印》中看到：她在从事基础教育时，对山区的学生付出了真心、真情、真诚，用本来就微薄的工资为学生购买学习用品，关心偏僻山村孩子的成长；她在从事心理健康教育工作时，引导了多名大学生走出心理困境，帮助了多名大学生走出自杀危机，使接受心理咨询的大学生走上健康之路，走进身心健康的乐园。她的师爱，为“健康中国”增色添彩。仁爱之心，使蔺桂瑞教授在50年平凡的教师生涯中创造出了不平凡的业绩，甚至是奇迹。

蔺桂瑞教授为什么这么出色？我想用十六个字来概括：家国情怀，责任担当，人格修养，高尚师德。我不用一一展开论述了，相信细心的读者在读完这本《心印》之后会同意我的看法，并愿意与蔺桂瑞教授共同分享其一步一个脚印的人生哲理。

是为序。

林崇德 教授

2019年1月9日于北京师范大学

林崇德简历

林崇德：北京师范大学资深教授，博士生导师。中国心理学会前理事长，中国著名心理学家、教育家，现任教育部人文社会科学委员会委员兼教育学心理学学部召集人，教育部高校心理健康教育专家指导委员会主任，中央直接掌握联系的高级专家，32所高校兼职或客座教授。先后获得全国劳动模范（2000）、全国“十佳师德标兵”（2001）、全国优秀教师（2006）、全国优秀科技工作者（2012）、全国杰出专业技术人才（2014）、北京市人民教师（2017）和当代教育名家（2017）等荣誉称号。美国《肯特信使报》将他与美国大教育家斯波克（Benjamin Spock）相媲美，我国核心期刊《中小学管理》称他为“中国基础教育改革的播火者”。

自序

爱，我生命中永远的旋律

2018年，我72岁了，跨入了人生的第6个本命之年。当教师50年了，走过了半个世纪的教师生涯；做心理咨询师25年了，走过了四分之一世纪的心理助人之路。72年，我从一个胶东潍河边出生的山东小妮，成长为北京的一个“年轻”的老人；50年，我从一个稚嫩的山村小学教师成长为一名大学教授；25年，我从一名心理学的门外汉，成长为一名心理咨询师、督导师。一路走来，触摸着生活，感悟着人生。

生命中总有一些与我相遇的人或事情触动我的心灵。让我去感，去悟，去思，去为。我只是一个普通的教师，没有什么跌宕起伏的人生经历，我在这里记录的都是日常生活、工作中的一些经历。这些经历常常会引发我的感受，引起我的思考，催迫我的行动，让我从中得到学习与成长。它们如同大海中泛起的一朵朵小小的浪花，然而就是它们汇集成我内心丰富的情感，成为我内心中绵延不绝的一个个音符，成为我生命的旋律。哲学家柏拉图说：“心中的旋律能够渗透到心灵的深处。”也正是这些丰富的情感让我感受到了我生命中的那些深深的爱：来自父母的发自心底的爱，来自丈夫的相伴相生的爱，来自儿女的贴心窝的爱，来自弟弟妹妹血脉相连的爱，来自老师们的肯定和鼓励的爱，来自领导的信任与关怀的爱，来自同事、朋友们的支持和陪伴的爱，来自学生们的亲近与尊敬的爱，来自大自然的宇宙广博的爱……这些爱汇集成我生命的能量，滋养了我的灵魂，让我的生命充满了色彩与热度。这些爱化为我对父母，对爱人，对家庭，对儿女，对身边所有人的爱，成为我对生活的爱，我对学生的爱，我对来访者的爱，我对教育事业的爱。

没有情感的生活是无味的，没有情感的教育是冰冷的，没有情感的心理咨询是不能深入人心的。我感恩生命中所得到的这些爱。它们给了我源源不断的生命热情和活力，给了我在教师职业中始终不渝的追求和努力，给了我在心理咨询事业上持续发展的动力。我感恩生活中所有的遇见，所有的经历，无论是艰苦、磨难，还是成就、荣誉，它们如大海沉香，沉淀下来都是我人生最宝贵的财富。

教育是什么？我理解的教育是育人，是使人成为他自己，成为一个完整的人，而不是单纯地传授知识和技能。心理咨询是什么？我理解的心理咨询，不是写在书上的那些抽象的理论和方法，心理咨询的理论是千百万人心理活动的概括和总结，心理咨询的方法是人类生存的智慧和生活的技能。因此做教师，首先要认识自己，让自己成为一个完整的人，然后才能教学生怎样做人。学习心理咨询，要回归到生活，要学会在自己的生活中应用它们。我是带着人生的许多经验和体验去学习心理学的。我学习心理咨询首先是把这些心理学的理论和方法运用于自身，让自己变得更加自信、积极和乐观，让自己的婚姻更加幸福，让自己的家庭更加和谐，然后再去教育和帮助别人。因为在我的信念中，学生、来访者和我都是同样的人。当我能够用自己的生命体验那些关于心理咨询的理论和方法时，我也一定会影响到他人。我始终认为，教师教了什么，心理咨询师做了什么并不重要，重要的是你自己是一个什么样的人，你自己怎样活出自己的生命。你的存在本身就为他们做出了示范，他们就会照你的样子去生活，他们就会信服并愿意听你所说的话，愿意为自己做出改变。因为他们从你这里看到了生命的美好和希望。正如我曾经教过的一个学生对我所说："您是一个能让我们看到纯净与美好、光明和希望的老师。"倘若我缺少自信，倘若我对生活、工作没有热情，倘若我对人际关系疏离与冷漠，倘若我的婚姻不幸福，倘若我的家庭不和谐，倘若我缺乏对人生的积极体验，我怎么能帮助我的学生和来访者信任自己和他人，怎么能帮助他们热爱人生和世界，去寻找他们人生的意义和价值呢?

在我看来，教师、心理咨询师都是用生命影响生命、用情感激发情感、用人格培育人格的职业，我一直希望能够不断地学习心理学的知识，不断地觉察和完善自己，让自己的生命更加灿烂地绽放，通过自己的存在影响更多的学生和来访者，运用我的爱与智慧帮助他们的人格健康成长，让每个生命都活出自己的精彩。

我不断地学习着、提升着，努力地付出着、探索着、研究着。我用爱，也用汗水和泪水播撒着爱的种子，与此同时我也收获了幸福、快乐和自信。我收获了学生们的成长，收获了来访者的信任，收获了丰厚的心理素质教育的研究成果和工作成果。

回顾这一切，我内心充满感激。一路走来，感谢所有给予我关爱和支持的领导、同事、朋友和家人，还有我所有的学生和来访者!

尽管我已年过七旬，但我还会不断地努力学习，继续为我深爱着的教师和学生们，为我深爱的教育事业奉献自己的余晖。

写下这本书，是对自己成长的回顾与总结，从而更加坚定自己内心对真实、纯净、踏实、信任、爱的坚守，同时也是想与青年教师和心理咨询师分享：一个教师、心理咨询师，带给学生和来访者最重要的是自己作为一个真实的人的不断完善与成长。

目　　录

1/ 父母，我对根的感激

我是谁？我从哪里来？当我越来越清楚地知道我从哪里来时，我就越来越感恩我的父母，是他们给予了我肉体和灵魂，给予了我爱的情感，滋养了我的一生。

2/ 婚姻，爱如当初

婚姻不就是为了爱吗？我们就是这样平凡地牵手走来，从青春羞涩的相望，到霜染乌发的搀扶，一路品尝着生活的酸甜苦辣，阅读着爱和幸福，我们爱如当初。爱，温暖着我的生命；爱，催发着我的成熟。

3 经历，生命的触动

生命中总有一些与我相遇的人或事情触动我的心灵。让我去感，去悟，去思，去为，让我从中得到学习与成长。它们如同大海中泛起的一朵朵小小的浪花，然而就是它们汇集成我内心丰富的情感，成为我内心中绵延不绝的一个个音符，成为我生命的旋律。我感恩生命中所有的遇见。

4 工作，生命的守望

教育，是用生命影响生命，用人格塑造人格的事业；教育，在滋养他人生命的同时，教育者自己也得到了心灵的滋养；教育，培育了他人，教师自己也获得了成长；教育，是对自己和他人生命的守望。我骄傲，我看到了一个个学生生命的绽放；我幸福，我享受着教师工作带给我的幸福和成长。

5 思考，走近真实的自己

感恩我对哲学和心理学专业知识的学习，养成了我爱思考的习惯。当我对生活多了一些思考时，我就对自己多了一些清醒，就越加知道我自己是谁，我要什么，我就可以更加自觉地活出我的人生，也会因之带给我的学生，带给我的来访者生命的成长。

6 生活，还有诗和远方

生活不止眼前的苟且，还有诗和远方。我对生活充满了好奇和喜爱，我享受着每时每刻生活的美好，我希望自己活出春天般的生命，我也希望我的学生和来访者活出生命的春天。

1

父母，我对根的感激

我是谁？我从哪里来？当我越来越清楚地知道我从哪里来时，我就越来越感恩我的父母，是他们给予了我肉体和灵魂，给予了我爱的情感，滋养了我的一生。

我的父亲母亲

父爱是高山

我的父亲是一个很普通的人，他个子不太高，文化不多，平时不怎么爱说话，我小时候总觉得我的父亲不如别的同学的父亲强大。然而，2004 年末，小学同学的一次聚会深深地触动了我，让我认识到了父亲是我成长的航标，是他在我人生的关键时刻为我订立方向，才使我有了今天事业的成功，人生的幸福。我在自己年近花甲时才真正认识到，父爱是高山。

父亲支持我上学

那是一次我们分别了 45 年后的小学同学的聚会。大家聚在一起，很自然地回忆起儿时的生活，个人的成长经历。我身边的几个同学谈到他们小学时学习成绩都很优秀，为了帮助父母分担家庭重任，小学毕业后就做了幼儿教师，这突然触动了我，把我带到了 45 年前的情境中。当时，我家的生活也非常困难，父亲每月三十几元的工资要养活我们一家六口人，我那时也了解家中生活的艰难，看到同学去当幼儿教师，也想早些挣钱，以补贴家中的费用，就跟父亲说了自己的想法。

我记得父亲听了后只说了一句："你还小，要念书。"于是我上了初中。初中三年，我的学习成绩一直很优秀。毕业时，我很想报考高中，以后准备考大学。我的班主任老师也认为我成绩优秀，应当考高中。但那时由于家境困难，弟妹三个要上学，父亲建议我考中专，说中专毕业就有工作了，好协助弟妹上学。那时，我心里真是很矛盾。一方面，我一心想上高中，考大学；但另一方面，我深知家里的困难，有一种帮助家里分担重任的责任感，觉得应听从父亲的意见，放弃上高中的想法，但又不甘心。我的班主任老师知道了我的难处后，说她要在家长会后找我父亲谈话，说服他让我考高中。我现在还能记起当时的情境。老师在教室里边跟我父亲谈话，我怀着一颗忐忑不安的心在教室外面等待。那是一个多么痛苦而矛盾的时刻啊！我一方面期盼着父亲能够听从老师的劝说，同意我考高中；另一方面，又怕让父亲为难，因为家里实在是困难呀！我甚至对自己有些自责，觉得自己想上高中是没有为弟妹考虑，太自私了。我当时就是在这种矛盾的心理状态下等待着，等待着。终于父亲从教室中走出来了，我不敢问他与老师的谈话是什么结果，因为我很害怕。父亲走到我面前，平静地对我说："老师说你学习好，应该考高中，上大学，你上高中吧，家里困难我想办法解决！"听了父亲的这句话，我眼泪止不住地往外流。父亲呀，我感谢你对女儿的理解，我知道你有多难！记得我填写报考志愿书时，我只在前边填上两个重点高中，其余四个志愿全都填的是中专和中技。我想如果考不上好高中，就上不了大学，那就上中专，早些出来工作，分担父亲的重担，这也是当时我为自己找的一种心理平衡吧。在这人生的转折时刻，父亲能为我的前途着想，克服种种困难支持我读书。于是我才有可能成为今天的大学教授，才会有今天的成就。我一生一世都感谢那善良朴实、不善言谈，但在关键时刻能够为我把握方向的父亲！

父爱点点滴滴

那一次的小学同学聚会让我回忆起了与父亲生活的一件件往事。

我小的时候，父亲在北京工作，我和母亲在山东农村老家生活。直到6岁跟母亲来北京才见到父亲，跟他的感情不深。但几件小事让我感受到了他对我的爱。有一次是他们单位发了一张在文化宫剧场看节目的票，因为只有一张，他自己舍不得看，就把我送进剧场，他在外边等我。那时，我真是不懂事，进去看了一会儿，好像是口技表演，以为这一场都是这类节目，觉得没意思就跑出来了。现在想起来感到很后悔，由于缺少见识，辜负了父亲的一片好意。

小时候，每天早上都是母亲为我梳小辫。有一次母亲回老家了，父亲为我梳小辫。因为以前他没梳过，手笨笨的，但直到现在我还清楚地记得当时的那种感觉，尤其是他用亲自买来的红绸带在我发辫上系上一对红蝴蝶结时，我心里高兴极了，我仿佛第一次感受到了父亲那发自内心的爱。

记得小时候由于家里生活压力太大，母亲脾气很急，常为我犯的一点小错就打骂我，父亲常常护着我，有时还会为了我和母亲争吵。有一次，母亲给了我5斤面票让我去买挂面，结果我把面票弄丢了。那时粮食短缺，5斤面票是全家好几天的口粮。因此母亲非常生气，就要动手打我，父亲慌忙挡住，为此母亲认为是父亲惯着我，和他吵了起来。我当时年龄小，只是害怕。现在想，父亲都是为了保护我。

在父亲眼里，我永远是一个需要悉心关爱的小姑娘。1968年我参加工作了，被分配到北京密云山区做小学老师。也许是父母知道我工作环境的艰苦，也许是他们舍不得女儿远离他们，每次我回家休假，他们总要亲自接送。记得那时交通不方便，我要早上 5 点多起床，赶 6 点多的火车去密云。早上，父母比我起得早，母亲为我煮面条，烙糖饼，爸爸则为我打点要带走的东西，一样一样地替我装到提包中。然后，让我坐在他的自行车后边，一直把我送到火车站。到了火车站，又一直目送我进站，常常是我走好远了，回头看时，他还没有离去。每次从家里离开时我总是含着眼泪，恋恋不舍，直到火车快到密云时心情才能调整过来。每次回家，父亲老早就在火车站外等。每当快出站时，我就像个小孩子似的，用急切的目光找寻着父亲。当我在人群中一下子找到他时，别提多高兴了。每当这时，父亲就会微笑着看我半天，看看我是胖了还是瘦了，然后接过我的手提包，依然让我坐在他的自行车后边，带着我回家，一路问这问那。我坐在他的“二等车”上，高兴极了，那些在山区的苦啊，累啊，全都忘没了。就这样，每次回家都是父亲接接送送，直到有一天他把我放心地交到我爱人的手中时，才肯放手。

父亲，我人生的榜样

父亲不善言谈，我很少听到他的表扬。只有一次，我听到了他的表扬，感动得哭了。那是我当了密云县教育局副局长之后，有一次休假在家，我在里间屋里照顾孩子睡觉，父亲在外屋跟我从东北来的表叔聊天。隔着墙我听到父亲对表叔说：“桂瑞这孩子不容易，吃了很多苦，全凭自己奋斗到今天。”我哭了。这是我第一次听到父亲的表扬，尤其是在外人面前，我真的很高兴。小时候他总爱提起我入小学备考的事，总说我笨，学过一年了，还落了个备取生。但今天我终于得到了他的表扬，我觉得这表扬的分量好重，好重！我自豪，因为我是他的骄傲。他在家庭生活那样困难的条件下支持我读书，我没有让他失望。

其实，父亲虽然不善言辞，没有文化，但他在许多方面教育了我，影响了我。记得刚上一年级的时候，我那时似懂事非懂事，他给我讲“绿林好汉”的故事，我记不得是什么人物了，但很爱听。现在想起来他讲的是《水浒传》的故事，我想我喜欢历史、文学，这大概是父亲最初的启蒙吧！

父亲11岁时就失去了父母，从十几岁就出外做工，吃尽了苦，但他很好强，他从我们小时候就教育我们要“人穷志不短”，一切靠自己奋斗。记得他四十几岁时，患了胃穿孔病，在医院做手术。单位领导知道后，给家里送来了补助金。父亲出院后知道了这件事，当着我们的面批评了母亲，说当时不该收下，再困难自己也要克服，不能拿国家的钱。后来他把这钱退回去了。这件事给我的印象非常深，从那时起，我处处要求自己，自力更生、艰苦奋斗，因此把自己锻炼得比较独立坚强。

父亲经常教育我们要知恩图报，对帮助过自己的人要永远感激，要有所回报。董叔是我父亲一生的好朋友。在我家最困难的时候，董叔给我家送来一袋面。这件事情父亲多少年来总在我们面前提起，让我们永远不要忘记。后来我家生活好了，每到过年过节都要去看董叔。父亲去世后，我们姐弟四人也像对待自己的父亲那样，买董叔爱吃的各种食品去看望他，直到他去世。父亲的教导，已经成为我做人的信条，对待所有帮助过我的人，我都会感恩、回报。

正是父亲的言传身教，培养了我勤奋好学、吃苦耐劳、善良待人的品格。我常想，如果父亲能活到今天，看到我的成长，该是多么自豪和骄傲啊！我能有今天，要感谢我的父亲！

我替父亲还遗愿

1999 年暑假我应邀去青岛做培训。培训结束后见到了从北京来到青岛驻军的张政委，张政委知道我也是山东人，就对我说，这次来山东有什么个人愿望都可以向他提，他会尽量满足我。我一贯是不愿给别人添麻烦的，但见张政委那么诚恳、爽快，我就把深藏在心中许久的愿望向他表达出来了。我说："我希望能回趟老家昌邑市韩家扶宁村看看。"张政委一口答应。他派了司机和参谋第二天就送我回了老家。

我从 6 岁离开老家，只在 8 岁那年跟姑姑回去过一次，40 多年没回去了，老家除了姑姑家的亲戚外，已经没有什么亲人了。但故乡情多少年一直牵动着我，难以忘怀。这次回来，最重要的不是为了我自己，而是为了我的父亲，为了还父亲临终前的遗愿。

父亲 11 岁时我的爷爷奶奶就去世了，15 岁时就走出家乡外出打工，后来在北京安定了下来。以后他只回过两次老家，一次是他 27 岁时回去和我母亲结婚，一次是他 31 岁时回去探亲，再往后到他 76 岁去世，再就没回过老家。父亲在世时一直怀念故乡，常跟我们谈起他记忆中家乡的人和事，总希望有时间回老家看看。但一直未能如愿。

他上班时没时间回，刚退休那几年跟我念叨过几次，希望我陪他回，但我那几年总是因为孩子小、工作忙，没时间陪他回，再到后来他身体不好，就不方便回去了。1994 年冬天，父亲突然病倒了，住进了医院。我们几个孩子轮流在他身边看护。我那天早上接班后，看父亲的身体状况还不错，也有了些精神，就陪他聊天。我们又谈到了他回老家的事。我说："爸，这次等您病好了，这个暑假我一定陪您回老家看看。"父亲听了很高兴。我们全家都满以为他会很快地好起来。没想到我俩刚聊过天的一个小时左右的时间，父亲突然大量便血，病情一下子重了起来。于是医生紧急输血、采取紧急措施止血。到了下午 4 时，父亲因大量失血昏迷了过去。我那时恐惧极了，我怕父亲再也醒不过来了。上午我已通知两个出差在外的弟弟，他们正在往回赶的路上。大夫一直在抢救之中，但我看父亲的状况一时不如一时，怕父亲最后一刻见不上他的两个儿子，我焦急地不断在心中对父亲说："爸，你一定要坚持到弟弟们回来！"我不住地恳求着大夫："大夫，求求你们，救救我的爸爸，救救他！我弟弟马上就会回来！"也许是父亲在等待弟弟们。当弟弟们赶回来，出现在他面前时，他十分清醒地看着他们说："你们回来了？"很快就又昏了过去。我们大声呼喊着，大夫们又紧急抢救，

年轻时的父亲

这时只听到父亲在昏迷中说了一句话："山东老家。"说完这句话后，他就再也没醒过来。这是父亲弥留之际留给我们的最后一句话。不久，父亲就永远地离开了我们。回山东老家，是父亲生前没有完成的愿望，也是他生前的遗憾。这句话一直重重地放在我心里，想起来它就如同针扎一样刺痛着我。我一直感到深深的内疚和自责，后悔在他生前没有帮助他实现这个愿望。因此替父亲回老家看看，还老人家这个遗愿，是我这 5 年以来心里最大的一个愿望。

这个愿望马上要实现了，我激动得一夜没睡好觉 ，想象着老家的样子，恨不能马上到家。

第二天一早，坐上部队派的汽车驶上了回家的路。我离开老家 40 多年了，完全不认识路。汽车行驶了几个小时后，司机小王告诉我："现在进入昌邑界内了。"听到这话，我眼泪唰的一下子掉了下来，心里涌上一句话："爸，快到家了！"后来我们接了在县城住的我的表姐，请她带路，很快就到了我们村。表姐把车引到我老家门前停了下来，说了声："到家了！"我下了车，眼泪像断了线的珠子，不住地往下淌。"到家了，爸。终于回来了，女儿替您回家来了！"我心里一直在想着，说着。由于家里人都在北京，很多年前我老家的房子就卖给了邻居，这眼前的房子已经不是我们的了，但在心中它依然是我们的家。现在的屋主老大娘热情地招呼我们进到院子里，我们做了自我介绍。她高兴地指着这院子给我介绍着。她说这院子的格局还是老样子，房子也还是原来我家盖的房子，只是因年久屋顶漏雨，重新换了瓦。我看到北屋那 5 间房，就回忆起来了。那靠西的两间是我二大伯一家住，中间两间是堂屋，即客厅加饭厅，靠东边的一间是我家住。当年我父亲和母亲结婚就在这间房中，以后父亲到北京工作，母亲带着我和大弟就在这里住。我父亲在这里出生，在这里长大，在这里结婚，在这里生育儿女。他离开老家这些年，一定时时在想着这个院子，想着他住的这个房子。我在这里拍了许多照片，准备回去给父亲扫墓时向他汇报。

当我们从院子中走出来时，街上已聚集了许多人。村里的乡亲们听说我家从北京来人了，都跑过来看望。我虽然一个也不认识，但他们满口的乡音让我听起来特别亲切，一下子就想到了我父母，因为他们到北京后乡音一直未改。乡亲们热情地与我交谈，还邀我到他们家里去坐坐，我因还要赶路，就婉言谢绝了他们的好意。临走时他们一再叮嘱让我问北京的家人好，让我捎话，叫他们常回来看看。说实话，我没记住他们的名字，也弄不清他们跟我家是什么关系，但我被他们那浓浓的情意所感动了。我觉得他们都是我的亲人。这朴实的、真挚的乡情是山东特有的人情，我想父亲日夜思念的老家，不仅是山东老家的地方，老家的房子，还有老家乡亲们特有的情感。

告别了依依不舍的乡亲们，我们登上了村西头的河堤。从河堤上往下看，那静静流淌的河流是潍河。这潍河在这里流淌了多少年，家乡的人谁也说不清楚。我只听母亲说过，我出生那年正赶上这条河发大水。小时候我也常在河边玩耍。我想父亲一定也很想念这条河，他小的时候也一定和小伙伴们在这条河里摸过鱼，捞过虾，也一定在这条河边一起调皮地嬉笑和玩耍……站在这高高的河堤上，我仿佛看到当年那个失去父母的瘦弱的少年父亲，背着行囊一步步地走出家门，远走他乡。从此，他无依无靠、独自漂泊、在外谋生。他十几岁就在店铺中当学徒，凌晨就起来为东家倒尿盆，打扫屋子，伺候东家一家老小吃早饭……由于自小体弱加上劳累，他得了胃病和老寒腿，多年一直不好。中华人民共和国成立后虽说有了公职，但他工资少，一个人要养活全家六口人，负担一直很重。待到我们姐弟四人都长大成人，他也老了，身体愈加衰弱。但他那虚弱的身体里的那股从老家带出来的山东人特有的耿直、朴实、坚韧的精神，使他没有被生活压垮，反而很积极乐观。他在工作上兢兢业业，埋头苦干，他是财贸战线上的一名老共产党员。父亲也经常教育我们要像他那样，做一个正直、朴实的人。如今，父亲走了，他的一生是那样平常，但他无愧于生他养他的这片故乡的土地。唯一遗憾的是，他离家 40 多年没有来得及再回来看一眼他的故乡。但今天，我代他回来了，我代他问候了他的故乡，问候他故乡的亲人们，让故乡和故乡的亲人们知道，父亲一生一世都在思念着他们。父亲，您安心吧！我替您还了回山东老家的愿！

母亲最后的礼物——爱、死亡和生命的价值

我是谁？我为什么活着？我怎样去生活？这是每一个活着的人都要面对的终极问题。当我经历了母亲去世这一人生中的重大事件时，我有机会对人生的爱、死亡与生命的价值等一些问题进行深入的思考，因之有了前所未有的体验。

爱是永恒的成长动力

爱是什么？当我最亲爱的母亲去世的那一刻，我放声痛哭，再也看不到我的母亲了，再也得不到她那无微不至的爱了，我也再不能向她表达我的爱了……此刻间，母亲的爱从我心中腾涌了出来：爱是在那贫困的日子里，母亲为抚养我们，彻夜不眠帮人做活累弯了的背；爱是我们幼年时的除夕夜，母亲为使儿女拥有像别人家孩子一样的欢乐，赶制新衣熬红了的双眼；爱是女儿20岁被分配到偏远山村任教时，母亲跋涉数百里山路送给女儿的安慰与鼓励；爱是女儿生第一个孩子难产时，母亲秋夜里站在产房外的担心与期待；爱是女儿下夜课回到家，母亲端过一碗热面汤时那双颤抖的手；爱是母亲抚摩着女儿从人民大

会堂领回的“北京市优秀教师”奖状时那幸福而骄傲的笑容；爱是临终前一天，母亲对女儿身体一点小病的最后一次问候……

母亲走了，她把爱也带走了吗？不，没有！我看到她的爱留在了我的身体里，融在了我的灵魂中。母亲的爱是我成长的动力，而且已经化为我的爱的能力。我爱丈夫，爱儿女，爱学生，爱事业，爱周围一切与我相处过的人。爱使我获得了成长，获得了幸福，也获得了人们对我的爱。由于有了爱，无论生活中遇到什么艰难与挫折，我带给人们的常常都是一张笑脸。我因爱而成长，我也将继续用自己爱的力量使我的学生们因爱变得更成熟，更健康，这也就是我奉献给母亲的爱。从成长的意义上看，爱是永恒的。

热烈地追求生与坦然地接受死

母亲是一个热爱生活的人，是一个非常坚强的人。幼年的遭遇，中年生活的艰辛，老年疾病的折磨，从没使她畏缩过。随着社会的发展，她越发乐观开朗了起来。她思维敏捷，接受新鲜事物很快。年近80，还常常与孙辈们谈论些电视里的热门话题。这次住院大小做了三次手术，对于一个患有多种严重心脏病的78岁的老人来说，每一次挺过来都是生命的奇迹。尤其在最后一次手术昏迷了一天半之后，在大夫都不抱希望的情况下，居然又像做了一场梦似的平静地醒了过来。她像一切都没发生似的问候着前去看望她的亲友，一遍遍地感谢着身边的大夫、护士们。我劝她闭上眼睛休息一会儿，她却说：“我想看看大伙儿……”她紧紧拉着周末从大学赶回的外孙女的手，久久不愿松开。我看到了一位临终老人对生的热烈的追求，对生活的热爱。正是这热烈的追求和热爱使她超越了生理上的极限，创造了生命的奇迹。我想我们每一个活着的人是否都有着这般对生的强烈追求和热爱？一些年轻的大学生毫不看重自己的生命，甚至随便放弃自己的生命，他们中有些人虽拥有不少知识，但对生命的理解尚未比得上我那没有文化的母亲。热爱生活，尊重生命，创造生活，享受生命，这是我们每一个活着的人的权利与责任。生命是有限的，我们应当珍惜。

对死，多少年来我一直是恐惧的，无论对于亲人还是自己，然而，当我目睹了母亲坦然地接受死亡的情景，我震惊了。母亲平日是个情感丰富的人，遇到别人或自己高兴与悲痛的事，总爱掉眼泪。可这一次从病重到去世的二十几天中，无论多么痛苦，无论亲人们怎样担心地流泪，她从没掉过一滴眼泪。她对亲人们没有一句嘱托，也没有一句告别。她在昏睡之时，嘴角常常露出甜美的微笑。她停止呼吸时是那么的平静与自然，没有一丝的恐惧与痛苦。我惊叹，母亲没有文化，为什么她懂得虽有对生的强烈追求，但当死亡来临时，她能够坦然地接受死？我懂得了，生命这本书并不是拥有了多少知识才能读懂的。母亲以她丰厚充实的人生经历早已懂得了生命的意义，懂得了人生的规律。人只要活着时忠于生活，忠于生命，对于必然到来的死也就无所畏惧了。死是成长的必经阶段，正确地对待死，同样是认识生命，理解生命。我想，当一个人活着的时候，致力于自己所关心热爱着的人与事业，当他临死时看到这一切在健康发展之中时，他也许就不会为死亡而感到恐惧了。

对生命价值的思考

什么是生命的价值？母亲的去世引发了我对这一问题的思考。我没想到，母亲的追悼会竟有二三百人参加，这里面有母亲关爱过的亲友，更多的是我们姐弟四人单位的领导和同事。母亲是一位普普通通的家庭妇女，她甚至没有参加过正式的社会工作，她有何价值值得这么多人尊重？我思索着，终于明白了：母亲用她一生的心血抚育了她的四个儿女。而她的四个儿女中有一位大学副教授，两名优秀的企业家，一名商业骨干，其中三个曾被评为市级先进。我们的价值不就是母亲的价值吗？母亲虽然没有文化，但她的善良，她的勤奋，她的坚韧，她的进取精神，塑造了我们的人格，教会了我们怎样做人。我们的成功不就是母亲的成功吗？我懂得了，当一个人提高了别人生活的价值时，自己实际就更有价值了。想到一些人因没有取得好的学习成绩，因不被自己爱的人所爱，因没有获得某种名誉、地位或得到自己所期望的需求就认为自己没了价值，为此烦恼甚至轻生，这些人对生命意义的理解是多么狭隘啊！我从事的教师工作、心理辅导工作是使青年们的生命更富有价值的工作，因此我将用自己的生命去创造生命的最高价值。

1990 年，带母亲看香山桃花

妈妈和姥姥的痛与爱

2018 年 2 月，我和弟弟一行四人回到离别多年的山东老家寻根问祖。这次回乡，我们有一个使命，替我已去世的母亲看望一下她的娘家，我的姥姥家。

姥姥只有我妈这一个女儿。我妈不满 1 岁时，因生活贫困，我姥爷远赴新疆谋生，再也没回来。姥姥 72 岁时，我妈为了生活，离开姥姥到北京和我爸团聚。来京后妈妈时时想念姥姥，但因生活贫困，妈妈无法回家看望姥姥，直至姥姥去世。

1953 年，妈妈为了我们能和在北京工作的爸爸一起生活，无奈地离开了 72 岁的老母亲。当时我爸工资很低，自家糊口都很困难，没有能力接姥姥来北京赡养，又因当时孩子小，经济拮据，妈妈也没有经济能力回家看望姥姥，但在我小的时候，我常常会看到妈妈因想念姥姥而掉眼泪。记得那一年老家来信了，说姥姥已去世了，让妈妈回去。我爸爸说借钱也要让妈妈回去见姥姥最后一面。可我那坚强的妈妈，虽然很想回去跟自己的母亲做最后的告别，但考虑到人已离去，纵使借钱回去，也不能见到活人了，而这边孩子小，生活又困难。她考虑再三后，做出了一个理智但又痛苦的选择。她决定忍痛不回去，而采取把借来的钱给老家寄去的方式，表达自己对母亲的思念与哀悼。这是在那个生存条件下，她很无奈地做出的痛苦的选择。我清晰地记得，听到姥姥去世那天的晚上，妈妈在我家住的胡同口处，面朝老家的方向，一边烧纸，一边号啕大哭，口中喊着："娘，娘，您闺女不孝，我想您啊……"这景象，这哭声，这撕心裂肺的叫喊声，一直深深地印刻在我的脑海中，挥之不去。以后由于家庭经济困难、孩子小和年老多病的原因，妈妈也没有回过我姥姥家，直到她去世。没能看望她的母亲，成为妈妈终生的遗憾。

这次返乡，我们姐弟都有个心愿，替妈妈回娘家还愿。

姥姥早已过世，且妈妈也无其他亲人在世，原本只是期待找到姥姥的村子，看上一眼，也好告慰九泉之下因一别再也没见到自己母亲的妈妈。令人惊异的是，当我们找到姥姥的村子时，看到村口站着一位老人，我突然脑子中蹦出来一个叫"斗"的人。那是和妈妈关系最近的一个人，我叫他"斗舅"，他家住姥姥家旁边。但我想他可能早已不在世了。看到村口的这位老人时，我抱着一丝希望问了老人一句："请问老人家，您认识这村里的一个小名叫'斗'的人吗？"那老人问我："你说的这个人有多大年纪了？"我意识到可能有重名的年轻人，我不假思索地立即回应："八九十岁了，他妈有精神病。"不知怎的，那早已忘却的儿时记忆突然跳出来了。老人指着村头第二家的大门说："这就是他家，不会错的！他已经去世了，他老伴还在。"像做梦似的，真没想到，居然会有这么巧的事！老人帮我们敲开了这家的门。进屋后见一位老大娘坐在那里，她因腿有疾病不能起身迎接。我们称这位老人为妗子（舅母）。我代表姐弟做了自我介绍并说明此次探访的原因。老人告诉我们说，我妈临去北京前把姥姥托付给过继的儿子照顾，但这个人照顾姥姥照顾得不好，在姥姥的炕下拴了牛，姥姥的房间如同牛圈，他家人每天只是给送口饭吃。姥姥孤身一人，每天思念着女儿。因这个妗子可怜我这孤苦伶仃的姥姥，有时会给她送口吃的，陪她说说话。我姥姥每次见她就像见了亲人似的，拉着她的手说："等你姐回来，就好了，等你姐回来……"姥姥每次见到她，总是说这句话，直到她去世。听着这位妗子讲述姥姥的这些事，我们姐弟的眼泪止不住地流。我想象着，姥姥每日在孤苦地盼望着，等待着她的女儿回来，可是总盼不回来，她就在这深深的盼望中离开了这个世界。听着妗子的讲述，我仿佛看到了姥姥那张布满皱纹的苍老的脸，看到了姥姥那双充满期待的思念的眼睛，听到了姥姥呼喊女儿那嘶哑的呼喊声。姥姥 40 岁才生了她的独生女——我妈妈。同年，她丈夫为生活所迫远赴新疆谋生，再也未归。她守着唯一的女儿过了大半生。晚年，她的女儿又为生活所迫离开了她，仍再也未归。我姥姥，那个贫困年代的中国农村妇女，在孤独和等待中度过了她凄苦又坚韧的一生。

如今妈妈也去世多年，我想，母女生前不能相遇，但那份彼此深深的爱会让她们跨越北京和山东的空间，紧紧地依偎在一起，再也不会分开。

带着一份感激的心情，我们告别了"斗舅"家的妗子，告别了姥姥生活的徐家部村。在离开之前，我们伫立在村口，深情地望着这个姥姥和妈妈生活过的村庄。我们在内心深处告诉姥姥："亲爱的姥姥，我们替妈妈回来看望您啦，她也一直想着您！"我们也在内心深处告诉妈妈："妈妈，我们替您回来看姥姥了，您可以放下您的遗憾了！"

在回程的路上，我的心情久久不能平静，我思考了许多，关于贫穷、亲情、爱、分离、痛苦……我更加理解和认识了我妈妈身上的许多特质：她为什么这么爱我们，这么爱周围人，为什么她那么坚强，那么努力……也更加看清了我自己身上所有的妈妈的影子。

2

婚姻，爱如当初

婚姻不就是为了爱吗？我们就是这样平凡地牵手走来，从青春羞涩的相望，到霜染乌发的搀扶，一路品尝着生活的酸甜苦辣，阅读着爱和幸福，我们爱如当初。爱，温暖着我的生命；爱，催发着我的成熟。

牵手 40 年，阅读爱和幸福

结婚 40 周年时，为庆祝我们的爱情，我和爱人制作了一本纪念相册。我们自己，我们的儿女，我的弟弟妹妹们都写了文章庆贺。这些文字不仅是我们结婚 40 年的见证，是我们爱情的见证，也是我们人生的见证。这些文字中浸透着我们对彼此的爱，浸透着亲人们对我们的爱。我感恩他们一直以来的爱与陪伴。

我们的结婚照

1973年11月4日，一个平常得再也不能平常的日子，我们牵手在大山深处。没有花前月下，没有婚纱美酒；没有甜言蜜语，没有海誓山盟。40个春秋的相互陪伴，我们爱如当初。悠悠40年，我们从风华正茂的青年变成年过花甲的老人，从无牵无挂的年轻人变成年迈的父母亲。40年牵手的人生路上，我们共同经受生活的磨难，共同经历不惑之年求学的艰辛，共同在事业发展中打拼，共同用心血和汗水抚育一对儿女……生活的道路上，相互理解，相互信赖。分分秒秒的精心呵护中浸透着关爱，字字句句的贴心话语中流淌着深情。40年的风风雨雨，我们品尝着生活的酸甜苦辣，阅读着爱情和幸福的人生。

结婚40年被人们称为红宝石之婚。为纪念牵手走过的40年，我们制作了一本相册，捡拾40年相知相爱的点点滴滴。这点滴如一颗颗红宝石那样美丽，那样珍贵。我们把它送给自己，因为它是我们40年爱情的见证；我们把它送给儿女，因为期盼他们也拥有同样的爱情和幸福的人生；我们把它送给陪伴我们的亲友，感谢他们一路的关爱和温暖。

展望明天，我们将相互搀扶，迎接我们结婚的50周年、60周年……庆典。

2013 年结婚 40 周年纪念照

我和他

我是快乐的，因为时时有他的陪伴；我是幸福的，因为处处有他的关爱。我们并肩共同走过了四十多个春秋，令许多年轻人羡慕的是，我们的爱依然那么甜蜜，那么浪漫。

他的儒雅、朴实吸引了我

我们都是1966年“老高三”毕业生，1968年同时从北京分配到密云山区做小学教师，都先后做过学校负责人（校长），后来又都被提拔到公社机关工作。我在文教组，他在组织部。他高高的个子、儒雅的气质吸引了我，特别是他那一身朴实的装束给我留下了深刻的印象。家做的南方土布裤子，膝盖处打着补丁，一双家做的布鞋缝了又缝。虽然朴素，但掩盖不住内在的气质，在他身上我感觉到了一种同年龄人少有的稳重和成熟。我们由相爱到结婚，牵手走过了四十多年。

关键时刻的理解与支持

中学时我是品学兼优的学生，考大学一直是我的愿望。但是由于历史的原因，没能上大学一直是我内心一个深深的遗憾。1982 年，学校推荐我报考市委党校的大专学历班。我高兴极了，心想，终于有上大学的机会了。但是，我当时已经是两个孩子的母亲了。大孩子刚上小学，小孩子正上幼儿园，都需要照顾，他又正在在职读大学。我不得不考虑眼前的现实。我怀着一种矛盾的心情回到了家，一进门，就把这件事对他说了。他不假思索地对我说："你不早就想上大学了吗？去吧！"我说："要住校的，两个孩子……"他仍旧不假思索地说："有我呢！"我说："咱们孩子小，要接送幼儿园，要照顾生活，你又刚考上大学……"这一回他认真了起来，非常正式地对我说："上大学的机会并不是总有，等到孩子大了，我也毕业了，机会就错过了。家里交给我，你放心地去吧！"听完了他的话，我感动得掉下了眼泪。他真正地理解我的内心，心甘情愿地承担起边读书、边工作、边照顾两个孩子的重任。我深深地体会到了他对我的那种无私的爱。说真的，尽管我渴望去读书，但面对家里的实际困难，只要他有半点犹豫，我都会放弃这次学习机会的。

我上学后，他每天很早起来，照顾两个孩子吃完早饭就开始赶路了。他们的单位在公主坟。每天他要先从丰台铁匠营的家倒两次车，分别将两个孩子送到学校，然后步行 20 多分钟走到前门，再坐车到公主坟。下班后再这样走一遭，接孩子回到家，做晚饭，照顾孩子们吃饭、洗澡、睡觉后，自己再看书学习。那时候，我在学校里倍加刻苦地学习。虽然年龄比同班同学大得多，但每次考试都名列前茅，我学习背后的强大动力就是他的爱与付出。

以后我又陆续完成了北京大学的哲学本科学习和北师大心理咨询与治疗硕士研究生课程，于是有了今天的专业成就。假如当时他不支持我，不鼓励我把握机遇，我不会有今天的发展。我永远记着他在我人生发展关键时刻对我的理解和支持。

爱，润物细无声

他是个性格内向的人，他对我的爱不是语言，更多的是默默的行动。

我生第一个孩子时难产。他把我送到医院后，大夫说我很危险。当时，我突然有一种恐惧的感觉，我很害怕离开他，我向大夫请求让他陪我，但是大夫不允许，我只好服从了。他用平静的语气对我说："我在外边陪你。"他的话给了我许多安慰。我在待产室中经历了长达两天的腹痛折磨和艰难的生产过程，终于一个健康的儿子诞生了。我被推出产房时，护士告诉我说："你爱人真好，这两天他一直守在外边，一刻也不肯离开，我们让他回去休息，他从来不肯。"那一刻，我流下了感动的眼泪。我知道，我始终牵动他的心，他为我担心，为我守护，为我祈祷，一直默默地陪伴着我，此时，生产过程中的痛苦和委屈全都消失了，留在心底的是暖暖的情，深深的爱。

一次偶然的事故，使我不幸腰椎骨折，疼痛难忍，不能自理。整整3个月，他为我喂药、洗脸、按摩、擦身，一日三餐，不断调换饭菜的花样，尽量保证营养又适合我的口味，一勺勺地喂饭，一口口地喂水。边伺候着，边开着玩笑，常常逗得我笑得合不上嘴。关怀化作了良药，笑声赶走了疼痛，在他的精心呵护下，我很快就恢复了健康。我说这是爱的滋养。

平日里，他也总是非常悉心地呵护我。早上，有时我来不及吃早饭，他把煎好的鸡蛋夹在面包中，用一个塑料袋包好，装到我的书包里，嘱咐我到学校后别忘了吃。当我上完一整天的课，拖着疲惫的身体回到家的时候，一碗香喷喷的粥端到了我的面前；当我坐在计算机旁备课或写作时，一个削好的苹果或一个剥去皮的橘子又递到我的手中；当我晚上看着看着书，疲倦地躺在沙发上睡着了时，一条小被子轻轻地盖在了我的身上……

他不仅对我精心呵护，而且还悉心地关爱着我们家的每一个人。我父亲去世后，母亲身体不好，他首先提出把我母亲接到家里来住。自从母亲来我家住后，他比我照顾得还要周到。下班后，他回到家第一件事就是到我母亲房间里，陪老人聊一会儿天，因为他知道老人一个人在家一天很寂寞。当樱桃沟的桃花盛开时，他会和我一同推着轮骑，带母亲去过桃花节；当玉渊潭的樱花争艳时，他会和我一同带母亲去观赏樱花。即使我出差不在北京，他也会独自做这些事情。母亲生前逢人就夸他说："我有个好姑爷！"

他有一双勤劳、灵巧的大手

他有一双勤劳、灵巧的大手。说大手，一点都不假，手伸出来，比一般人的都要宽大。但是就是这双大手，使我们度过了生活最困苦的时期，把我们家的生活过得有滋有味。

刚结婚时，我们每个人每月才有 36 元的工资，后来有了两个孩子后，工资每人也就四十几元。面对经济窘迫的生活，他从不叹息。孩子们的衣服都是他亲手剪裁，亲手做。那些日子里，我们并没有因为经济上的困难而让孩子们穿得很寒酸。儿童西装刚时兴，儿子就穿上了爸爸亲手缝制的小西服；带双重荷叶边的连衣纱裙刚面市，女儿就穿上了爸爸精心制作的新连衣裙。我的许多衬衫、裙子都是他为我做的，穿出来新颖别致，常常赢得别人的赞扬。他不但会做衣服，还会盖房子，做木匠活儿。那个年代住房困难时，为了盖一间小厨房，他和我顶着夏天午间的烈日，捡回来一块块碎砖。他亲自画图纸，设计小房的结构。他当大工，我当小工，我们盖起了一间六平方米的小房。别看材料都是碎砖头、破瓦块，可盖出的小房却是又规整又实用。

他没学过木工，可却能把家具打得很漂亮。当我们有了第一套独立的住房时，他就开始自己做家具。材料是我父亲从单位里买回的包装箱板。他不顾夏天的炎热，每天下班后或星期日休息时都在做木工，不是刨，就是锯，两只手磨起了血泡，后来变成了老茧。就这样，我们家的写字台、酒柜等第一代家具诞生了。后来搬了新家，原有的家具样式过时了，他又开始筹划做新的家具。当时我在东北的一个亲戚帮助买来木材。没有钱找车运，是他顶着寒风，把又长又厚的木板捆在三轮车上拉回了家。他做的新一代家具更加精细。写字台、木柜上的每一道木纹都对接得浑然一体，油漆也刷得光洁明亮。所有到过我家的人看到后，都以为他是专业木匠。

他是我的心理咨询师

虽然我是个心理咨询师，但遇到家庭、事业、人际关系之间的一些矛盾冲突时，也会产生许多情绪。有时自己解决不了时，就向他倾诉。他总是默默地倾听，直到我把话一股脑儿倒完，然后耐心地帮我分析。其中多数是理解，有时是建议，有时也有对我坦诚的批评，对我帮助很大。

1993年我选择了转行搞心理咨询。那时，这个行业还不为人所重视，而且当我提出做专职心理咨询师时，就意味着丢掉了原有的处长职务。工作我是喜欢的，但毕竟学校是按职务拿岗位津贴的。没有了职务，我一下子少拿了不少工资，心理很不平衡，回家就向他抱怨。他静静地听着，听我唠叨完了，就问了我一句话："如果再有一次选择的机会，你会选择什么？"我说："我还是选择心理咨询。"他笑了笑说："那就干你所喜欢的吧！累了该打车还打车，'公费'——老公出费报销。"一句话把我说笑了。

我事业发展背后有他

由于开创一个新的事业，我对工作的付出很多，他从不抱怨，不但主动承担了许多家务，还给予了我心理和工作上的巨大支持。

咨询中心初创时期没有经费，他支持我从家里拿出钱来给兼职教师买慰问品。请国外专家来做培训，他拿出家里的照相机、摄像机，亲自到会场为我们拍摄照片。他还协助我接待与我们合作的国外专家，主动担任他们在北京旅游的导游和摄影记者。时间长了，我的同事、同行都很熟悉他了，并很喜欢他，都把他当成“自己人”。

心理咨询工作是一个新的事业。我在学校里第一次创建心理咨询中心，第一次开设心理健康课程，第一次举办国际研讨会……我的课程被评为全国高校心理健康教育的第一门国家级精品课程，我们的心理咨询中心被评为全国的先进单位，这期间固然有领导和同志们的支持，但是，他才是给我最强大支持的人。

现在的年轻人常常喜欢谈论什么是爱。有人说爱是激情，激情过后爱会变得平淡。我却说，爱能促进双方的成熟和完善。彼此尊重，相互理解，互相关爱，相互支持，就能永葆爱情的活力。

爱人心中的我

我和她

——李鸿昌

回顾我和她携手走过的 40 年，点点滴滴，历历在心。

忘不了，一首《我为祖国放军马》，那美妙的歌声开始了我和她相识相知的爱情历程。纯朴、善良、上进的她打动了我的心。深情的爱恋让我和她成了一家人。

凌晨里。伴随着一声婴儿的啼哭，我们当了父母亲。儿女是我和她爱情的结晶。孩子的健康成长是我和她最大的成功。

追梦想。苦读书，她努力，我勤奋，相互切磋，彼此鼓励，不惑之年的我和她共同走进了大学的校门。

患病时。我彻夜未眠疼痛难忍，她陪伴身边不断地更换着热毛巾，轻轻擦拭着我的身体，温柔地抚慰我的心。

我们互相欣赏。她嗜书如命，积极进取；我深入钻研，不停脚步。她事业发展，成就颇丰；我创新发展，业务专精。

我们勤沟通。说不完的话语，诉不完的深情，我和她交流看法，谈论人生。思想在这里碰撞，感情在这里加深。

…………

今天的我和她，迈入了生命的新旅程。享受家庭的和谐，感受生活的幸福，欣赏祖国秀美的山河，浏览世界奇特的风情……

金色黄昏下的美好前途，我将和她携手同行百年。

2012 年我和鸿昌在泰国海边

儿女写给父母亲结婚40周年

父母用爱构筑了温暖的家

——李伟刚（儿子）

2013年，父亲和母亲结婚40周年，我39岁。从懵懂开始，我陪伴并见证着他们相知相守、甘苦与共、白头偕老，用爱构筑了我们温暖的家。

依稀记得，胡同口看管电话的老伯骑着破旧的自行车，从院门口传进“密云长途”的声音。

依稀记得，室外虽是寒风刺骨，但煤油炉烹出的那锅热汤面，令我们亲手搭建的简陋小厨房里满屋飘香、温暖如春。

依稀记得，雪花漫天的冬日，路灯下，母亲怀抱、手牵着我们兄妹，在我的学校、妹妹的幼儿园、单位间奔波的单薄身影。

依稀记得，父亲那辆挎斗自行车，无数个清晨和傍晚在蒲黄榆—前门—公主坟间骑行辗转。

依稀记得，那些用来帮母亲背诵考试重点的小纸条，刚上小学的我，在公交车上知道了亚里士多德、托尔斯泰、马里亚纳海沟和喜马拉雅山。

依稀记得，那台父亲用来为我们缝制裤子、夹克、棉衣的老式缝纫机，还有那制作写字台、床头柜时堆积起的松软刨花。

依稀记得，父亲回家后说起新家建设进展时的兴奋面容，太平桥东里1号楼2202——那个真正属于我们的家，在他的描述中梦想成为现实。

依稀记得，母亲卧床养病期间，父亲在她病床前留下的那些忙碌身影，按摩理疗、擦拭身体、喂她进食……

依稀记得，昆明湖畔，静谧的朝阳从他们身旁穿过，投下的那长长的身影……

父亲和母亲都已年近古稀，那张已发黄的结婚照片记录着他们的青春与甜蜜。记忆中的这些琐碎画面，始终都可以令人感觉到他们对彼此、对家庭那份爱的浸润，平淡而真挚，深沉而执着。这个平凡普通的家里，每个人都被那份浓浓的爱包围，每个人都因为那份浓浓的爱而自强自信。

40年匆匆而过，父亲和母亲用眉梢和双鬓上那些岁月的印记，携手撰写下所有人都在求索的这件最浪漫的事：相守着彼此慢慢变老，收藏着一路上点点滴滴的欢笑。今天，他们正倚靠在摇椅上，沐浴着阳光、品着清茶，慢慢聊着甜蜜的话语……

老爸老妈——南北结合的最佳拍档

——李晶（女儿）

男主人：形象好，气质佳，多才多艺，上得厅堂下得厨房，勤俭持家，理财有道，这就是我祖籍上海的老爸。

女主人：善良温暖的笑容，简单粗放的条理，爱看书，爱学习，责任心强，循循善诱的教导，忘我的敬业精神，这就是我祖籍山东的老妈。

南北结合的最佳拍档，40 年的风雨同路，互敬互爱，才有了如今幸运的我、哥哥和这个温暖的家庭。过往的回忆在我脑海里虽然模模糊糊，影影绰绰，但是相信其中的苦辣酸甜在今天来看都是幸福的滋味，而幸福也将会在我们的陪伴中延续下一个 10 年，20 年，30 年，40 年……

祝老爸老妈身体健康，永葆青春，爱情更加甜蜜！我爱你们！

弟弟、妹妹写给姐姐结婚 40 周年

贺姐姐、姐夫风雨同舟 40 年

——蔺平良（大弟）

四十载相濡以沫风雨同舟。

四十载乡村教师功成名就。

四十载祥瑞昌乐儿刚女晶。

四十载执子之手夫妇何求！

（“祥瑞”意指吉祥，“昌乐”意为昌盛康乐，“复”换做“妇”意为二人均得意无所求）

贺姐姐、姐夫相互呵护 40 年

——蔺贵良（小弟）

大山里结缘，牵手走过 40 年，寻觅幸福港湾，密云、西城、崇文、宣武、丰台、海淀园，一双优秀儿女更成就家庭和谐美满，40 年并肩奋斗果实累累，40 年贴身呵护共同前行，40 年凝聚亲人情意浓浓，我们衷心祝愿亲爱的姐姐、姐夫张开双臂拥抱新的 40 年，让生命的青春更盎然，让爱情的火苗更浓艳。

生命万岁！青春万岁！爱情万岁！

贺姐姐、姐夫相依相伴40年

——蔺桂香（妹妹）

40年前，我把姐姐送出门时淌出了不舍的泪水，40年后我为姐姐流下了幸福的眼泪。我羡慕你们的甘苦与共，相依相伴；我敬佩你们的教子有方，循循善诱；我感动你们的体贴老人，细致入微……

姐姐、姐夫结婚40周年，我庆贺你们事业有成，家庭美满；我祝福你们拥有更幸福欢乐的明天！

2011 年我和鸿昌在河南云台山

变迁中的家

——李鸿昌

（从结婚到现在，我家住过5个地方。每一次搬家都记录了我家的生活从艰苦到幸福的过程，都留下了我的家人们相亲相爱的深厚情感。

我爱人李鸿昌写下的这篇短文真实地描述了我家5次搬家的历程。）

有人说家是爱情的港湾，炽热的爱情在家庭中升华；有人说，家是避风港，每天工作和生活上的烦恼，在家中得到宣泄和消融；有人说，家是加油站，事业的发展，价值的发现，在家中获得滋养。家在人们的生活当中是何等重要！有个美满的家，有个舒适的家，有个安居的家，始终是每个成家的人的企望。俗话说，安居乐业，安居才能乐业。每个人安居的路途是各不相同的。

我们成家是在“史无前例”的年代，我们工作在远郊山区，没有自己的住房，结婚是把城里父母家临时腾出的房间作为新房，结完婚就又回到工作的地方，依然过着“分居”的日子。新房只是作为每次回家看望父母时的临时居所，虽然说是临时居所，但是只有回到那里，我们才能过上家的生活。

我和爱人结婚时就在一个院子里工作，住的是集体宿舍。因为当时的困难条件，婚后我们仍然住在各自的集体宿舍里，过日子就跟“幽会”一样。家是可望的，但是不可得。不久，爱人调到百里外的县城工作，我们便开始了真正意义上的分居生活。记得那天我把爱人送走后，心里不是滋味，什么也不想干，倒在床上便昏睡起来。

密云小屋，我的第一个家

第一个真正属于我们的家是在密云县城内。那时我已调到十里堡中学工作，我爱人在县教育局工作，单位为了照顾我们，分配一间十来平方米的小平房给我们。尽管条件简陋，但这是真正属于我们自己的家。小平房是非常简易的排子房，坐西朝东，小小的院子。房间与邻居只有一层薄薄的墙板，根本不隔音，对方屋里的动静可以听得一清二楚。但在当时作为年轻人的家，

1975 年，我、桂瑞、母亲和儿子伟刚

已足够了，而且是很难得了。我爱人从单位借来四条床凳和两副床板，支起来就成了我们的床铺。我们买了一些锅、碗等简单的生活用品，把自己原有的被褥搬过来，就开始了我们的新生活。记得我为家里打的第一个家具，就是一个橱架。我没有学过什么木工，只是在上中学时学着推过几下刨子，并且由于磨刨刃认真，受到过木工师傅的表扬，对做木工活还不犯怵。我爱人找来一些旧包装箱，借了几件木工工具，我学着做起来。先做好骨架，又在架子上钉上木板，因为不会拼接板缝，所以没有使用胶粘。经过打磨、上泥子、刷漆，橱架居然做出来了，还不太难看。这个橱架后来成为我们小屋里的一个亮点，伴随着我们的生活，增加了我们的生活情趣。

这个小家是我们周末相会的地方。说起来现在的青年人可能理解不了，结婚后我们始终各自住在自己单位的集体宿舍，偶尔相聚在一起，就需要同宿舍的同事“主动”搬走，腾屋腾床了。自打有了这个家以后，我们就可以经常在一起生活了。我工作的地方虽然离家只有10里路，这在现在的市区已不能算远的路程了。但在当时，老师们都是住集体宿舍的，每天早上有一个来小时政治学习时间，晚饭后也要学习、备课，所以每天一般是回不了家的，只有周末才是我们自由相会的时间。尽管如此，由于有了这个家，我们的生活很甜蜜。每个周末，我们回到自己的家，一个属于自己的爱巢，吃到口味不一定最佳，但那是我们自己烹制的饭菜，那滋味绝对是最好的。我们的生活是和谐的，在相聚的日子里，享受着的是幸福的生活，交流着的是情感的火花。连邻居都羡慕我们的生活，说从未听到过我们有争吵的声音。但好景不长，这个小屋的生活，由于一些实际情况不得不结束了。那是因为我们有了密云的这个小屋，单位要取消我们回北京的路费报销。虽然回北京路费每次不过几元钱，但在工资收入每月不过34元的时期，几元钱就是不小的数目，这可是不小的损失。思考再三，为了享受这即将失去的福利，不得不忍痛割爱，交出了密云小屋。对密云小屋，尽管住的时间不长，我还是非常留恋的，它是我家“演义”的开始，那段美好生活的回忆，将永远留在我的记忆里。

蒲黄榆的两居是我的第二个家

爱人比我早调回北京几年，由于没有自己的房子，只得带着孩子和我父母一起居住。北京城里那时的住房条件比较差，几代人居住在一起，引起家庭矛盾是不足为奇的。房间不大，桂瑞又自己带着孩子，生活很不方便。时间长了，家庭矛盾自然就多起来了。那时我还在密云工作，每次回来常听妻子倾诉苦衷，可除了同情之外，我还能有什么办法呢？安慰、劝解是每次回来必做的工作。我们多么渴望有一个自己的家啊，哪怕是一小间！但是那时住房靠单位分配，分配要全体职工排队。什么时候能排到我们呢？我们就是在渴望和失望中仍对家盼望着、盼望着。

正巧，我父亲单位分房，答应给我家分一套两居室。就是距离远了点，靠近现在的南三环。这地方现在看是好地方了，可是在当时条件是差的。临近郊区，周围多是破平房，马路对过是一片菜地。更主要的是上下班远多了，买东西不方便了。我父母考虑再三，他们最后还是决定不搬过去，问我去不去。我没有别的选择，为了我的家，坚决去！

蒲黄榆的两居室在二楼，朝东，面积不大，大间有15平方米，小间有9平方米，有独立的厨房和卫生间，还有一个小过厅。这在当年住房紧张时期，对于我们四口之家来说，已近于奢侈了。这是我在北京城里第一个独立的家。

由于经济条件有限，我们简单收拾一下房子就搬过去了。家具还是我们结婚时买的，一张双人床，一个对开立柜，一个小橱柜，一个两屉桌。为了儿子睡觉，我到崇文门旧货摊上花20元买了一张旧单人床，重新刷一下油漆，也很不错。随后的日子里，我们省吃俭用添置了万宝冰箱、白兰洗衣机和三洋黑白电视机。记得我们为了存放食品，买了1 200元的北京牌冰柜的时候，家里的积蓄也就剩几十元了。

住在蒲黄榆的日子里，条件虽艰苦一些，但家里是温馨的，生活是自在的，我们在这里度过了一段美好时光。特别是1982年我调回北京以后，我和桂瑞过着一起建设自己家的幸福生活。

由于特殊原因，我错过了正常读大学的机会，参加工作多年后才有了进大学学习的机会。1983年，我考取了人民大学，业余读大学课程。不久，桂瑞考取了党校大专班，要住校学习。她征求我意见，我全力支持，家里的事我多担待就是了。

我家离工作单位比较远，骑车要一个多小时，不过这点事，对于我来说根本不在话下，每天骑车不光锻炼了身体，也增加了观看市景的情趣。女儿那时在姥姥家附近上幼儿园，日托，很长一段时间里，每天早晨我把她送去，晚上从姥姥家再把她接回来。路远，要走路，倒车。女儿小，常常耍赖不愿自己走路，连哄带劝是常事。1986年女儿上小学了，要到和平门附近的实验一小上学。路远，孩子小，开始我们接送了一学期，但从一年级第二学期起，就完全靠她自己去上学了。现在看起来似乎有些“残酷”，在当时的条件下，也只能如此了。不过这倒锻炼了孩子的生活能力。她学会了自己过马路，自己坐车回家。记得有一次，女儿回家路上在公交车上睡着了，一直坐到了终点站。发现坐过站后，害怕得哭了一阵子，但最终自己又到对面乘车回到家里。坏事变好事，女儿有本事了。

桂瑞开始在白广路上班，党校毕业后调到铁匠营附近的“分部”工作，离家近多了。但她是个工作起来啥都不顾的人，回家总是很晚。常常我都从老远的单位回到家了，仍看不见她的人影。记得有一次到夜里12点多了，仍不见她回来，我不放心，到学校找她，到处都找不到，连门卫也说没见到。原来她还在和学生谈话，帮学生疏导心理。后来见到她，气得我说下次就报警。

蒲黄榆这段生活，是美好的，给我们留下了幸福的记忆。

在牛街，我们也有个家

牛街是北京回民聚居的地方，有名的牛街清真寺就在牛街东侧。1988 年我搬到牛街住了一年多，这里成了我在北京的又一个家。

事情是这样的：

1987 年底，我父亲单位在北郊六铺炕盖了几栋楼房。我父亲又动了脑筋，想把蒲黄榆的楼房换到六铺炕去。单位负责分房的提出必须马上退出蒲黄榆的房，其实六铺炕的 1989 年才能盖好。明摆着不合理，但我父亲老实答应了人家。不得已，我们只能离开已居住 7 年多的家，临时借房居住。

桂瑞通过亲戚在牛街借了一间半平房，是在一个大杂院里。周围都是街坊搭建的小棚子，只有一条小路弯曲通向街口。屋里没有上下水，吃水和洗衣服都要到院外面公用龙头去打。院里居住的人比较杂，拉三轮的，做买卖的，倒房子的，各类人等不少，让我实实在在体会了大杂院的味道。牛街是回民居住区，我们在这里成了“少数民族”。我刚到这里，感觉像到了国外一样，风俗习惯不同了。还能不能吃肉，有没有卖肉的，是我非常关心的问题。时间长了了解到，其实民族之间虽然习俗有所区别，但是包容性也是非常强的。只要不故意影响别人，相居相处还是很容易的。

牛街房子坐东朝西，又低又矮，通风不好，特别是到了夏季，屋里总是湿漉漉的，东西特爱长毛。尤其是屋顶薄，晒了一天，屋里像蒸笼一样，有点像桑拿浴房。因此，我们每天回到家第一件事就是开窗通风，不过屋里还是闷热难熬。我家买的菊花牌落地扇可为我们立下了汗马功劳，它一刻不停地为我们驱走湿热的暑气，送来新鲜的凉风。由于家里潮湿，屋里经常有一些潮虫，女儿最怕虫子了，常常看到虫子后就大喊大叫。

冬天里，滴水成冰，洗衣服成了大问题。我们只能在屋里用洗衣机把衣服洗了，然后到院外龙头处去漂洗。天气冷，两手冻得通红。到把衣服晾到绳上时，衣服也已冻成冰衣了。街坊王记家里自己接了水管，我们商量好用皮管接上，引水到屋里来，方便多了。由于水压不稳定，接的皮管经常爆裂，弄得到处是水，也给街坊添了不少麻烦。这样的条件，我们一直努力适应着。

不久，我们单位为解决职工住房问题，在六里桥附近买了一栋塔楼，当时那座楼还刚刚露出地皮。但我听了这个消息，非常兴奋，感觉自己有希望拥有属于自己的房子了。于是，每天上下班就特意从六里桥经过，就是要看一看工程的进展。我就像“盼水妈”盼望来水一样，盼望着楼房早日建成。时间总觉得很长很长，进度总觉得很慢很慢。1 个月、2 个月……5 个月、6 个月；1 层、2 层……8 层、9 层……

啊！终于封顶了。随之熬过烦琐的单位分房程序，一榜，二榜，三榜定案。分房会上，我的心始终平静不下来，挑一套好一点房子的愿望始终催动着我。轮到我挑房了，我快步冲上前去。当我中意的一套大三居室被我终于选到时，我高兴得差一点喊起来，同事也祝贺我。我终于有了自己的住房了！

1989 年 5 月，我们告别了条件虽简陋，但帮我们渡过难关的牛街的家。

六里桥的家，我自己的家

六里桥的房子是单位分给我的，是真正意义上的我自己的家。房子有三个居室，一个客厅和一个门厅。厨房、卫生间上下水都有。房间虽然分布在楼房的西北角，但主卧室是朝阳的，并且两个卧室各有两个窗子，所以屋里显得非常明亮。居室的布局很好，特别是大厅，方方正正，非常好用，过道虽然包含在里面，但一点也不浪费。我很喜欢那个 6 平方米的阳台，养花、储物实用又方便。这套住房建筑面积有 88 平方米，由于布局合理，光线明亮，给人的感觉好像面积很大。的确，这是我自己的房子，也是我第一次住这么大的房子，我们生活从此有了根本的变化。

由于住房心切，1989 年 5 月我们一拿到房子钥匙，即告别牛街大杂院，很快就搬进去住了。刚搬来时，周围环境不是太好，楼北面是一条公路，公路一侧有条污水沟，对环境有污染。楼区里其他楼尚没有完工，显得有点脏乱。但一进房间，环境和心情就完全不一样了，我家里充满了温馨和幸福的喜悦。

房间大了，原有的家具不够用了，我利用一些旧木料，自己动手打了一个写字台、一个电视柜和一个床头柜等几样家具。这是我打的第三批家具了，样子和工艺都有很大提高，特别是利用板材的花纹拼成的图案有整体感，封边也很精细。这些自己动手打的家具，一时间成了我们家炫耀的资本，成为我们的美谈。这毕竟凝聚着我们建设幸福生活的心血和投入。有几样家具我们现在还一直使用着。

三间房，我和桂瑞住一间，女儿住一间，儿子的房间卧室兼书房。客厅里买了一套转角沙发，还买了展示柜，展示着一些我们喜爱的小工艺品。坐在厅里聊天休息、看电视很舒服。

随着生活的改善，家里添置了29寸东芝彩电和全自动洗衣机，日子过得越来越舒适。我家附近开了一家"首航"超市，记得有一次我们买东西花了一百多元钱，儿子感慨地说，第一次见家里花这么多钱买东西。这也是我家生活一个质上的飞跃吧！

儿子从小聪明好学，动手能力很强。在小学就参加了航模组制作学习。制作的航模飞机性能好，多次得到老师表扬。在参加区里比赛时，由于另一个同学的参赛飞机出了毛病，他毅然拿出自己的飞机让其比赛，为集体争得了荣誉。在中学时，学校要求学生搞小制作，他搜集了许多资料和材料，制作出了一个现代化的机场和小区模型，在学校得到奖励。他爱体育，爱踢球，常常是球队召集人。买球的钱是儿子靠平时把很少零花钱一点点攒下来的。记得有一次我出国给他买回一个俄罗斯的小足球，看见他满意的样子我也很高兴。在学校里，他责任心很强，也爱动脑筋，文体活动的策划有新意，受到大家的好评。

女儿的成长是比较顺利的，小学、中学都是重点学校，良好的学习环境培养了她良好的学习习惯，特别是不折不扣地完成任务的自觉性和不断进取的上进心。记得小时候，学校要求每分钟跳绳达到100次，要学生自觉完成。女儿要求我们监督检查。有几次都达到了98、99次了，就差一两次，我们都心软，认为可以了，但女儿一直坚持跳到100次为止。在考高中时，重点中学竞争非常激烈，各科的成绩要平均98分，很难。我和桂瑞的意见，为保险起见，志愿还是报录取分数稍低点的重点校，但女儿坚持报本校师大附中，并发誓一定考上。功夫不负有心人，在女儿的顽强拼搏下，她以高出学校录取分2分的成绩，如愿以偿地升入了师大附中。在考大学的时候，她又以高分考入了对外经济贸易大学。

桂瑞是个特别要强，也特别爱学习的人。北京师范学院分院与北京师范学院合并为首都师范大学。合并后，工作岗位发生变化。她根据自己的兴趣及个人的实际情况，果断地选择了转行，坚定地走上了当时还不被人所熟知的心理咨询专业道路。她从师香港著名心理咨询专家林孟平教授，两年研究生班的刻苦学习，掌握了心理咨询的理论和方法。在高校的心理健康教育中，她克服了难以想象的困难，付出了全部精力，开辟了一项新的事业。学校心理咨询中心从无到有，逐步发展起来。她本人也在心理咨询工作中，走出了一条有自己特色的道路，成为一个受到许多人尊重和喜爱的心理咨询专家。

世纪城的家，我安居的家

我到资产管理公司工作后，又有了一个住房的新机遇。2001年公司分房，我如愿以偿地又换了一套新房，我家的住房又提高了一个层次。新房在海淀四季青，小区叫“世纪城”。周边环境比较优美，毗邻昆玉河，临近西四环路，绿树环绕，交通便利，有“绿谷氧吧”

的美称。小区的房屋容积率不高，人车分离，居行在地面，停车在地下室。楼房间园区里绿树葱葱，青草茵茵，小道弯曲，广场宽阔，鲜花点缀，喷泉纷腾。早上，广场上晨练的老人们一招一式地打着太极拳；傍晚，花园里洋溢着孩子们欢快的玩耍嬉笑声。

我家房子有150多平方米。两间卧室都面朝南，采光很好，很合我意。40平方米的大厅显得格外宽敞明亮，独立的主、客两个卫生间使用起来方便，整体装修的厨房各项功能都很齐全。两个落地窗的大阳台，是我养花的好地方。为了布置新家，我和桂瑞几乎跑遍市里的家具市场，精心挑选的家具把我们的家装饰得更加美观舒适。

我们的家并不奢华，朴实舒适是我们的风格。最重要的是我们家是一个积极上进、和谐幸福的家。

1982年我调入农行，进入了金融领域，也给了我一个新的发展机遇。社会接触面广了，视野宽了。1983年我进入中国人民大学学习，我在金融领域的专业素养得到了很大的提升。经过多年的实践磨炼，我已成长为一名业务能力较强的高级经济师，金融行业的领导干部。工作得心应手，工作观察力比较敏锐，看问题往往具有独到的认识和分析。每次到全国业务系统进行工作评估和指导，都会赢得基层同行的尊重和赞许。如今退休在家，除了做好老伴、儿女的后勤服务外，到处观光摄影，感到无穷的乐趣。前几年参加了农总行的老干部合唱团，还成了团里的男高音骨干。

桂瑞副教授的职称，早已评上多年。早就有了评教授的资格，可她一直没申报。其中最大的阻碍就是外语。她当年学的是俄语。如今专业用不上，扔下多年了，重新捡起来去参加职称外语考试是件很困难的事情。她觉得现在工作上用不着俄语，只是为了评教授的职称考试，花费那么多时间和精力去复习俄语，有些划不来，所以她想放弃评教授的机会。可她们学校的人事处长却不放过她，说："你科研成果早就够了，你外语基础好，抓紧复习一下，通过考试保证没问题！"在处长的动员、督促下，桂瑞也下决心搏一下外语。桂瑞是个非常要强的人，只要她下定决心想办的事情就一定要办到。她硬是从查词典开始，将有关的单词、语法和阅读文章一点点背下来。有时一遍下来没有感觉，就再来一遍。三遍四遍后就有点感觉了。功夫不负有心人，最后外语考试不但顺利通过，而且她的成绩还高出分数线十几分。教授职称如愿以偿地评上了，其中的艰辛外人恐怕很难想象得到。她热爱自己的工作，带领她的教师团队不断创新，使她们学校的心理健康教育一直走在全国高校的前列。现在她虽已退休多年，但是每年大半年的时间奔波在全国许多大学为教师们培训，培养年轻人。她仍然还在努力学习，参加各种心理培训。她学习非常认真，上课认真记笔记，下课认真完成作业，还要参加考试。她努力追赶时代步伐，在使用现代科技学习工具上一点儿也不落伍。什么讯飞语记，什么Zoom软件，她使用起来也不比年轻人差。

儿子大学毕业后就到证券公司工作，后又去国外学习了两年，回国后他仍回原公司工作。他工作投入，能吃苦，充满激情，富有创意，经过多年历练，人变得越来越成熟，事业上也有了很大发展。近些年他又爱上了跑马拉松，天天坚持跑步锻炼。每年他都会参加国内和国际的马拉松比赛。儿子对自己要求很高，每次跑马都在努力突破自我，他的自强精神和毅力受到许多人的称赞。

女儿大学毕业后，是继续考研究生学习，还是先参加工作？对于这个非常实际的问题，由她自己做决定。我们做父母的只在背后默默地支持。开始女儿想出国留学，自己在网上联系了一所英国的大学，取得了该校的入学通知书。与此同时，她也在北京联系工作。经过多次的自荐、笔试、面试，被一所国际知名会计师事务所聘用。在那里，她专业学习上有了许多提升，业务上积累了不少经验。如今她在一家外企公司工作，工作细致认真，待人友爱和善，在事业上一直稳步发展。女儿在前些年爱上了古筝，自己利用业余时间坚持学习弹奏。现今我家春节聚会时，女儿会即兴演奏几曲，给家人带来了快乐。

我家1998年就买了汽车。当时儿子在工作中有了些积蓄，家里在经济上也支援了一些，买了一辆富康车。这在当时是比较好的车了。平常主要是儿子用车，偶尔有时儿子外出车子在家里闲着，也没太激起我学车的欲望。自认为年纪大了，对车也没有过分依赖。倒是儿子到新西兰学习期间把我逼得非学车不可了。儿子走后，车子就放在家里。长时间不开，对车子也不好。于是我痛下决心，要学会开车。我学习还是比较认真的，交规考了98分。我动手能力还算比较强，在学习钻杆、停车、倒车时，又反复练习了很长时间。因此桩考和路考都是一次通过。2002年12月，我拿到了自己的驾驶本，可以自己开车了。当然，会开车和开好车不是一回事。刚刚开车上路不熟练，往往手忙脚乱，露怯的事是经常发生的。这时，在家休假的儿子俨然成了我的师傅，对我开车的动作经常指教，我也只能虚心接受，技不如人嘛。自从我学会开车后，我们的活动范围增大了，到比较远的地方也不发愁了，家里买的家具都是我们开车四处挑选的。星期天和桂瑞开车到颐和园散步，已经成为我们例行的活动。我们有时还开车去郊区和外地旅游。有了车，生活舒适、方便了许多，我们享受着有车的幸福生活。我发现，我渐渐爱上车了，好像有点离不开它了。

不是结尾的结尾

记得我刚搬到世纪城的时候，周围还有不少荒地，当时还担心是否太荒凉了，可是没过多久，周围一栋栋的高楼都耸立起来了，这里已经成为一个成熟的现代化社区，生活也非常方便。国家的建设发展如此迅速，我们这个小家的变化其实就是国家变化的一个缩影。

儿子、女儿长大了，现在他们都有了自己幸福的家。我们的儿媳、女婿也都积极上进，工作上表现出色，他们也很孝敬我们。现在我们已经有了一个活泼可爱的小孙女，她是全家的开心果。我们这一代虽然经历了不少艰难和困苦，但是我们赶上了国家发展的好时代，我们很幸运，也很幸福。随着社会的发展，我家的幸福还会继续，而且我们会越来越快乐，越来越幸福。我家的演义也还在进行着……

2017 年春节，我、爱人李鸿昌、儿子夫妻俩、女儿夫妻俩和孙女

3

经历，生命的触动

生命中总有一些与我相遇的人或事情触动我的心灵。让我去感，去悟，去思，去为，让我从中得到学习与成长。它们如同大海中泛起的一朵朵小小的浪花，然而就是它们汇集成我内心丰富的情感，成为我内心中绵延不绝的一个个音符，成为我生命的旋律。我感恩生命中所有的遇见。

潍河畔的快乐童年

我出生在山东省潍坊市昌邑县（现在为县级市了）的一个小农村。我 6 岁之前是在那里度过的，那里留下了我快乐的童年时光。

我们村叫韩家扶宁村。它周围有王家扶宁、李家扶宁、于家扶宁等 8 个称为“扶宁”的村庄。我们村里的其他人都姓韩，只有我们一家人姓蔺。虽然只有我们一家人是蔺姓，但我家却和全村人相处得都很和睦，不但不像一般人猜测的外姓人会受本姓人欺侮，而且我家在村里还非常受人尊重。那时我父亲和大伯都在北京工作，我二大伯率领着我母亲和我大伯母、二伯母及孩子在老家生活。听我母亲说我二大伯很能干，为人非常善良，谁家有难事，他都会出手帮忙。他办事主持公道。他在村里当村主任当过许多年，人缘很好，威信很高，不但本村人信服他，就是周围十里八乡提起他的名字，人们也都很敬重他。我大伯和父亲在北京工作，虽挣钱不多，但每年也能积攒下一些小钱寄回老家，让二大伯补贴家用。再加上我二大伯会持家，我母亲她们几个妯娌当年都年轻能干，家里日子虽不富裕，但也不是十分困难。二大伯家有两个儿子，也就是我的堂哥。大哥大我 5 岁，二哥大我 2 岁。我 6 岁来北京之前的童年都是和他们在一起玩耍。

我家那时除了自家人外，还赡养着三位同姓蔺，但没有血缘关系的老人，其中有一对老夫妻，无儿无女；一位从未成家的鳏夫。他们原本居住在别的村子，因为年老多病，无依无靠，又和我家是同姓，我二大伯同情他们，就把他们接到我家来住，还给那对老夫妻在我村盖了房子，由我家来照管这三位老人，为他们养老送终。那个时候我很小，只记得我管他们叫爹爹奶奶，也记得经常跟母亲一起去给他们送饭，但我一直以为他们是我父亲的叔叔和婶婶，我跟他们也很亲。我还清楚地记得最后一位爹爹去世时，家里办丧事，我和大人们一起大哭的情景。几十年之后我才从家里长辈那里听说那三位老人原来与我家并无血缘关系。

潍河，家和我

我家村前有一条河，叫潍河。潍河是山东境内很长的一条河。说起这条潍河，它和我家，和我的生命有许多渊源故事，我的家族，我的出生，我童年的生活都和它有很深的连接。

2016 年回到故乡，站在潍河边

多少年来有不少人好奇地问我：“为什么你们村只有你家一户姓蔺的？”每当别人问起我的时候，我也很好奇：“我们是从哪里来的？为什么全村只有我们一户姓蔺？”直到前两年，我和弟弟们退休之后，有了闲暇时间，带着这份好奇，寻访了昌邑市潍河西的蔺家庄，才在同姓长辈们那里解开了这个疑团。原来许多年前我们和其他姓蔺的同住河东的一个蔺家庄村。因为那年潍河泛滥，蔺家庄被大水淹没了，庄里的人四处逃难，大部分人家逃到了河西现在的蔺家庄所在地，重新建村庄住。少数人家散落到其他安全的地方，我家则来到了韩家扶宁落户。试想我家先人们逃难到他乡，孤独地住下来，融入韩姓村庄，后代不但不孤独，反而在这里受到尊敬。我想，蔺姓的家人之所以在异乡有这样受尊重的地位，一方面是乡亲们的包容，另一方面也反映出我家世代相传的慈悲、善良、勤奋、进取精神。

潍河与我的生命息息相关。我母亲说生我那年，正赶上潍河发大水，但是我很幸运，没有受到灾难，安全地出生了，所以家里长辈给我起的乳名叫“水”。我是多么幸运，我是灾难中的幸运儿，生命之初就充满了幸运。

欢乐的小兄妹

我小的时候，潍河水面很宽，水很大，也很急。河里发生过淹死人的事故。因为危险，大人们不让我们小孩子到河边去玩。可我大哥特别勇敢，带着我和二哥常到河边去玩。记得我们三个人在长长的河堤上自由地奔跑，跑得满身大汗，欢快极了，早已把大人们的嘱咐忘在了脑后。最开心的是跟着两个哥哥去河边摸鱼。他俩的水性很好，他们一头钻下水去就能摸上来鱼，一会儿就摸上来好几条。他们让我在岸上看守着这些鱼。可我看不住，“扑棱”一下，一条鱼跳回水里去了，我想抓也抓不住。他俩从水里钻出来后，狠狠地训了我一通。我那时委屈地哭了，鱼跳到河里我也心疼啊，可我也没办法抓住它啊！他俩见我哭得伤心，也不忍心了，又过来哄我。我们三个又马上和好了。

我大哥是全村出了名的淘气鬼。别人不敢干的事他都敢干，因为这个经常挨我二伯父的打，虽然受了不少皮肉之苦，但他不记得，挨完打他继续干。可我跟他在一起特别开心。他带着我和二哥去掏鸟蛋。他们让我在树下等着，他俩爬到很高的树上，掏出鸟蛋来交给我保管。有时大哥掏鸟蛋时会掏出一条小蛇，我看到蛇吓得嗷嗷叫，他却把那蛇倒过来，用手捏住那蛇的尾巴，用手顺着蛇的身体从后往前捋，很神奇的是，一会儿这蛇就不动了，大哥把它围在腰上当腰带。那时候，我觉得他真了不起，他是英雄。夏天瓜果熟了，大哥就带着我和二哥到瓜地里去偷西瓜。我们把一个西瓜掰成两半，把瓜瓤吃完了之后，就在瓜皮上拴上地瓜蔓变成吊桶，到井里打水喝。有时也会跑到菜地里偷摘柿子椒吃。我山东老家的柿子椒又大又甜，很好吃。

大哥也常带我和二哥去偷摘桃或杏。有一次他们爬到大姑家的桃树上偷桃吃，被我大姑抓住了。大姑把哥哥们揪下来，训斥我们："这桃还没熟，熟了我还不摘给你们吃？"其实也是，每次桃熟了时，大姑都会送给我们吃的。而那时候，桃子还没长熟，又硬又涩，并不好吃。我想那就是我们那个时候孩子们喜欢做的事吧！哥哥们爬树偷桃是为了显示他们的勇气和能力。我呢，只要哥哥们带我一起玩，干什么我都开心。哥哥们一直是我这个小妹心中的英雄。即使到了我的青少年时期，他们依然是我精神上的榜样。我大哥远赴西藏，二哥去了青海格尔木建设兵团，我从每一封来自西藏、青海的信中，读到了他们的热血青春，读到了他们的家国情怀。感恩两位哥哥伴我长大。

我在爱中长大

在山东老家的童年里，母亲对我的爱自不必说，她天天把我带在身边，即使下地干活，也让我在她旁边玩。母亲的手很巧，每年过年都会给我做新衣服，穿上去总能得到别人的夸奖。

虽然父亲不在身边，但是我二伯父和哥哥们的爱，弥补了我的父爱。二伯父因为家里、外边都要当家，负担很重，他有时脾气暴躁，着急时会对家人大吼大叫，也经常因为大哥调皮而打骂他。但对我，无论我做错了什么事，他都不对我发脾气。也许因为我父亲不在家，我母亲在家年龄相对较小，他总是照顾我们娘俩。只要他有时间，我和母亲回姥姥家他都会推着小车去接送。有时他也让大哥去送我们。我姥姥家里很穷，每次母亲回娘家时他都会让我母亲给姥姥带上一些白菜和米面。两个伯母对我也视同女儿般疼爱。

我姥姥只有我母亲这一个女儿，姥爷早年去世，母亲出嫁后只有她一个人孤单地守在家里。每次我和母亲回姥姥家她都老早地在门外等候。每次回去，姥姥都给我预备一碗又甜又香的蜂蜜。姥姥家院子里有株石榴树。每当石榴熟了时，她自己都舍不得吃，一直给我留着。吃不完时，临走时再让我带回家吃。

我大姑家的村子离我家很近，站在我家的场院里就能看见大姑家的房子。大姑性格温和，她自己没有儿女，就把我们这些侄子、侄女当儿女对待。再加上离娘家近，她经常给我们送她家的好吃的来。桃子熟了送桃子，杏熟了送杏。我最喜欢的是每年农历的寒食节时，大姑送来的红红的鸡蛋，那是用高粱水煮出来的。我和哥哥们也常到大姑家去玩。每当我们去她家时，她总是拿出我们最喜欢的东西给我们吃。

二姑、三姑家虽然离我家较远，但我也经常被表哥、表姐们接到他们家里去住。在那里同样被姑姑、表哥、表姐们照顾得非常周到。

就这样，我在山东老家被亲人们爱着，度过了我快乐的6年时光。1952年，我告别了亲爱的故乡，告别了我亲爱的潍河，告别了那些爱我的亲人，去北京和父亲团聚，但那6年快乐的幼年生活永远留在我的记忆中。潍河、故乡、家人给我种下了善良、朴实、爱的种子，它们植根于我的生命中，生根、发芽、生长。

我童年生活的院子

我上小学时家住在高庙胡同 12 号，也叫庆云巷 23 号。写到这里，也许别人会觉得很奇怪，你是不是写你曾经住过的两个院子？其实不是，我写的是同一个院子。这个院子有两个门。原来走前门，是高庙胡同 12 号，后来，走后门，叫庆云巷 23 号（后改为青云胡同 23 号）。高庙胡同和庆云巷是前门鲜鱼口内夹在长巷四条和草厂头条之间的两条胡同。也就是说，它们区分开了长巷和草厂。这两条胡同以西是长巷四条至头条，以东是草厂头条至九条。

我家从 1956 年住进，大约住了四十年的这个院子，原来是一座清代关帝高庙，高庙胡同是因此庙而得名的。这个院子的建筑结构与一般小庙的结构差不多，大小一共有四个院子。从前门进来，有一个不算太大的前院。从前院穿过一道门就进入了中间的院子，这院子比较大。在院子的东侧左右各有一个小配院。后门就设在南边的小配院中，从这个门出去，便是庆云巷。但后门平时都关着，一直走高庙的前门。但与一般庙不同的是，我们这个院子的功能很多。前院是一家客栈。中院是庙，庙里有老、少师徒和尚二人。院里同时住着两家住户。靠北的配院住着少和尚和他母亲。我家住靠南的小配院中的一间半小南房，另一间是同仁堂乐家存棺材的库房。虽然又是庙，又是客栈，又是住户，但我们相处得很和谐。

前院的客栈虽然不算太大，但南来北往的客人总是不断。我记得我们院里从来没有限制客人们到后院来的规定，但客人们从不到后边的院子中来打扰庙里的宁静和居民的生活，所以我们院子里很安静，也很安全，从未有过丢失东西的事发生。客人们自觉不到后院里来，倒是我们里院的人出门进门要从客栈穿过，但我们也从不去打扰客人们。我记忆中，前院客栈中住着一家人。夫妇两个人带一个小姑娘，他们是湖南人，好像是研究人员，单位派他们常住北京。因为住长了，也就彼此熟悉了，我常到他们那儿去玩。后来他们又生了一个小男孩。令我们感到好奇的是，那个男孩几个月时，他们常用院子里的水龙头为孩子冲澡，尤其是冬天时，也把孩子脱光，在水龙头那儿冲。他们夫妻两人一人拎着孩子，一人给孩子洗澡。我们都当是看西洋景。院里的大人们则心疼地劝他们，别冻坏了孩子，我们这些孩子则好奇地围观。因为从未看见过冬天在院里用冷水为孩子洗澡的。我现在想来，他们是想用这种方式来从小增强孩子身体的抗寒能力吧，好像大人们练冬泳一样。

中院很大。西房为正式的关帝庙。正北房是老和尚的寓所，老和尚大约 70 岁。

每天早上老和尚师徒二人要上堂念经，我们院子里的人们从来不去打扰他们。

正北房的西侧有两间耳房，比较低矮，住着一户姓杨的山东人，我们都叫他们杨大爷、杨大妈。正南房有一间为庙里的生活用房，有一间住着山西人，姓胡。

我们这几家相处得很和谐，那时候谁家做了什么新鲜的吃的，都会相互学习，相互分享，印象最深的是我母亲从西屋山西胡家那里学会了蒸莜面卷、“猫耳朵”。

院子里种着许多花草树木。院子中间摆放着两大盆睡莲。每到夏天，那漂浮在水上的碧绿叶子，衬托着那紫红色睡莲绽放，如同少女那般娇艳，引来蜜蜂在这里忙碌。夏季院里那粉红色的夹竹桃、五颜六色的芍药、紫色的兰花和白色的茉莉花把院子装扮得像百花园一样。院子里还种着仙人球、仙人掌。记得弟弟小时候不小心摔了一跤，手扑到了仙人球上，扎了满手都是刺，痛得大声哭喊，大人们想了许多办法才把那些刺弄出来。从此之后，我们这些孩子在玩的时候都会尽量躲开仙人球和仙人掌。不过，当仙人球开出像莲花那样的雪白的或浅黄色的花朵时，我们还会靠近它，去欣赏它的美丽，闻它的花香。

庙的正堂前东西两旁各有一棵大柳树，不知这树有多少年了，又粗又高。夏天到来时，蝉儿常常在树上鸣唱。那树上有时会掉下一些肉乎乎的黑紫色的大虫子。我最怕这大肉虫了，每次从那里走过时都心惊胆战，生怕一不小心脚踩了它，或从树上掉下来一个正好掉在我头上。记得有一次，院子里的孩子知道我怕虫子，就故意吓唬我。当我走到树下时，一个孩子喊：“虫子掉在你后背上啦！”吓得我边跺脚边哭，他们却在一边哈哈笑。当我明白了是他们恶作剧时，才冷静了下来，这时我看到老和尚也在一边笑。那是我唯一一次看到他咧着嘴笑。平时他虽然看上去很和善，但从没笑过。

院子中间偏北一点有一棵黑枣树。每到秋天时，树上就挂满了深黄色的小灯笼似的黑枣。我们这帮馋嘴的孩子忍不住就偷着拿棍打树上的黑枣吃。结果吃到嘴里又苦又涩，最重要的是会便秘。于是偷嘴的后果是自己受到了惩罚。这时，老和尚不但不批评我们，反而耐心地向我们解释，这黑枣一定得变黑、变干了才能吃，等熟了时，一定给我们吃。

院子南边靠西处有一棵海棠树。每到春天，那一簇簇的粉红色的海棠花漂亮极了，我总忍不住要折一枝插在屋里。

院子两侧的东、西厢房的房廊下摆放着石桌和石凳，夏天我和院里的小伙伴们常在那里写作业、玩耍。

我家住的小院里有一棵丁香树。春天来临时，浓郁的香气飘洒在整个院了中，沁人心脾。

后来，老和尚师徒俩搬走了，院子变成了工厂，庙房成了厂房……我家住的小院被与大院隔开来，走了原来的后门，成为现在的青云胡同23号。

那个幽静的高庙，那个美丽的院子，给了我快乐的童年，永远留在我童年的记忆中。

鲜鱼口——老北京的记忆

我小的时候住在鲜鱼口内的一条胡同里，后来又相继搬到西城、丰台、宣武和海淀去住，已经有近30年没到鲜鱼口去了。听说前门一带的胡同都要拆了，我有一种强烈的冲动，一定要再去看看鲜鱼口，也许以后再也找不到它的历史痕迹了。

当我来到鲜鱼口时，我不敢相信这就是我昔日熟悉的鲜鱼口。破旧的房子上挂着各种繁杂的小商小贩的广告牌，除了“兴华池”澡堂这个老字号还完好地保存外，不见了许多原来的老字号，不少房子已经被拆了，碎砖残瓦随处可见，原本就不宽的街道上竖起了一列列遮掩正在拆危旧房的蓝色挡板，街道显得更狭窄了。没有了往日那车水马龙的拥挤和热闹，寥寥走过的行人多是做小生意的外地打工者，偶尔胡同口有几个看上去是老住户的大爷大妈，都在谈论着搬迁的话题。一片冷清，一片凄凉。让我心中有一种说不出的感觉。是惋惜，是怀念，是苦涩，是恋恋不舍？

小的时候，我经常从鲜鱼口走过。到鲜鱼口买东西，去大栅栏逛商场，去前门大街玩，到同学家串门，无数次地经过这儿。那时鲜鱼口总是那么热闹、拥挤，到我会骑自行车时，走过这儿都不得不下车推着自行车走。鲜鱼口西口路南是家老的食品店，它西边是著名老字号正明斋，再往南是老正兴饭馆。鲜鱼口西口路北是一家老字号鞋铺，鞋铺北边便是“都一处”烧卖店。鲜鱼口内路南不远是被叫作“黑猴”的一家百货店，门口立着两尊木制的黑猴。我常在这个店里逛，买不起里面的东西，但爱看那里的新鲜货品，漂亮的花布常常吸引我不愿走开。虽然没有钱，但在欣赏着，幻想着，那一块小碎花布我做个小棉袄一定很好看，那一块紫色条绒做件罩衣一定很漂亮……往里走便是副食店，凡在我家胡同里的小副食店买不到的东西都到这里来买。往里不远处还有一家门脸不大的照相馆，是联友照相馆。我珍藏至今的和小学两个要好的同学的合影就是在这里照的。感谢它让我保留了童年纯真的友情。再往里就是著名的大众评剧院。我那时不懂评剧，对演什么剧目也不太知道，但橱窗里的新凤霞的剧照总让我流连忘返。大众评剧院旁边有家“祥聚公”点心铺。我一生中吃的最香的月饼就是从那里买的。那年八月十五，父亲让我去“祥聚公”买自来红月饼。买到的是刚烤出来的，到家打开纸包还热乎着呢，咬上一口，又甜又酥。可打那以后，虽然每年吃的中秋月饼花样繁多，价格也远比当时的自来红贵，但再也没吃到过当年“祥聚公”那刚出锅的热乎乎的又香又酥的月饼了。大众评剧院的对面是历史久远的“兴华池”澡堂。虽是澡堂，门脸儿却装饰得很华丽。那时家里都没有浴室，附近胡同里的居民洗澡都要到这里，尤其每年春节前，人们为了干干净净迎新春，都要到这里排大队洗澡。这里的服务员待人热情，常常主动为老人和孩子们搓澡。我常让那儿的服务员阿姨们搓得干干净净，然后高高兴兴地穿上新衣过年。至今走到这里时，我还依稀记得给我搓澡的阿姨那张可亲的笑脸，我想现在她应该是80多岁的老人了吧！今天虽有了现代化的各种香浴、药浴等洗浴项目，但似乎缺少了物质生活贫乏时期，“兴华池”那种人与人之间的自然真切的感觉。

我寻找着记忆中鲜鱼口的一切，哪怕残留的一点点，也要把它拍摄下来，因为它不再有了。找寻着，找寻着，突然发现过去自己并没

我儿时的少年之家

留意的很有特点的古迹——南孝顺胡同口上一间古老的六角楼，它很别致。虽然红漆早已脱落，但建筑却完好无损。它小巧精致，飞翘的三个楼檐像燕子展翅。过去从它门前走过千百次，怎么从来没发现有这么奇特的六角楼？还有那小阁楼，有的木槛雕刻着精美的花草，有的房檐的砖上有虫兽……

鲜鱼口，有我童年的记忆，是我心中永远的老北京。

我家门前的那棵杨树

前门外青云胡同 23 号是我们和父母住了 40 年的地方。父母去世后，妹妹一家又在这里住了多年，直到搬迁离开。这里经过地区改造，旧时的面貌早已不在，然而，青云胡同 23 号门前那株粗壮高大的杨树却郁郁葱葱地挺拔在那里，它像巨伞一样，伸开的枝叶几乎覆盖了这半条胡同。当你走进这条胡同时，一眼就会看到它，格外惹人注目。

这棵杨树是我两个弟弟上小学时种下的。当年弟弟们种下这杨树时，它只有茶杯口那么粗。我们全家人都爱护它，为它浇水，为它清扫树下的垃圾，守护它长大。如今 50 多年过去了，弟弟们都已年过花甲，这棵杨树也已根深叶茂。它的树干粗壮得一个人都搂抱不过来。这棵杨树和我家有着深厚的情感，它记录着我家的历史，记录着我家的生活，也记录着我家的亲情。

小时候虽然家境很贫穷，全家 6 口人只靠父亲一个人微薄的工资维持生计。过重的生活压力，过度的操劳，使我的父亲患上了胃病，虽经手术仍未完全恢复，他几十年来一直被胃痛折磨，直至最后去世。母亲身患严重的先天性心脏病，但为了帮助父亲维持生活，补贴家用，她找了一家服装厂为人家锁扣眼，钉扣子，缝裤边。为了多一些收入，她白天辛苦劳作一天，夜晚待孩子们睡下后还要接着干活，常常一熬就是一夜。因为本来身体就有病，加之没日没夜地做活，还要照顾一家人的吃穿，母亲很早就累弯了腰，心脏病也越来越重。母亲是在家里给服装厂做活。她所加工的那些衣服是我们这几个孩子从很远的厂子里用大包袱背回来的，待母亲加工好后又背着送去。我从上小学开始就帮妈妈送活，上了中学，就把这一任务交给了大弟，后来大弟传给了小弟、小妹。我们这些小孩子每天放学后都要背着这沉重的大包袱，奔走在我家和工厂之间，小小的年纪就开始分担父母生活的艰难。那个时候，家里的日子很苦，我们几乎每顿饭都是窝头就咸菜，吃不上菜，也很少见到大米饭和馒头。像现在的孩子们随时可以买糖果，买零食，我们那时连想也不敢想，那时候我们看到别人家小孩吃块水果糖，都会羡慕不已。

尽管家里的日子苦，但父母很疼爱我们。在父母的抚爱下，我们的童年过得很快乐。每天放学后弟弟们在门口的杨树前和小伙伴们一起拍洋画、弹玻璃球，有时还会为赢输动起手来。吃饭的时候到了，我们这些贪玩孩子不知跑到哪里去玩了，父母就会站在这棵树下唤着我们的名字，招呼我们回来吃饭。

慢慢地，我们这些孩子都长大了，相继离开了家。1968 年我到了北京远郊区密云县的深山区去当小学教师。同一年，大弟弟去了邢台当了坦克兵，小弟弟去了唐山，成了一名空军地勤战士。又过了两年，妹妹去了北京通州的农村插队。我的父母亲站在这棵树下，送走了他们的一个个儿女，望着我们远去的背影，眼睛里流下了不舍的泪水。在孩子们离家的那几年中，我们的父母一次次地站在这棵杨树下盼望着每个孩子的来信，等待着我们的归来。终于，如同小鸟飞出又飞回，我们陆陆续续都从各地回到了青云胡同23号，回到了这棵杨树下，回到了父母的身边。我们又都开始了自己新的事业，也各自在自己的工作岗位上取得了不小的成就。再后来我们又都陆续结婚、成家。这棵杨树和我父母一起送走了出嫁的两个女儿，迎娶了两个贤惠的儿媳。再后来，我们的下一代出生了，我们的孩子们也都在我父母这里长大。他们在爷爷、奶奶、姥姥、姥爷的呵护下，在这棵杨树下度过了他们快乐的童年。

这棵杨树，见证了我家的历史，也见证了我们的长大，它自己也历经了许多沧桑。1958年，我家旁边的颜料会馆变成了纸箱厂，后又变成了砂轮厂。厂里的人们把刚刚刷过漆的纸箱靠在树边晾，清漆腐蚀着树身，树皮脱落露出了新肉。这里每天会来往许多拉货的马车、驴车。人们常用这棵树来拴马和驴。经过无数次的马啃驴咬，杨树的腰间出现了一个大洞，那树干遇到大风几乎就被刮断。但几十年过去了，它没有倒下去，它自愈了伤口，迎风挺立，根深叶茂，越长越壮。它像我父母一样坚强，像父母一样看着我们长大，望着我们成家立业、生儿育女。

如今，50多年过去了，青云胡同的老房子已拆掉，政府在这里开始了新的城市改造工程，胡同原来的面目几乎看不到了，青云胡同23号的房子也看不到原来的模样了。我们的父母早已去世多年，我们兄弟姐妹四人都陆续搬到其他地方住了。这50多年里，我们由父母膝下的儿女升为我们儿女的父母，又升为了孙辈们的祖父母。这里旧的房屋不在了，青云胡同23号住的人也离开了，唯有这棵杨树依然傲然挺立在这里。

2018年我的大家庭在青云胡同23号门前大树下合影

当年树下的6口之家，如今已是23口的大家了。我们全家都会时常回来看看这里。我们亲手栽下的这棵大树还在，我们会在这棵大树下聚会。因为在我们的心中，这棵大树早已是我们家的象征，它像是我们父母那伟岸的身影。仿佛大树在，我们的家就在，我们的父母就在。在这里有我们及孩子们童年的欢笑声，有父母召唤我们回家的喊叫声，有父母站在大树下目送儿女远行和盼望儿孙早归的身影，这里留存着我们太多的记忆，是我们难以忘怀的地方，这里是我们永远的家……

我们每次来到这里，都要在这棵大树下拍一张全家的合影。每张全家福的照片上，家里老老小小脸上都洋溢着幸福的笑容。那笑容像是在向父母汇报，汇报各自的生活，各自的成长；又像是在向父母诉说，诉说父母给予的大爱、深情和永生难忘的精神力量。大树繁茂的枝叶在微风吹动中发出的哗哗声，仿佛是父母听到汇报、诉说后高兴的朗朗笑声；那大杨树的叶子在夕阳映照下亮光光、金灿灿，又仿佛是父母看到一群孩子后满意幸福的笑容……大树下的每一张合影都有年轮，每一张照片都有我家的故事，它们传承着我家绵延不断的浓浓亲情，传承着我家世代不变的自强乐观、和谐相爱的精神！

（注：这一篇是我和小弟贵良共同写作的。）

童年的友谊

2005年1月8日，分别45年的小学同学重新聚到了一起。我因上午开会，晚到了一些。心中留下的记忆，全是童年的形象：那一个个稚嫩淘气的小男孩，那一个个活泼伶俐的小姑娘。但一进门，我便愣住了。一下子分不出谁是谁了。其中多数头发已经花白，纵横的皱纹爬上了额头。这是我魂牵梦萦的亲爱的小伙伴吗？这是我儿时一起欢乐嬉笑的同学吗？如果不是事先有过沟通，如果不是约定好在这里见面，我简直不敢相信。但想想自己不也是从那个梳着长辫的天真的小姑娘变成了年近花甲的老太婆了吗？啊，我的记忆让我把每个人都定格在了45年前。

但我仔细看去，多数都认了出来。“老秘”，我们的大班长，瞪大的眼珠子，最明显的特征一点都没有变，只是黑发已部分染霜；魏玉增，那个每天晨读时给我们读小说的小男生，我们对《烈火金钢》《林海雪原》这些当年流行小说的了解，是从他那儿得来的；董少林，当年被同学们称为“少剑波”的英俊小男孩，虽然头发已见稀少，但依稀能找到当年的影子；段惠馨，我们班的大队长，小时候长得皮肤白白的，面容美丽可爱，如今虽然渐近花甲之年，皮肤依旧是白白的，那美丽也依然还在；张秀琴，小时候就每天乐呵呵的她，虽然体形胖了，但从那笑得合不拢嘴的脸上，我一下子就找回了当年那个可爱的小姑娘……

我们高兴地一起聊着，记忆带出童年生活的点点滴滴。啊！多么令人难忘的班集体。我们曾用“七战七捷”的优异成绩连续取得全校各项球类比赛的冠军；我们曾用那清脆、优美的歌声一次次骄傲地夺得歌咏比赛的“黄莺”奖和“布谷鸟”奖，至今“黄莺叫，呷咕、呷咕……布谷鸟，布谷、布谷……”的歌声仿佛还在耳边回响；我们曾是木偶队、舢板队的队员，我们的女子舢板队多么荣耀地夺得了全区比赛的桂冠；我们曾骄傲地出席了在雄伟的人民大会堂召开的少先队建队十周年庆祝大会，荣幸地捧回了全国少先队先进集体的奖状……啊，多么快乐的童年，多么幸福的童年！童年这些美好的生活，给了我们丰富的知识，培养了我们广泛的兴趣，使我们热爱生活，热爱集体，热爱同学，培养了我们的自信，增长了我们的能力。童年时，我们的家境大都很贫寒，但是，我们成长得很快乐。感谢我们的班主任李老师，她把全身心的爱给了我们，培育了我们这样一个优秀的班集体；感谢同学们的互相关爱，这种爱深深地扎根在我们的心田，深厚的情谊 45 年不变；感谢童年的生活，给我们铺下了人生成长坚实的基石，让我们载着不同的成功走到了今天。我从内心深处深深地感激：我能够成长为一名深受学生们喜爱的大学教授，成长为一名颇有一点成绩的心理学家，我从来没有忘记哺育我成长的童年的老师，从来没有忘记过那些带给我快乐的同学。我从老师、同学那里感受到了爱的温暖，学会了爱，我把爱又给予了我的学生，我的事业。我是爱的承受者，我是爱的传递者。因为有了爱，我才有了那般灿烂的童年；因为有了爱，我才有了这般快乐成熟的晚年。

我们从童年聊到了个人的经历，聊到了彼此的家庭和孩子。伴随着时代的波澜，我们每个人的人生都经历了起伏跌宕，我们经风雨，历坎坷，从少年走向青年、中年，步入老年；从幼稚走向成熟。叹历史的变迁，感岁月的万变。抬眼看看彼此斑白的两鬓，才真正体会到了人生弹指一挥间。无论我们的境遇有多么不同，我们毕竟走过来了，我们赶上了父辈们想也没有想到的好时代，我们是幸运的，我们是幸福的。

魏玉增说："昨天我们曾经拥有一个金色的童年，今天我们同样要拥有一个金色的晚年。"今天我们重相聚，以后我们常相聚，我们在一起互叙友情，传递笑声，共同携手走过快乐、幸福的晚年。

1963 年，冰窖厂小学六·二班的同学（前排左四为作者本人，前排右四为班主任李玉珍老师）

悼三位早逝的小学同学

当我们分别45年后的小学同学高兴地聚会时，当我回忆班级54名同学的学号和名单时，我沉痛地将4号刘宝敏、14号王永禄和15号白士茹的名字画上了黑框，因为他们永远地离开了我们，过早地失去了年轻的生命。但他们那儿时的音容笑貌却一直在我脑海里闪现。

刘宝敏，她个子不算高，两条又粗又黑的长辫垂在背后，圆圆的脸盘，白白的皮肤。她从小命苦，上小学前亲生母亲就已经去世了。虽说继母待她也不错，但因家里孩子多，生活很贫寒，她经常穿着打补丁的衣服。但破旧的衣服丝毫掩盖不了她的一种独特美，她的两只大眼睛笑眯眯的，总是有些害羞地微笑，说起话时柔声柔气，让你总有一种爱怜她的感觉。由于家境贫寒，她小学毕业就参加了工作。打那以后，我就没有机会再见到过她。但我时时牵挂她，所以也就时常打听她的消息。早几年，听到的都是好消息：她分到了一个好单位，好像在一个很不错的光学仪器厂工作，离家不远，待遇也不错。后来，又听说她被派到上海去学习和工作。我在心里为她兴奋，为她祝福。“啊！宝敏，你终于时来运转啦！”可是，不久就传来噩耗：她被人杀害了！听到这一噩耗，我哭了，我为这朵还没有开放就凋落的生命之花而感到遗憾，我为老天对她这样不公平而感到愤懑，我为过早地失去我儿时一个亲密的伙伴而感到悲痛。刘宝敏是我人生中第一位失去的同龄伙伴，她让我第一次感受到了生命的无常和短暂。

白士茹，她长着一张瓜子脸，一双大眼睛中透着朴实和真诚。她的身材修长匀称，总是穿着剪裁合体的花裙子，令我很喜欢，也很羡慕。记得她穿那条白底蓝点的百褶裙（我们当时称之为“馒头裙”），因为人旋转起来，裙子像是一个馒头形状，尤其漂亮。我们称斜裙为“窝头裙”，人旋转起来，裙子像是一个特大窝头。那年月，我们都因家境困难，常吃窝头，吃厌烦了，因此偏爱馒头。所以对“馒头裙”也格外喜欢。士茹嗓音有点沙哑，但说起话来音调很高，性格爽直，有什么说什么，她不喜欢女同学之间为一点小事就闹小性、生小气，这一点与我特别像，因此我们特别合得来。她家住小席胡同。这小席胡同夹在大席胡同和花枝胡同中间，很窄小。她家住在靠近花枝胡同那边。一个院子里住的全是她们白家人。她有个堂姐叫白士琴，在我们小学的同一个年级读书，在六甲班。她堂姐常常跟她穿同样的衣服，许多人把她们看成是双胞胎。但在我印象中，士茹比士琴个子高，皮肤白，而且性格也开朗。小学毕业后，我就跟白士茹失去了联系，但我一直惦记着她。2005 年同学聚会，得知她因白血病去世，感到非常难过和惋惜，我痛失了一位儿时的挚友。

王永禄在我们班男生中个子中等，人也挺朴实。他家住在冰窖胡同离学校不远的一个院子中。他们的院子门很大，门道很宽，他家住在门道西侧的南屋，后窗朝街。我去过他家。记忆中他妈妈细高的身材，长得很漂亮。王永禄小的时候像其他男生一样顽皮淘气，但又不及有的男生那样机敏，常常别人淘气最欢时他反倒淘得不起眼，而等老师来到时，那些机灵鬼早都撤离现场，装模作样地正经了起来，他却偏偏在此时欢了起来。因此常常被老师发现后罚站，真有点“别人牵驴他拔橛儿”的状态。每当这时，我就又气又同情他。气他的反应迟钝，同情他的代人受过。但下一次他又不接受教训，还是重复以前的错误，真是让你“哀其不幸，恨其不争”。他有时玩起来爱犯急，所以有时一些男生不太喜欢跟他一起玩。他后来有了一个流鼻血的毛病，男生们就更不太敢跟他在一起玩了，生怕不小心又碰了他，看到他鼻子流血不止，又害怕又心疼。听说他也是因白血病去世的，我猜想是不是小时流鼻血时就已经得了这个病了。我也很想念他，前些天我回母校小学时，路过他家门口，在那里我停留了好长时间，我默默地哀悼他，他童年那憨憨的淘气样，那被老师罚站的委屈样，甚至那流鼻血的惨痛样历历在目。

三个亲爱的同学离我们远去了，三个亲密的儿时小伙伴永远地离开了我们。当我们 45 年后又聚会时，我仿佛觉得他们还在我们中间。他们如果活到今天，会是什么样？刘宝敏一定依然是那样害羞地微笑，白士茹一定会高兴地跳起来亲热地搂着我的肩膀，王永禄一定又在与男生们打闹嬉笑……他们如果活到今天，和我们在一起回忆儿时的欢闹，哪怕是吵架的情景，那该有多好！

当我怀念他们时，我再一次深刻地意识到，我们每一个活着的人是多么幸运，我们庆幸自己能够平安地在这里享受生命给我们带来的一切。尽管我们也曾经历过这样那样的痛苦和磨难，也许那些痛苦今天还可能在折磨着我们；尽管我们内心会有许多不平，也许这些不平在现实中也还存在。但是，值得庆幸的是，我们平安地活着，我们有自己的家庭，有心爱的儿女，我们能有机会看到国家和自己生活的变化，我们有机会享受这变化带给我们的幸福和快乐。可是刘宝敏他们却永远地失去了享受生活的机会。生命是宝贵的，我们每个人只有一次，它不能复制，也不能重来。生命是短暂的，我们已经走完了人生的一多半。我们应当珍惜自己的后半生，热爱生活，享受生命。

我们谁都无法决定生命的长度，但是我们可以把握生命的厚度。让我们保持一个积极乐观的心态，不断学习新鲜事物，培养丰富的生活情趣，拥有一个健康的身体。那么，我们就不会被日常琐事所烦恼，也不会耿耿于怀于那些陈年的是是非非。我们只要时刻想着：比起那些早逝的同学，庆幸我们还能平安地活着；庆幸我们还能有机会享受今天和明天的幸福和快乐！

怀念和感激——我一生的老师

2006 年 3 月 29 日清晨，我突然接到我小学时的班长秘增凯打来的电话，听到我们最亲爱的李老师于凌晨 4：00 去世的噩耗，我又一次经历了失去母亲般的痛苦。当我和几个同学赶去为李老师最后送别的那一刻，看到李老师平静地躺着，我觉得她似乎是睡着了，尽管我知道人总会有这么一天，但我不敢相信一个永远孩子气的，我们终生喜爱的老师会永远地离开我们。怎么她会走得这样快？ 2005 年我和同学们来为她过 80 岁生日时，她那亲切的、天真的、孩子似的音容笑貌仍旧清晰地留在我的脑海里。

那时因为我工作的变动，频繁地搬家，李老师原来住的地方也拆迁了，我和李老师失去了联系，我已经有 20 多年没去看李老师了，我还能认出她吗？她还能认出我吗？她现在变成什么样了呢？她会不会责怪我这些年没去看她？带着一种急切与不安的心情，我们来到了李老师住的香山老年公寓。当我们走进老年公寓的楼门时，我看到靠西边的椅子上坐着一位穿灰色上衣，围着红色围巾的老人在休息。我一下子就认出来了，这就是我朝思暮想的恩师李老师！我惊喜地上去拉着她的手，对她说：“李老师，我是蔺桂瑞，我和同学一起看您来了！”李老师先是一怔，接着马上用力握着我的手，眼睛里充满了泪水，惊喜并亲切地反复说着：“蔺桂瑞，你怎么这么忙还来了？”我很高兴和惊异老师能这么迅速地认出我来，但也更加重了自己的自责内疚心理：这么多年了，怎么一直就没有来看老师？老师不但不埋怨，反而在为我着想。这种无私的理解，让我看到了从小时候到现在老师永远是那么宽容她的学生。我们同去的同学一一报了姓名：史新英、赵文华、吕宝玲、周靖岱。她激动地笑着，频频地点头并重复大家的名字，说：“我认得，我认得。”她那高兴的脸上充满了甜蜜，整个脸的皱纹都舒展开了。我们搀扶着她走进了她的房间，送上我们带给她的食品，跟她一起聊我们的1960届的六·二班。她高兴极了，当我们提到一些同学的名字时，她马上会说出那个同学当时长得什么样，外号是什么，家住哪儿，他父母什么样，他有什么特点。特别是当我提到某某同学的名字时，她马上脱口说出了那个同学当年让全班同学捧腹大笑的一个趣闻。逗得我们所有在场的人哈哈大笑。她自己也像孩子似的笑得前仰后合。我真惊异李老师的记忆力，她一生不知道教过多少个班级，多少名学生，怎么会对学生的事情记得那么清晰？我想，这不仅仅是生理上的一种能力，更是老师对学生的一种发自内心的深深的爱，这种爱已经融化在她的生命之中，非常人的记忆力可比。当时我脑子里反复出现的一句话是：“学生——教师的生命！”谈话期间周靖岱出去了一小会儿，她立刻像妈妈找不见孩子似的，急切地使劲喊：“周靖岱，周靖岱！”等周靖岱回到她身边时，这才安静了下来。一会儿，她又高兴地拉着我们到其他老人的房间，高兴并骄傲地向人家介绍：“这是我的学生！他们看我来了！”那神情，好像我们个个都做了大官似的，让她那么自豪地炫耀。

李老师一生未嫁，她把自己的全身心都献给了教育事业。她为培养我们全面发展付出了全部心血。

在教学上，李老师精益求精。她的语文课讲得非常生动，常常能够引起我们极大的学习兴趣。记得讲《渔夫和金鱼的故事》一课时，她把课文内容排成了话剧，至今我还记得同学高宜正演的老巫婆惟妙惟肖，我们在愉快的笑声中掌握了知识。由于李老师的语文课讲得好，所以上级教育部门常常请她做观摩课。现在我还能清晰地回忆起有一次全区观摩李老师语文课的情景。那天李老师讲的是《一个苹果》。课文讲的是在朝鲜战争的坑道中，由于没有水，志愿军战士们渴得口干舌燥。有一个苹果谁都不舍得吃，在战士手中传来传去。那天全区来听课的老师特别多，教室的后边，桌椅间的每一条过道中，甚至教室外的楼道中都坐满了人。我记得李老师在课堂上让我归纳课文的中心思想。我当时一点也不紧张，准确地做了回答。李老师非常满意地肯定了我。为了提高我们的阅读能力，李老师带领我们在班里建立了图书角。她还让魏玉增在每天晨读时间为大家读小说。像当时流行的《烈火金钢》《林海雪原》等长篇小说，我们都是用这种方式读过的，它对我们的学习和以后的发展起到了很大的作用，事隔近50年了，我们每个人对此都记忆犹新。李老师的教学从来都是以鼓励学生为主。记得刚上三年级，开始学写作文的第一次课，老师讲了“匡衡的故事”，让我们用文字复述下来。第二天上课老师表扬了我，说我写得好，还让我在全班念我的作文。老师的表扬提高了我的自信，从此我喜欢上了写作文，从中学到大学，我的文章常常成为范文，这是第一次学写作文时李老师给我的自信，也让我对写作文产生了兴趣。李老师鼓励我们读书时摘抄优美的段落，鼓励我们写日记。我一直坚持这样去做，为此受到了老师的表扬。这个好习惯我几乎坚持到现在，它对我写作能力的提高起到了很大的作用。

李老师在学习上对我们的要求很严格。记得我上三年级时有一次上课回答问题，内容虽然答对了，但说话时总夹杂着“嗯、嗯……”的语气词，但我自己没有意识到。回答完问题后，老师不让我坐下，她问全班同学应给我评几分。同学一致回答说：“评 5 分。”但李老师说只能给 4 分，因为我有多余的语气词。这件事给我的印象非常深，从此以后，我表达时注意不再有无用的口头语了。

李老师为了避免任何一个学生在学习上掉队，想了许多办法。比如，组织家庭学习小组，委派学习好的同学当小组长，帮助学习成绩差的同学。我当时因学习好，被选为学习小组长。我曾因为在小组学习中带头玩，没有认真负责地帮助同学，受到过李老师严厉的批评。当时因为自己也是孩子，对老师的批评还不服气，长大后才知道老师对每一个学生负责的良苦用心。为了使学习成绩差的同学跟上来，李老师常常要为那几个同学讲三遍课。上课前先给他们讲一遍，正式上课时讲一遍，课后再讲一遍。她就是这样耐心地，手把手地教会了每一个同学。那时候，我们班的学习成绩总是在全年级排第一，谁又知道我们的李老师为同学付出了多少辛苦呢？

李老师不但在学习上努力为我们打好基础，而且还非常注重我们的全面发展。

为了丰富我们的课外生活，培养我们多方面的兴趣和能力，李老师协助我们组织了绘画组、合唱队、木偶队、舢板队，还有各种球队。绘画组邀请一个同学的画家父亲当辅导员。1959 年，当年著名的“十大建筑”（人民大会堂、北京历史博物馆和中央革命博物馆、北京火车站、工人体育场、民族文化宫等）刚建成后，就让绘画组自己去“十大建筑”那儿写生，回来后在班里搞画展。那时候，在绘画组的影响下，我们班许多同学都喜欢上了画画，而且有些人画得还很不错。长大后，当年绘画组中有的同学已经成为工艺美术行业中很有造诣的人才 。李老师亲自辅导我们班的合唱队，我们曾用那清脆、优美的歌声一次次骄傲地夺得歌咏比赛的“黄莺”奖和“布谷鸟”奖，至今“黄莺叫，呷咕、呷咕……布谷鸟，布谷、布谷……”的歌声仿佛还在耳边回响。我们班的球队曾用“七战七捷”的优异成绩连续取得全校各项球类比赛的冠军，我们的女子舢板队曾经荣耀地取得了全区比赛第一名。

李老师组织过许多丰富而有意义的少先队活动。记得她曾经组织我们班搞过一次“象征性旅行”活动。四个小队分为四个主题组，有考察克拉玛依油田的，有访问三八红旗手的……首先全班开了一个誓师大会，由老师为各路队长授旗，并下达任务。然后，各小队出发执行任务，一个月后“会师”。“会师”时要用各种方式来汇报自己的成果。这一个月当中，同学们围绕自己的主题到图书馆、书店去查阅资料，去有关单位访问，然后用自己创造的形式进行汇报。访问三八红旗手的小队，没有老师带领，同学们自己闯到中国评剧院，访问了著名评剧演员小白玉霜等劳动模范，那时我们才是四年级的小学生啊！记得我们小队的任务是考察克拉玛依油田。我们查阅了克拉玛依油田的许多资料，有的用绘画展览，有的编成诗朗诵，有的用歌舞表演……那一次活动，扩大了我们的知识视野，增强了我们的社会交往与实践能力，展开了我们想象的翅膀，培养了我们的创造能力。每一次的少先队活动，李老师都和我们一起玩耍，一起欢笑。北海划船时，她和我们一起“打水仗”，弄得全身是水；男生踢球时，她也要飞出一脚，然后就和我们一起前仰后合地大笑……她的天真活泼让我们总是把她当成我们的大朋友，忘记了她是一位令我们尊敬的老师。

李老师非常注重对学生干部工作能力的培养。记得她刚接我们班时就对我们小干部说：“三年级我带你们干，四年级我陪着你们干，五、六年级我看着你们干。”她是这样说的，也是这样做的。四年之中培养了我们独立工作的能力。在她的带领下，我们班的同学团结友爱，都非常热爱自己的班集体。1959 年我们曾骄傲地出席了在雄伟的人民大会堂召开的第一次大会——少先队建队十周年庆祝大会，荣幸地捧回了全国少先队先进集体的奖状……感谢我们的班主任李老师，她培育了我们这样一个优秀的班集体，给了我们一个快乐的、幸福的童年！

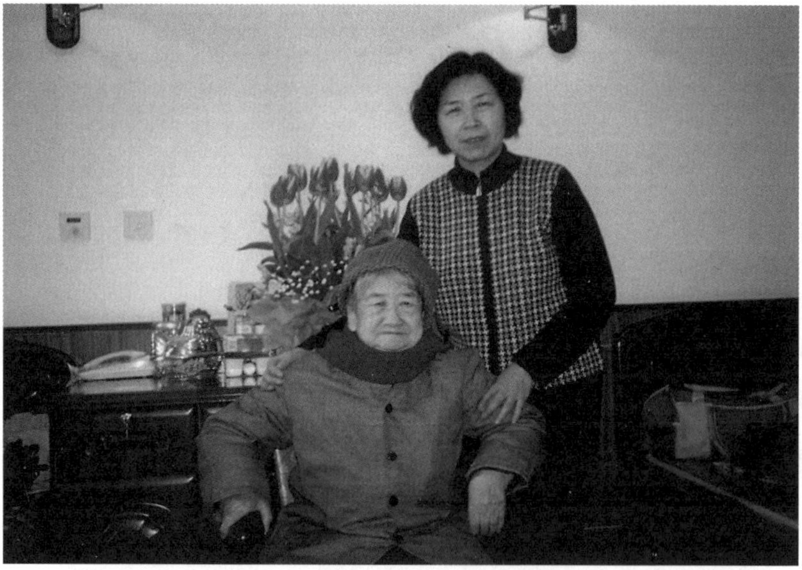

2005 年，我去香山老年公寓为李玉珍老师庆祝 80 岁生日

感谢李老师用一颗热爱学生的心，给我们的成长铺下了坚实的基石，让我们有了各自不同的成功。

李老师视学生为自己的儿女，她是我们一生的老师。李老师是从三年级开始教我们班的。她对每一个同学都非常关爱，无论学生的家境是贫穷还是富有，也无论学生的学习成绩是好还是坏，无论他们表现如何。记得当时别的班级的“差生”每每会转到我们班，而到了我们班都不同程度地有了进步。我们班许多家境困难的学生都得到过李老师不同方式的资助。记得有一次班上组织游泳活动。我因家里买不起游泳衣而没报名。细心的李老师发现后，把我叫到一旁，关切地问我：“你一向积极参加班上的活动，为什么这次不参加？”听我说了原因后，她把自己的游泳衣和泳帽送给了我，鼓励我和同学们一起去游泳。李老师送我的游泳衣和泳帽我一直保留了多年。1959 年，我代表我们班去人民大会堂领全国少先队先进集体奖时，李老师又把她的白衬衫亲自给我穿上。那时，我的家境虽然很困难，但从来没有在别人面前感到自卑，反而在李老师的关心鼓励下成长得很自信。

升入中学后，我经常去看李老师。每次去看她时，她都鼓励我要努力学习，积极向上。1968 年，我被分配到北京密云县的边远山区做小学教师。那时工作条件很艰苦，交通不便。到我工作的山村小学，要从市里坐火车到密云县城，然后再坐长途汽车，下汽车后还要步行近 20 里的山路，途中还要乘坐摆渡，经过一段水路。李老师那时利用休息日专程赶到我工作的山区小学校去看望我。她事先没让我知道，当她突然出现在我的面前时，我感到意外和突然，第一次远离家的我，像孩子扑在母亲怀里似的，抱着她哭起来了。那泪水是自己初到山区时的孤独与委屈，是对亲人的思念与感激。李老师给我带来了一些教学参考书，鼓励我做个好老师。从那以后，我每次回家休假都要去向李老师汇报工作，向她请教怎样教育好学生。她每一次都耐心地向我传授经验。慢慢地，从李老师对我的爱中，我也学会了如何爱学生，爱我的教育事业，我从一名普通的山村小学教师成长为一名深受学生爱戴的大学教授。李老师是我一生的榜样。

李老师不但在工作上关心我们，而且在生活上多少年来也一直像母亲一样，关心着我们班的同学们。哪个同学要参军走了，哪个同学要上山下乡了，她只要知道消息，一定要亲自去送；哪个同学到了恋爱年龄还没有对象，她便跑前跑后地张罗；听说哪个同学要结婚了，她一定要买了礼物前去祝贺。对于我们的下一代，她像对待自己的孙子那样去关爱。李老师对我更是倍加关爱，无论我在生活上、学习上、工作上遇到什么困难，她知道后，都一定会尽力帮助。到了婚嫁年龄，她关心我的恋爱和婚姻。当我选定了自己的男朋友时，我首先带到她家请她过目。我结婚时，她亲自买了一个黑皮包，作为结婚礼物送给我。当我有了第一个孩子时，李老师还亲自为我辅导他考重点小学。李老师是我和我们班同学一生的慈母和恩师。

正是因为李老师爱我们个个如儿女，我们也个个像儿女爱母亲那样敬爱她、关心她，力所能及地帮助她。从1960年小学毕业以来，同学们在不同时期都保持着与老师的联系。正是因为这种联系，使年近花甲的我们，在分别45年以后还能聚在一起，并且仍然像小时候那样相互关爱，相互帮助。我们都从内心深深地感激李老师，是她的爱让我们儿时的友谊一直保持到现在。

李老师走了，她在这百花待放的春天走了！她把自己的一生都给了春天。她播下了春天的种子，她耕耘着春天的土地，她哺育着春天的幼苗，她呵护着春天的花朵……当棵棵幼苗长成大树，当朵朵鲜花结出丰硕的果实时，她骄傲地收获着春天。李老师，您的生命为春天而来，又为春天而去，您的生命永远属于春天。我们永远怀念您，给了我们心中春天的老师；我们永远感激您，我们心中永远的老师！

我和韩作黎一起工作的日子

韩作黎老师是一位资历很深的老干部，他曾任我国许多中央领导干部的小学老师，也是一位著名的教育家和儿童作家。1978 年，我有幸与他一起工作了一个多月，以后也有一些接触。我从他身上看到了一名“老延安”干部的领导作风，学到了许多做人的道理。韩作黎老师已经去世多年了，可当年他跟我在一起的和蔼可亲的笑容，平易近人的品格，深入扎实的工作作风，一直留在我的脑海中，成为我做人、工作的榜样。

他让我叫他“老韩”

1978 年时，我在密云县文教局任党委副书记时，韩作黎当时是北京市教育局局长。他要到北京密云县进行为期一个月的农村教育调查研究。我要协助他工作。我早就听说过韩作黎老师是我国许多领导干部在延安保小上学时的老师，我也读过他写的儿童作品。我非常崇敬他，也很高兴有这样一个机会跟他在一起工作，但要协助他这么大的一个领导工作，又感到有些恐慌和紧张。

但是，一见面，我所有的恐慌和紧张都没有了。在我面前的是一位 60 岁左右的、高高个子的、和蔼可亲的老人。他精神矍铄、笑容可掬。见到我，他先跟我握手，说：“你就是小蔺同志啊，这一个月咱一老一小要一起工作啦！”说得我和周围的人都笑了起来，完全没有想象中的大领导到基层来视察的架子。以后，他让我管他叫“老韩”。我也就亲切地叫他“老韩”了。

和学生们比赛乒乓球的“韩老头儿”

我们调研的第一个单位是密云二中。为方便工作，他住在了二中。早上，他很早就起来锻炼身体了。看到孩子们在打乒乓球，他就凑过去说：“我跟你们打一场怎么样啊？”孩子们以为他是学校传达室新来的老大爷，心想：这个老头儿还会打乒乓球？一个学生就把球拍递给了他，说：“那你就玩玩呗！”站在台子另一侧的那个男孩根本不把老韩当回事，觉得哄这个老头儿打球太没劲，心想跟他胡乱打几个，让他赶快下去算了。这个小男生就随意发了一个球，没想到老韩一下子就抽过来了，小男生没接住。这一个球，不但让对手小男生吃了一惊，也让站在旁边看的几个男孩子大为诧异：咦？这个老头儿还有点意思！于是双方又乒乒乓乓打了起来，大家看到这个老头儿还真不简单，又挡、又削、又抽，直到把小对手打得左右招架不住，败了下来。孩子们很惊奇，也很好奇，就问他姓什么，从哪儿来的。他只笑着告诉孩子们他姓韩。孩子们有的称呼他为韩爷爷，有的干脆叫他韩老头儿。于是孩子们就争着要和这老头儿比拼一下。他很快就和孩子们打得火热了。他向孩子们询问了学校的体育运动情况、学习情况等。这一早晨，他从孩子们那里了解了不少学校的情况。可孩子们却始终不知道这个乒乓球打得这么好的老头儿是从哪儿来的，是干什么的。

他给山区老师挑水

老韩无论走到哪里，都会把“老延安”的作风带到哪里。他关心山区的老师们，为老师们着想，他身体力行，从来都没有一点儿领导架子。有一次我陪他到山区小学去调研。那所学校建在一个山坡上，水井在山坡下，无论老师用水，还是学生用水，都要老师自己到山坡下的井里去挑。而从学校到水井，上下坡得走一里多地，而且山路弯弯曲曲、坑洼不平。山区老师们又要上课，又要自己挑水，很不容易！老韩多次向老师们表示感谢：“我代表市教育局感谢你们，你们吃苦是为了让山里的孩子们不再受穷！”那一天趁老师上课时，老韩要亲自下山为老师们挑一次水。我赶忙阻拦。他却说：“你别看我岁数大，挑水还是有两下子的。”他坚持要去挑，我就陪他一起下去了。他熟练地用扁担钩子打满了两桶水。我抢过扁担，说：“我年轻，我来挑！”他说：“别看你年轻，你从小在北京城里长大，肩膀还太嫩，挑水没有我有经验，我是经过多年锻炼的。”说着就过来跟我抢扁担。我说：“我在山区也锻炼好几年了，不信，您先检验一下，看我合格不合格。”他抢不过我，就说：“那你先挑一段路，一会儿再换给我。”于是我先挑起水桶。可说实际的，我虽在山区锻炼过几年，但挑着水往山上走还真是不行，走了一小段路，脚就不稳了；脚不稳，身子就不直了；身子一不直，扁担两端的两个桶就左右晃，晃得直往外洒水。老韩说：“行了，我检验过了，咱北京来的老师已经很不简单了，现在该看我老头儿的了！”说着就从我手里把扁担抢了过去。只见他稳稳地把水挑到了山上。真想不到，这年过花甲的老局长居然还有往山上挑水的功夫！

我自愧不如，心里暗暗地佩服老韩，不仅是因为他这把年纪了，还能把两大桶水挑上山，更让我佩服的是他这种用实际行动关心山区老师，把自己当作普通人的朴实作风。

老韩跟我聊天

那段时间里，白天我和老韩一起听老师的课，跟学校的领导、老师研讨工作；晚上休息时，我们一老一小就聊天。我特别喜欢听老韩讲故事。老韩的故事特别多。他讲的一段被称作“神医”的故事，我至今记忆犹新。

他说，他在北京一个远郊的深山农村劳动。有一天在场院干活。有一些人正往粮囤里运麦子。因为粮囤较高，所以在地上和囤顶之间搭了一块斜板，人们踩着这块斜板把装有麦子的麻袋扛上去，倒进囤中。有一个小伙子扛着麻袋往上走时，可能麻袋太重了，他身体晃了一下，突然腰疼得动不了，麻袋掉了下来，幸好人没摔下来。大家连忙把他扶下来。但附近没有医院，公社卫生院离这里还很远。怎么办？正在大家急得不知所措时，老韩上前说：“我来试一试，看行不行，不行再想办法去医院。”老韩说他以前会一点按摩。于是他让那个小伙子躺下，给他按摩。按了几下，忽然按到一个位置时，那人大叫了一声，说是不疼了，立即站了起来。那小伙子连忙感谢老韩，大家觉得太神奇了，都把老韩当成了神医。这件事过了不久，又发生了一件事。有一个小伙子上山砍柴，不小心摔了一跤，不巧腿正磕到了柴刀刃上，小腿肚被切开了一个大口子，这口子挺深，肉都翻出来了，血不住地流。这可怎么办？情急之下，人们又想到了老韩，于是便把他背到了老韩的住处。他们认为老韩是神医，肯定能治好他的伤。可这下子难坏了老韩，他说：“我按摩还算会点儿，这外科我可一点也不行呀！”但又不能不管，先试着来吧。那时下放干部都会自带些酒精、碘酒之类的外用药和纱布、橡皮膏等备用。于是，老韩就用毛巾把伤口的上下部分捆住止血，又用自己备用的酒精先给他擦掉伤口上的血，用碘酒把周围消毒，然后把伤口两侧的肉小心地合上，再用纱布紧紧包裹好，用橡皮膏条缠好固定。说也巧，过些日子那个小伙子的伤口长好了。老韩说是那个小伙子身体好，抵抗力和生长能力强，没感染就长得快。可乡亲们却认为老韩什么病都能治，医术高明。这两件事发生后，老韩“神医”的名声就传开了。以后村里人患了大小病都找他。老韩说到这些时，笑得嘴都合不拢了。他说，自己这些土办法都是战争年代时用过的，那时缺医少药，就自己想办法处理伤病，没想到现在还能用得上。那段时间里，我白天向老韩学习如何工作，晚上听他讲故事，感觉很快乐，也很幸福。

一个月的调研工作结束了。他回到了市里。以后我去市局开会时常去看他。他把我当成他的老朋友，每次去他都会关心我的工作及个人生活情况，也会向我征询对于他工作上思考的一些想法。他还会跟我随意地聊天，有时还会聊到他的家事。有一次他拿出一封信来让我看，说：“小蔺，你看，这是我老战友给我来的信，他说想让他的女儿跟我儿子谈恋爱，希望让我们老一代的友情在下一代身上延续。你说，这事我咋跟我儿子说呀？”我感觉老韩既像我的父亲，又像我的老朋友，在他面前我无拘无束，感到非常亲切。

韩作黎这位老前辈已经离开我多年了，但他不居高自傲，不以老资格、老资历自居，他尊重每一个基层干部，尊重每一个人，他深入实际、调查研究。他平易近人的品格一直深深地印刻在我的脑海中。

我也一直以他为榜样，立志做一个像他那样的好党员、好教师、好干部。在今天，我看到一些领导干部官不算大，但官气十足；职位没有多高，但架子摆得挺大；能力没有多强，但总爱炫耀自己。这些人总挂着一副严肃的面孔，跟人说话似乎总是打官腔，甚至像是背诵文件。每当看到这些的时候，我就会特别怀念老韩，怀念我最崇敬、最亲爱的老前辈，我希望我们的领导干部都能像韩作黎老师那样保持革命传统，做一个普通的人，做一个真心为群众服务的人。

我的求学之路

我一直很羡慕那些读完中学，读本科、硕士、博士，一路顺利读书过来的人，我一直非常珍惜所有的学习机会。因为这与我独特的经历有关系。

1966 年 6 月，当我充满自信地做最后的复习，一心想考上北京大学或人民大学时，因为特殊的原因，所有的大学停止了招生。从此，热爱学习的我，走上了一条曲折的求学之路。

两个孩子妈妈的考前复习

失去了的总想得到。我一直渴望有读大学的机会。1977 年我提出高考申请，被单位以工作离不开为理由拒绝了。于是只能无限期地等待机会。可当机会来临时，我已经是两个孩子的妈妈了。

那是 1982 年的一天，学校党委办公室主任贾老师找到我说："你不是一直想上学吗？北京市委党校举办第一届大专学历班，脱产学习三年。党委推荐你报名，但要经过考试才能录取。"我太激动了，终于有了学习机会！但是，想到考试就犯难了。小时候，无论上小学，还是上中学，考试时都很有自信。可是今非昔比，面对考试，我真有些畏惧。过去学的知识丢下了 16 年，感觉快忘光了。而且，过去我是精力旺盛的青年学生，今天已是有了两个孩子的中年妈妈了。儿子 7 岁，刚上一年级，女儿不满 3 岁，正上幼儿园。爱人在郊区工作。我一个人既要照顾孩子，又要上班，还要复习，好难啊！但是，要想上大学，再大的困难也要克服。

当时我家住在丰台区靠近刘家窑的东铁匠营，工作的北京师范学院分院在宣武区白广路。儿子在西单实验二小上学，女儿在宣武区樱桃园幼儿园。早上上班，我要带上两个孩子 6 点半从家里出发，先坐上 25 路车，差不多坐了十几站，到象来街下车，把儿子送过马路去上学，我再抱着女儿倒上 10 路车，坐 4 站到樱桃园下车，送女儿去幼儿园，然后再坐 19 路车去白广路的学校上班。白天上班，趁中午休息时间到自由市场买了菜，下班后，一手抱女儿、一手拎着菜，领着儿子，又要坐那一大圈车回家。那时我家没有煤气炉，用煤火做饭。有时下班到家时，炉子火灭了，要现点火再做饭。等吃完饭，照顾好孩子们睡觉，已经晚上 10 点多了。我自己忙了这一天，已经疲惫得眼睛都睁不开了，哪儿还有精力看书啊！但是为了继续读书，我把闹钟调到了凌晨 3 点。这样，我早上 3 点起床看书到 5 点半，可以有两个半小时的专心复习时间。从 5 点半开始，我要开始给孩子们准备早饭，然后照顾孩子们洗漱、吃饭，6 点半我们娘儿仨要准时出发去上学、上班了。因为上下班的路上要花费 3 ~ 4 个小时，所以我把这段时间也作为我的学习时间。在之前，我把要复习的内容写成问题，写在纸条上。坐在车上时，让儿子念给我，我来回答。就这样，我复习了几个月，准备去参加考试。

尽管我已经很努力了，但是毕竟知识扔下 16 年，好几门课程都没复习完。考试时间到了，我带着一份忐忑的心情走进了考场。交完考卷后，我感觉特别失败，这是从小到大我经历的所有考试中，从来没有过的失望。因此我对入学放弃了期望，也不再关心考试的结果。

突然，暑假的一天，学校值班的老师给我打来一个电话，说有我一封市委党校来的信。我心想，肯定是未被录取的通知书，就随意地对那位老师说："您帮我打开看看吧！"没想到那位老师打开信后，高兴地对我说："祝贺你，你被录取啦！"真是意外的惊喜，想不到我居然被录取了。开学后得知，我的成绩在班上还是排名很靠前的呢！我猜想，大家一定和我一样的基础，一样的来不及复习。看来，我的努力没白费，我总算能有机会上大学啦！

上学——承载着爱与责任

我们作为市委党校第一批学历班的学员，学校管理得非常严格。全体住校，周日休息一天，平日只有周三晚上才可以回家，周四早上必须赶回按时上课。这对于我们这些成年学生来说，既是好事，又是困难。因为管理严格，可以让我们专心读书；但却照顾不了家里的孩子。面对困难，我想到的是，无论从个人、单位还是家庭来说，我获得的这次学习机会都不容易。我必须克服困难，认真完成学业。对个人来说，这三年学习是为了圆自己多年来读大学的梦；对工作单位来说，自己放下工作、脱产上学，单位同事分担了自己的工作，自己对单位负有一份责任；对家庭来说，我承载着来自家庭中的爱与责任。我爱人正在职读大学，他自己既要上班、上学，还要照顾刚上小学的儿子和上幼儿园的女儿。每天早上他要从城南东铁匠营的家，把女儿送到前门内的幼儿园，再到公主坟的单位上班。下班后他要先从幼儿园接回女儿，回到家做饭，照顾好两个孩子的吃饭、洗漱、睡觉，然后自己再复习功课，那是多么不容易的事啊！爱人为了支持我学习所做的付出，让我深深感动，也使我承载着一份沉重的责任。我不敢放松一分一秒，在学校里抓紧时间读书。那时候学校里放映电影或举办舞会，我几乎从来没去过，因为我感觉那样会愧对我的爱人和孩子。他们为我付出，我怎么可能自己在外享乐？

为了帮助爱人分担，每当我回到家里，就忙着做家务。女儿小时候身体不好，经常生病，有时她生病，为了不让爱人请假影响工作，我把女儿带到学校。记得有一次正值我考试时，女儿生病了。我为了不耽误考试，就把女儿锁在宿舍里。等我考完试后打开宿舍门，我看到女儿睡着了，脸上还淌着泪水。我也忍不住泪水直往外涌。我想女儿本来生病身体就不舒服，又被锁在房间里，没有妈妈陪伴，该是多么痛苦啊！她一定是哭着找妈妈，哭得疲倦了，在失望中睡着了。我感到无比的愧疚和自责，甚至怀疑我这样学习，是否是太自私，对不起女儿。

三年来，我努力学习。虽然我在班上年龄较大，但每次考试成绩都名列前茅。我想这也是我向自己、向家庭、向单位交的一份满意的答卷吧！

北京大学——圆梦与觉醒

到北京大学上大学，是我儿时的梦，没想到，1987 年我居然获得了到北京大学读本科的机会。经过考试，我如愿以偿地来到了哲学系学习。

我真是幸运。在这里，可以聆听全国最著名的哲学大师的讲课。他们把我带入了哲学这个神秘的殿堂。我曾经在书店的书架上看到过杨适老师主编的哲学巨著——《哲学的童年》。虽然我还没有胆量去阅读这部巨著，但对大师的景仰之情早已溢满心头。如今，在课堂上听杨教授讲“西方哲学史”，那是莫大的精神享受。从米利都学派的物质宇宙学说，到毕达哥拉斯学派的世界结构说；从埃利亚学派的抽象存在思想，到赫拉克利特朴素辩证法；从苏格拉底的自我回归，到柏拉图的认识论……娓娓道来，那些我们陌生的哲学理论，由他说出，好像从头脑中自由流淌出，丝毫没有“讲”的痕迹。好像也不需要拼命记笔记，但课程结束时，一部《西方哲学史》的脉络已经印刻在脑子中了。最重要的是，这门课程让我对世界的思想发展史有了新的认识。在这之前，我的认识是“唯物主义是正确的，唯心主义是错误的”。在根本没有真正弄懂什么是唯物，什么是唯心的情况下，就浅薄地排斥唯心主义。当我学完“西方哲学史”后，我对人类历史上出现的所有思想理论都有一种深深的敬畏，无论唯物还是唯心，因为它们都是那个时代的哲学家们对世界、对人类重大问题的深刻思考，都是人类精神的宝贵财富。人类思想的进步，社会的发展，就是在这些思想相互斗争、相互吸收、相互借鉴中不断丰富、发展、成熟起来的。我们不能简单地排斥一个方面。在“西方哲学史”的考试中，我写了一篇题为《我对唯心主义的再认识》的小论文，系统地总结了我的学习体会，获得了老师的好评。教我们美学原理的杨辛老师不仅在美学理论研究上成就卓越，而且他本人还酷爱旅游、书法、建筑等，他的课绝不是只讲抽象的美学理论，他让我们在欣赏泰山之美、书法之美、建筑之美中去理解美学原理。他不顾年事已高，亲自带领我们参观故宫和人民大会堂，让我们从故宫和人民大会堂的建筑美中学习东西方建筑的特点及相互的借鉴与融合。这种感性与理性相结合的教学方式，对我日后的教学具有很大的启发。“中国哲学史”这门课，让我们在与儒家、道家先哲的对话中，感受到了中国哲学思想的博大精深，同时也看到了传统文化带给我们的思想影响，从而学会了如何扬弃传统文化。

通过学习哲学，我僵化的思想得到了解放，看世界、看社会、看别人、看自己的方法发生了很大变化。它让我重新审视自己的经历，重新整理自己的思想，使自己变得成熟且丰富起来。

记得当时在大学生中流行着一股“尼采热”“叔本华热”。有些学生并没有认真读过尼采、叔本华的书，也并没有真正了解他们的思想，就盲目崇拜，并用其作为对马克思主义思想的质疑。有一次，我给学生上德育课，刚走进教室，几个学生就递上了纸条：“老师，你读过尼采的书吗？”“老师，你对尼采怎么看？”大有挑战我这位思想教育老师的味道。我接过纸条后，没有直接回答他们纸条上的问题，而是在黑板上写下那节课要讲的主题——我眼中的尼采。那节课讲到了我欣赏尼采的哲学思想，欣赏他表达其哲学思想的独特的文学语言，也讲到了尼采的局限性，以及在今天的时代背景下如何看待尼采的思想。那一次课我没有讲稿，一口气讲了两节课。讲完后让学生提问题，跟学生共同讨论。我从学生的眼神中看到了他们的满意，也改变了他们对思想教育老师只会讲大道理的看法。

哲学思维的训练，对我的工作起到很大的作用。在以后的工作中，我常常在行动之前会有一个全面的构想，会有一个系统的思考，也会将实际的工作经验上升为规律性的认识，再指导工作的进行，这样取得了很好的工作效果。当我从事了心理健康教育工作后，哲学思维使我在多项工作上不断创新。例如，创建了“教育、教学、咨询、科研四结合心理素质教育工作模式”“高校五级心理危机预防干预机制”“高校心理生态环境的构建”等，对我校乃至全国高校学生的心理素质教育工作起到了指导作用。因为有了哲学的基础，我可以更好地学习和运用心理咨询的理念和方法，因为每一种心理咨询理论流派都有其哲学的根基。北大的哲学学习为我的心理咨询工作打下了扎实的理论基础。

1989 年北京大学本科毕业合影（倒数第二排右数第五位是作者本人）

52 岁——新的开始

1998 年，香港中文大学和北京师范大学联合举办心理咨询与心理治疗硕士研究生课程班，由香港著名心理咨询专家林孟平教授任主讲教授。听到这个消息，我非常渴望拥有这一次系统学习心理咨询理论与实务的机会。自 1993 年开始，从事心理咨询工作已经 5 年了，参加过首都师范大学的教育心理学研究生班，中科院心理所的心理咨询与治疗大专班，也多次参加过北京大学和北京师范大学等单位举办的短期培训，但总觉得自己在理论和能力上有所欠缺。能够跟随林孟平教授系统学习国际化的课程，对于我来说是不可多得的学习机会。但是招生通知上明确写着招收学员年龄在45岁以下。我当时已经52岁了，超过招收学员年龄7岁。看到这个年龄规定，我感到很遗憾，但太想去学习了，内心非常焦虑。我不甘心，决定争取一下！我把我的渴求跟林孟平教授谈了。林老师看我学习的愿望是那么热切，就破例收下了我这个52岁的学生。

以前参加的学习多是理论学习，很少有体验性的训练。而这一次的学习，是我真正开始理论联系实际的学习。在林老师的课上，最注重的是我们咨询师的个人成长，其次才是专业技能的训练。因为心理咨询师这个人本身的人格，对来访者的影响远比咨询技能更为重要。心理咨询师能走多远，就能把来访者带多远。咨询师的自我概念、价值观、未完成事件和情绪等都会影响咨询过程，影响来访者的成长。咨询师的个人成长是助人成长的必要前提。因此，在课上，林老师带领我们探索自己过去未曾到过的内心，去了解那个心灵深处的自己。我们不断疗愈着过去的伤痛，突破自我，获得成长。在林老师课上学到的“为了更好地帮助来访者，咨询师首先要面对自我的成长”的理念，深深地扎根于我的内心。从事心理咨询工作几十年来，我一直把个人成长放在自己事业发展的首位。我严格遵守专业伦理，持续不断地学习。在日常的生活和工作中保持对自我的不断觉察和反思。必要时，我也会去寻求个人咨询，处理个人成长中出现的心理困惑，尽量避免因为未被觉察的个人心理问题影响心理咨询的过程，给来访者带来伤害。

在林老师的硕士班上我系统地学习了心理学的基础理论和各种心理咨询的方法，例如，罗杰斯的人本主义心理治疗、精神分析治疗、认知行为治疗和团体治疗。林老师非常注重理论与实践相结合的体验性教学。例如，在个别咨询的学习中，我们在学习完了心理咨询的理论方法后，每个人至少要完成25个个案的录像或录音。课上老师会带领大家对每个人的个案录像进行逐句的督导。在团体咨询的学习中，老师让我们自己带领团体小组，然后，她对团体开展的历程及团体咨询的技能进行督导。这些对我们心理咨询临床技能的提高起到了很重要的作用。

跟随林孟平老师在硕士研究生班的学习，让我的专业能力有了很大提升，这段时间的学习为我在心理咨询事业上的发展奠定了坚实的基础。

心理咨询与心理治疗硕士研究生课程班（前排右数第一位为作者本人，第六位为导师林孟平教授）

伴我成长的美国好友李杰

我很幸运，当我刚踏上心理咨询这条路，对心理咨询还不很熟悉，也不知道心理咨询中心的工作怎么做时，我认识了美国东北大学的临床心理学教授李杰博士。从那时到现在已经近 20 年了。这 20 年中，我在心理咨询专业上一直得到她的帮助，有了持续的进步，才有了今天我在专业领域中的学术地位。李杰是陪伴我成长的好朋友。

那是在 1995 年，有一天偶然听到一位老师说，我校有一个在美国大学从事临床心理咨询专业的教授，最近回国探亲，并来母校看望原来的老师了。我听到这个消息后非常高兴。那时国内的心理咨询刚刚起步，从事这个专业的人不多，与国外从事这方面的专业人才联系也很少。我校竟有这样的美国专家校友，简直太让我兴奋了，我一定要认识她，争取得到她的帮助和支持！

于是，我立即赶到李杰教授的住处。一见到她，就感觉她非常朴实、谦虚、平和，和我想象的美国博士或教授的样子一点也不一样。我向她做了自我介绍，坦诚地对她说："我是学校心理咨询中心的主任，但我不是学心理学专业的，也没有经验，我很喜欢这个专业，也很想把学校的心理咨询工作做好，希望得到您的帮助。”她丝毫没有看不起我这个外行的样子，非常高兴而诚恳地对我说：“蔺老师，我非常高兴咱们学校也建立了心理咨询中心，我是母校培养出来的，我一直希望为母校的发展贡献自己的一分力量，你有什么需要我帮助的，我一定尽力支持，咱们共同把首都师大的心理咨询工作做好。”我听了这些话后，既感动又受鼓舞。我感动于李杰教授虽远在大西洋彼岸，对母校却仍旧怀有深厚的感情。我被她对我的真诚接纳和鼓励所感动。

此后，我们就经常联系。她会经常给我发来美国心理咨询的学术信息和研究成果。1997 年，她利用回国探亲时间给我们中心的老师义务做了一次存在主义心理治疗的培训。

为了让我对美国的心理咨询有一个更加深入、全面的了解，2000 年她邀请我到她任教的美国东北大学进行学术交流访问。因为我和同去的胡玉顺老师都不会英语，为了访问交流方便，李杰教授安排我们住在她家，她既作为我们这次访美的策划者、组织者，又担任我们的翻译，并照料我们的生活。

我们到达波士顿机场时，李杰教授亲自开车来接我们。见到她，我们高兴得拥抱在一起。但我在拥抱她的那一刻，发现她的脸庞比前两年在北京时消瘦了些，头发好像也与以前不太一样。我忙问她：“您怎么瘦了许多？身体怎么样？”她平静地告诉我，去年做了乳腺癌手术，做了化疗。患了这么严重的病，她居然一点儿都没跟我透露，而且现在还这么平静地对我说，仿佛这癌症就是一场小感冒似的。我一听到这话，感到又惊讶，又心疼，又自责。后悔在她大病未痊愈时我们就来到美国，让她为我们忙碌。我说：“为什么您不早点告诉我，早知道您生病了，我们就不来了。”她说：“邀请你们来是咱们很早的计划，告诉你们，你们肯定就不来了，那咱们的计划不就又推迟了？你放心！我已经恢复得很好了。”听到她的话我感动得掉下了眼泪。她仿佛把我们的工作看得比她自己的身体还重要。远在地球这一端的她这样关心学校心理咨询工作的开展，我有什么理由不全力做好呢？

在美国这半个月当中，李杰教授帮我们把学术活动日程安排得满满的。东北大学的咨询中心是一所很先进的咨询中心。我们参观了心理咨询中心，和心理咨询中心的老师进行了深入的交流，也和咨询中心主任进行了长时间座谈。了解了他们的机构设置、人员构成，老师的专业背景，以及他们所开展的各项工作。咨询中心主任送给我两本最宝贵的资料，一本是咨询中心的各项工作制度，一本是咨询中心历年所开展的各项工作总结报告。这对于我们国内刚刚起步的心理咨询工作具有很重要的参考价值。李杰教授还带领我们参观了哈佛大学、波士顿大学等知名大学，我们还和波士顿大学的婚姻家庭研究所的所长进行了座谈。为了使我们更全面地了解美国心理咨询情况，李杰教授还安排我们参观了两所社区心理咨询中心，专门为我们举办了波士顿各大学心理咨询专家的学术研讨会，让我们对美国大学生的心理健康教育，对美国高校心理咨询的学术研究有了较为全面的了解。在参观和学术研讨之外的时间，她安排我们和学校心理咨询老师、临床心理工作者、社区心理健康教育工作者、婚姻家庭咨询师、女性学研究者等多位专家、学者见面进行交流。她尽可能多地给我们介绍学术信息，帮助我们与各位专家、学者建立学术联系，帮助我们更好地发展学校的心理健康教育和心理咨询工作。

此次美国之行，在李杰教授的帮助下，我们开阔了眼界，学到了很多经验。回国后，我们借鉴所学习到的经验，结合国内及学校的实际，制订了“首都师范大学心理咨询中心工作手册”。对心理咨询中心在学校的定位、心理咨询中心的职能；心理咨询老师的职能、素质能力要求和职业发展；心理咨询的伦理道德规范，以及心理咨询的工作程序，咨询师的督导等工作都做了科学的规范。这本工作手册的制订和实施，使我校心理咨询工作走上了专业化的道路，这在当时全国心理咨询工作刚刚开展的时期，领先于许多高校。

此后，每逢李杰教授回国休假探亲，一定会提前告诉我她的时间安排，问我们有什么需要，好提前预留时间为我们做培训。当时由国外专家来为老师做心理咨询培训的并不多，而我们能够幸运地多次接受李杰教授的培训。焦点短期心理治疗当时在国内还鲜有人知，而我们则捷足先登，较早地接受了这个积极取向心理咨询方法的培训。当时，国内进行的心理咨询培训，还主要是单纯讲授式的培训，没有见过真实个案的咨询过程。李杰教授不但为我们示范了一个完整个案的咨询过程，还训练我们现场做咨询个案练习，她为我们做督导，手把手地训练我们的咨询技能。除了我校心理咨询中心的老师外，北京和全国许多同行也都分享了这些高端的培训。所有参加培训的学员不仅向李杰教授学习了心理咨询的理论和方法，还学习了她待人坦诚谦恭，对工作高度负责的精神。

近几年，李杰教授回国探亲，通常不把休假的信息告诉他人，为的是把假期时间全都用来陪伴和照顾年老多病的父母。但是她每次回来，都会告诉我，询问我咨询中心有什么需要她帮助的。不管多忙，她都会抽出时间到咨询中心来和老师们研讨工作。有时做讲座，有时做督导，她一直把母校的心理咨询工作放在心上。

20 多年来，我和李杰教授一直保持着联系。她会不断地向我们传递国外心理咨询发展的新信息，不断给我们的工作和研究提出好的建议。在她的帮助下，我校心理健康教育不断取得新成绩。每当向她汇报我们取得的成绩，并对她表示感谢时，她总是说："我感谢你们为母校的心理健康教育做出的贡献。母校培养了我，我能为母校做些事情，那是我的一份责任。"

我很幸运，在我专业成长的道路上，一直有好友李杰教授的陪伴。她开扩着我的国际视野，提升着我的专业能力。我们首都师大心理咨询中心也很幸运，在发展中，始终有这样一位高水平的校友为我们提供支持和引领。当回顾我校的心理健康教育20年所走过的历程时，当我们为取得今天的成绩而激动时，我们为有李杰教授这样一位校友的一路协助而感到骄傲。

2000年李杰博士来我校培训后合影(中为李杰博士，左为作者本人，右为首都师大心理学赵淑文副教授)

感动我的年轻同行

2012 年我作为专家组成员在评估服装学院的心理健康工作会上，听着学校的工作汇报，听着老师、学生们对学校心理咨询中心工作的交口称赞，看到心理健康教育所取得的成绩，我的泪水不住地往外涌，那是一份激动，一份感动，一份喜悦与兴奋。也许别人不会理解，我的眼泪为什么会这样多？眼泪是我内心情感的真实表达，这里边包含的太多太多……这里边有我对倪男奇近几年所取得工作成绩的欣赏，有对倪男奇个人成长的欣喜，有同行心心相印所体会的艰难与不易。

初见倪男奇，是她从北京师范大学心理学硕士毕业来我校应聘心理咨询老师，她很优秀，只是因为名额限制，未能来我中心任职。带着一种遗憾，我推荐她到服装学院去应聘。再次见到她时，她已经成为服装学院的一名心理咨询老师了。那一次她邀请我去给他们学校的辅导员做培训。当时学校只有她一名心理咨询老师，所有的工作都由她一个人负责。借会场，通知参会人到场，准备计算机、投影、话筒等。培训会刚一开始，计算机突然出了故障，男奇又慌忙跑去找人修理。我看这个刚入职的小姑娘手忙脚乱，满头是汗。以后的时间里，我们常有各种方式的交往。有的时候，我会收到她的短信，她在短信中倾诉她工作中的难处；有时我会收到她的邮件，她向我诉说不被领导理解的委屈……几年过去了，而今，她在学校的支持下开辟了服装学院心理健康教育的一片新天地。心理咨询中心从房无一间，到如今有了温馨宽敞的专用场地；从最初单枪匹马一个人奋斗，到如今建设了一支专业化较强的专兼职教师团队；从开始找不出头绪，到现在形成了本校有特色的心理健康教育中心……我的眼泪不只是为倪男奇的成长而流，也是为我们北京高校所有年轻心理健康教育老师的成长而流，因为他们都有着与倪男奇同样的工作经历和成长历程。

心理健康教育是促进学生心理健康发展、呵护学生健康成长，守护学生生命安全的一项事业。老师们通过开设心理健康课程，举办各种心理健康教育活动，广泛普及心理健康知识，让学生掌握心理调解的技能，促进其自身心理健康发展，培养其健康的人格；要开展个别咨询和团体辅导，协助学生消除成长中的困惑，迈向和谐发展；要开展心理危机预防干预，守护学生的生命安全；要开展科学研究，不断提升工作的科学化水平……这是一项神圣而重要的工作。然而，由于这项工作在我国开展的时间并不长，一些学校领导还不够重视，工作发展还不够规范，这就给高校心理健康教育的开展带来许多实际的困难。

有的学校领导对这项工作重视不够，对这项工作存在各种误解，使得心理咨询老师经常要反复与领导沟通，帮助领导了解此项工作的专业特点，有时甚至要忍受因领导误解产生的委屈；有的学校人员配备不齐，长期以来一个老师承担着上万学生的心理健康教育工作，独自承担着教育、教学、咨询等各种繁重的任务；由于工作流程尚不规范，有的学校心理咨询老师的职责不清，个人无法晋升职称、职业发展前途未卜，只能默默地忍耐和等待；当面对威胁生命的心理危机时，进行紧急的处置、复杂的沟通、耐心的疏导，分秒必争地与死亡争夺青年学子的生命……这中间付出多少艰辛，承受多少压力，流过多少泪水，只有经历过的心理咨询老师才能知道。

然而，这样一支身负重任的年轻老师队伍却以饱满的热情工作着，他们用爱滋养着学生的心灵，用爱化解学生的困惑，用生命呵护学生的生命。当看到学生内心充满阳光，学生走出困惑自信成长时，他们也获得了无限的满足，他们是累并快乐的一群人。就像倪男奇所说："多么幸福的事业！" 视辛苦为快乐，视压力为幸福，这是多么高的人生境界！心理教育和心理咨询是与生命相遇、触摸心灵的工作，只有不断净化自己的心灵，问候自己生命的人，才能更好地帮助别人感悟生命；而在帮助别人的同时，自己也在体悟着生命，升华着生命。我想这就是心理健康教育赋予这项工作的独特的价值，因此才有了"累并快乐""苦并幸福"的职业体验。作为一个从事大学生心理健康教育工作20年多年，至今仍在前行的老同志来说，我为拥有这样一批优秀的年轻同行而感到骄傲，为他们的成长而感到自豪。我从心里深深地爱着他们！

因为爱，就有了一份休戚与共的感情；因为爱，就有了许多关心与牵挂；因为爱，就有了一份使命与责任。我愿运用自己的热情与能力，运用自己的经验和资源，为他们付出，为他们争取，我愿和他们一起为我们共同的事业"累并快乐""苦并幸福"着！

我身边的心理学家

在我学习心理学，从事心理工作的道路上，遇到过许多心理学的大师。他们学识渊博，功底深厚，却不居功自傲，为人谦和；他们为我树立了人格的榜样。我从与他们相处的点滴事件中，感受到了他们人格的魅力，也受到了他们的影响。

“人以德立”的沈德立先生

沈德立先生可称为心理学界的泰斗。他为我国心理科学的发展，为创立我国的实验儿童心理学科做出了卓越的贡献。他长期担任中国心理学会会长，并担任过天津师范大学校长，之后还担任了教育部普通高等院校心理健康教育专家委员会主任。但他从不居功自傲，总是谦虚待人。我在工作中有多次和他接触的机会，无论是去天津开会、参加培训，还是同他一起编写教育部的教材，看到他在会议或课堂上总是认真听取大家的意见，从不盛气凌人。他在生活上总是周到地关心每一个人，对外地去天津参会或学习的老师，总会亲切地问候，在天津住的怎么样？吃的是否合乎口味？每逢我们和他一起吃饭时，他都要亲自为我们点菜，

天津师范大学沈德立先生

在饭桌上为大家夹菜，亲切地照顾着我们这些比他小一辈的人。如果不认识他，你不会看出他是一名鼎鼎有名的心理学家，他好像是你身边一位慈爱的大伯、大叔。记得有一次在教育部参加全国高校心理健康教育专家委员会会议，北京大学的王登峰教授因校内有会要晚来一个小时。我看到沈老在预计王登峰教授快要到会的时候，发现会议桌前椅子不够，他亲自从后边搬来一把椅子放在前排。看到他这样细心地关心身边的人，我被深深地感动了，要知道作为专家委员会主任的沈老当年已经70多岁了，年龄整整比30岁出头的王登峰教授大了一倍！沈先生一生遵循“人以德立”的人生信条，待人谦卑，对人尊重。沈先生在前几年去世了，但他高尚的品格永远值得我们学习。

待人谦和的林崇德先生

林崇德先生是我尊敬的另一位心理学泰斗。他是我国著名的发展心理学家、教育心理学家，他在我国智力与思维方面的研究与创新，无人

北京师范大学林崇德先生

可以与其相比。他的学术研究成果、学术著作诸多。他培养的心理学弟子们大多都已经成为我国心理学界的领军人物。因此被人们戏称林崇德先生的弟子占据了中国心理学界的“半壁江山”。林崇德先生长期担任中国心理学会会长职务，在沈德立先生去世后他又接任沈老的教育部全国普通高等院校心理健康教育专家委员会主任的工作，为大学生心理健康教育做出了重要的贡献。这样一位在心理学界享有盛誉的大专家，却让你看不到有一点儿大专家的架子。

我一直崇敬林崇德先生，但最初的相识也只是在几次会议上见过面，并未有更多的私人交往。后来，因为学校工作和林崇德先生有了近距离的接触，林崇德先生谦虚朴实、平易近人的品格给我留下了深刻的印象。

2004 年 11 月，我校的“高校四结合心理素质教育模式的实践与探索”项目在北京市获一等奖后，被推荐去参评国家级教学成果二等奖。在选择鉴定专家时，我第一个便选了林崇德先生。但不巧的是，在这期间他受教育部委派，作为全国优秀教师代表正在各地巡回讲演。当时教育部规定的上报申请资料时间很紧，必须在十天之内上交所有材料。我们需要请林崇德先生在此期间内为我们写出鉴定意见，可林崇德先生又在外地，我感到很为难。但由于林先生在心理学界的影响，我还是决定邀请他做我们鉴定的首席专家。当我抱着试试看的心理，给林崇德先生打电话，向他表达我们的请求后，他表示对我们的理解，不但立即答应了为我们做鉴定，而且还想了变通的处理方法。这期间他无论多忙，一直与我保持着电话沟通。令我感动的是，他演讲结束后，刚一回到北京就给我打电话，让我去找他签署意见。最让我感动不已的是这之后又发生的那件事。那是因为我们内部工作的失误，申报的资料做了改动，需要林崇德先生重新为我们签字。记得，当我们发现申报书上的错误，需要林崇德先生再次为我们签评审意见时，已经是晚上九点半了，而第二天一早就要向教育部提交申报材料。这可怎么办呢？林崇德先生当天从外地回来，忙了一天工作，刚为我们写完鉴定意见，当时这么晚了，我们再去找他重签？我真不忍心再去打搅他，况且这又是我们自己工作上的失误。但这件事又必须去办，我感觉内心很矛盾，不知如何是好，心里一直焦虑不安。在万般无奈的情况下，我还是鼓起勇气，试着给林崇德先生打了电话。我简要说明情况后，林崇德先生没有半点犹豫，爽快地对我说："蔺老师，你是我的朋友，不要想那么多。赶快过来，我给你签。"为了给我节省时间，林崇德先生还为我想了办法。他说他住的地方离路边比较远，天黑怕我不好找，他让我打车到小区外边等他，在路上为我签。当我打车到了约定地点时，看到林崇德先生早已站在那里等候了。借着路灯的光亮，林崇德先生为我重新签署了意见。签完后他又亲自把我送上了车，一直目送我离开。经历着眼前的这一幕，我掉下了感动的泪水。这样尊重他人，这样为他人着想，没有一点权威的架子，这就是众人仰慕的我国心理学界的泰斗，这就是我国心理学的权威——林崇德先生！我真正明白了为什么他会当选为全国唯一的高校优秀教师。我要以林崇德先生为榜样，时时提醒自己，做一个普普通通的人，做一个关爱他人的人。

悉心关爱他人的周谦先生

周谦先生是我国知名心理学家，我校资深的心理学教授，曾任中国心理测量学会秘书长。她和我校的林传鼎教授最早将智力量表引进中国，为我国心理测量学、心理学方法的研究做出了重要的贡献。周谦先生不但治学严谨，还一直关心我校的心理咨询工作，对于我校心理咨询中心的发展和我个人的专业发展给予了很大的支持。

回想1993年在筹备我校心理咨询中心时，我找到周先生，请她给予我们指导与帮助，她对我这个心理学的门外汉没有排斥，而是毫不犹豫地欣然答应。在咨询中心筹备成立的第一次会议上，周先生对于我校咨询中心发展的方向给予了明确的指导。她指出我校心理咨询中心要立足于对全体学生的心理健康教育，让每个学生的心理都健康发展，而不是只局限于等待学生来寻求咨询。她的发言每一句都是那么真切，那么富有远见，一直指导我们坚实地走到今天。在中心刚成立的艰难岁月中，她不顾年事已高，教学科研工作繁重，不计报酬地为学生做讲座，做咨询。她常常在给心理系的学生讲完了一天的课后，晚上又给全校的学生做心理讲座。经常拖着疲惫的身体，很晚才回到清华大学的家中。周先生对我的个人专业成长也非常关心。记得我第一次在学术刊物上发表论文时，我把写的论文稿交给她，请她帮我指导。她工作那么忙，却抽出时间来认真地看我的文章，一字一句地修改。当我从她手里拿回我的论文稿时，我发现稿子上原来的黑字之间写满了红色的字句，她帮我修改的文字比我写的文字少不了多少。她让我看到了她对我这个新入行者专业成长的关心。周先生退休之后，仍然时时关心着我校心理咨询的工作，她常满怀期望地鼓励着心理咨询中心的年轻人。她很愿意花时间听我们汇报工作，她为我们取得的每一点成绩感到高兴。在我校心理咨询中心成立15周年之际，她不顾身体的病痛，兴奋地与我们共同回顾走过的历程，一遍遍地翻看中心15周年庆典的书籍和资料，询问着中心发展过程中发生的每一件事情……作为一名专业的心理学教授，一名资深的心理学家，她对心理咨询这一新生事物那样包容，对咨询中心那样全心全意扶持，让我深深地感动！她对心理学事业的热爱与执着，她对学生的无比关心和负责，她对教学科研工作的严谨与认真，令我非常敬佩！周先生是多年来我崇敬并热爱的心理学前辈，是引领我个人成长和事业发展的长者。

我每年都会去她家看望她，前几年她因疾病永远地离开了我，但她永远活在我的心中，是我终身学习的榜样。

我感激这些心理学家为我国心理学的发展所做出的贡献，我更敬佩他们高尚的人格。我要永远向他们学习。

4

工作，生命的守望

教育，是用生命影响生命，用人格塑造人格的事业；教育，在滋养他人生命的同时，教育者自己也得到了心灵的滋养；教育，培育了他人，教师自己也获得了成长；教育，是对自己和他人生命的守望。我骄傲，我看到了一个个学生生命的绽放；我幸福，我享受着教师工作带给我的幸福和成长。

教师生涯从进山开始

1968 年 6 月，由于农村缺少教师，我们北京的 66 届 200 多名高三毕业生被分配到（据说算是挑选，有的人想去还不够条件）北京密云县做小学教师。

那时候，我们这些在城里长大的学生是很封闭的，除了每年一次到朝阳或丰台的近郊区参加一次下乡劳动外，没去过真正的农村，更没到过山区。因此对农村，特别对山区没有什么印象。当时到我们学校来招聘的是密云县文教部门的女干部，她给我们介绍说，密云县的山区风景很优美，满山都是花果。路途不远，交通很方便，每天有好几趟汽车和火车。她的描述，唤起我们对山区美景的好奇与向往。不久，带着对未来的美好憧憬，怀着对山村女教师的美好期待，我们背着行李，坐上了县里来接我们的汽车，高兴地一路唱着歌，踏上了教师的职业路程。

刚到县城，心就凉了一半

然而，现实并不像我们想象得那么美好。经过近 3 个小时的行程，我们到了密云县城。一下车，我们惊得目瞪口呆。到处是很原始的房子，没有一个像样的建筑，记忆中只有新华书店似乎还有点北京城里房子的模样。刚出发时的满腔热情，一下子没了一半。县城尚且是这样，我们还要分到下边公社的学校去，那会艰苦成什么样呢？

在县里培训了两天后，负责的领导开始公布我们的分配方案。得知我们这200多名新教师将会被分配到全县23个公社的学区去，到了学区后，再分配到学区所属的各所小学。我们会被分配到哪里去呢？每个人都怀着忐忑的期待，等待着自己的命运安排。西田各庄、卸甲山、穆家峪、古北口……终于念到我了！我和我校另外的4个女同学被分配到了西庄子学区。得知自己要去那里任教时，大家的第一反应是慌忙地去查看密云县地图，看看那里离县城究竟有多远，回家是不是方便。我从地图上看到，我即将去的西庄子公社处在密云水库的正北边，到那里需要绕水库半周，离县城有160多里路，如果再加上从北京到县城的150多里，我从家到那里是300多里，比去趟天津还远呢，我心里很不是滋味。

在恐惧中走上教育之路

公布分配方案的第二天下午，我们和被分到其他公社的二十几个同学坐上一辆奔赴工作岗位的汽车。走了一段路，在离县城不太远的地方下去了几个人，他们的运气还不错，这里是平原地区，工作环境应该也还不太差。汽车继续往前走，翻过了一座不太高的山，停下来，又下去了几个人，这里是半山区。汽车继续前行，又经过了一段山区，到了一块较宽阔的平原，叫不老屯的地方，下去了我们同一个学校来的几个同学。就这样，车上的同学一拨拨的都走了，只剩下我们5

个被分配到西庄子公社的女同学了。我们要去的地方究竟还有多远？那里会是什么样子？我们开始不安起来。汽车继续向前开，我的心里感觉有些孤单。看到前边又出现了一大群高山，期待着再出现像前边同学去的那样一片平原的地方。可是，当汽车开到一个叫老爷庙梁的地方时，我看到路两侧全是悬崖陡壁，再往前望去，前面是黑压压的、层层叠叠的高山。我预感我们要进入深山区了，不会再出现那期待的大片平原了，心中有一种莫名的失望和恐惧。这时候，我们中的一个同学害怕得哭了起来，另一个同学用颤抖的声音问当地老师：“我们工作的地方能保证人身安全吗？”我心中虽然也害怕，但还有几分理性，因此还能故作镇静。当时我给自己做了一个分析推理来安慰自己：我们要去学校工作，学校会设在人多的地方，人多的地方野兽不会多，人身安全应该是有保证的。我没让自己哭，因为当时内心有一个信念：我绝不在未来同事面前掉眼泪，否则让人家看不起我们北京来的女学生，会让他们觉得我们很脆弱。但心里其实很害怕，也很委屈。

汽车再前行了一段路后停下来，因为再往前，路就不通了。我们只能跟着来接我们的当地老师背着行李往前走。大约走了十多里山路，才到了一个被四面大山包围着的小村庄。当地老师说：“这就是西庄子了。”我们带着惊恐又好奇的目光四处打量着这里的一切。突然发现这个村里每家的墙上都用白灰画着白圈，我们就好奇地问：“为什么家家墙上都画着白圈？”那个老师回答：“那是用来防狼的。”听到这话，大家的心全都紧张起来了，连我也觉得在这里人身安全保证不了了。当地老师把我们领到一间破旧的房屋里，说这里是西庄子公社中心小学。过了一会儿，学区领导见了我们，并给我们分配了所去的学校。我们 5 个人又被分开了，我和潘同学被分配到了赶河厂小学。领导说，赶河厂离这里还有 20 里山路，今晚要住在这里，明天继续赶路。

这时天已经黑了，屋里没有电灯，只能点煤油灯。外边黑得伸手不见五指，我们不敢迈出这屋门一步。忽然，这寂静的村子里传来一个母亲高声喊叫孩子的声音："二头儿……二头儿……"那声音拉得很长，一声接一声地呼喊。我吓得汗毛都竖起来了。我想起了每家墙上画着的白圈，脑子中不断闪现着"祥林嫂找阿毛"的景象。心想，她家的孩子一定是被狼吃了，越想越恐惧。这一夜怎么也睡不着，把头蒙在被子里偷偷地哭了一场。

第二天一大早，我和潘同学背上行李，在当地一个男老师的带领下，又踏上了去往赶河厂小学的路。我们先要翻越一座当地叫作西湾子梁的大山。那山像北京香山的主峰"鬼见愁"那么高，本来就没怎么爬过山，背上又背着沉重的行李，每爬一步都很艰难。一不小心，脚下踩的一块石头滚下去了，人也滑下去一大截，多亏抓住了山上的小树，才又爬了上来。听说这座山上山五里地，下山五里地，终于我们深一脚浅一脚地爬过来了。下了山，蹚过一条小河，又走了七八里崎岖不平的乱石路，以为快要到了。谁想挡在前边的是一座更高的大山，当地人称其为高家岭梁。抬眼望去，隐约看到那山顶上有几个人，看起来是那么小。我又累又怕，坐在地上真的不想走了，很想大哭一场。这是什么鬼地方，早知道就不来了！可是无奈，我只能拖着疲惫的双腿继续往上爬。不知怎的，突然想起来陆定一写的一篇散文——《老山界》，就用"长征"精神鼓舞了自己一把，于是我和潘同学相互搀扶着，翻过了这座大山，终于来到了我们要任教的赶河厂小学。

从没见过这样的学校

想象中我工作的小学应该像我上过的小学一样：四周有校墙包围着，学校敞开着两扇大门，院内有平整宽阔的操场，有一排排整齐的教室，教室里有明亮的窗户，里面摆放着整齐的桌椅……可是，眼前的赶河厂小学完全超乎我的想象，让我不相信北京市还有这样的学校。学校和村子连在一起，坐落在一条山沟里，两侧都是高山。学校没有院墙，只有两排破旧的房子。两排房子都是六间。一侧四间是两个教室，另一侧的两间是教师宿舍兼办公室。教室的窗户上糊的都是发黄的破报纸。教室里面的地坑洼不平，地上摆放着破旧不堪的长条桌和长条凳，还有的桌子后边根本没有板凳，分到这个桌子的学生只能站着上课。

我们女教师宿舍的墙是用河边的鹅卵石砌成的，由于石头表面不平，彼此契合不严，宿舍的墙四面透风，甚至从屋内可以看到屋外。屋顶是草屋顶，没有顶棚。冬天时屋里很冷。夏天下雨时经常是外边下大雨，里边下小雨，屋顶上经常会掉下小虫。记得一个夜里，屋顶上掉下一只蝎子，差点没掉在我身上，吓得我一夜都没敢睡觉。我和同去的潘同学同睡一张“双人床”，那是村里生产队临时用土坯支起的一块大木板。

这所小学，原来有三位老师，加上我们新来的两个人，一共有五位老师。学校没有食堂，需要老师自己挑水做饭吃。我这个在城市里长大的女孩子，从来没有从井里打过水，记得刚开始从井里打水时，桶在井里来回转，就是沉不下去，打不上水来。我们用烧柴灶做饭。最初学做饭时，我常常不是点不着火，就是被灶里的烟熏得眼泪哗哗直流。

学校的厕所是露天的。用石头墙围了一下，里边挖个坑就可以大小便了。上厕所时，冬天冻得不行，夏天头上的苍蝇成群。

我被分配教一个有30来个学生的班级，这个班级由一、二、三年级学生混合而成，第一次知道这叫复式班。初来时，我真不知道这三个年级的学生在一块儿怎么上课。

…………

从来没想到我会来到这个偏僻的地方当老师，也从来没想到过，我会在这个贫穷落后的地方去实现自己的美好理想。刚来的时候，天天睡不着觉，吃不下饭，每天想着回北京的家。

山里的孩子改变了我的想法，是他们留住了我。

山里的孩子留住了我

我的教师生涯从这个偏僻的山村小学开始了。随着时间的推移，这里发生的一桩桩，一件件，都不停地撞击着我的心，我的心理也在悄悄地发生着变化。

这里的孩子很朴实，也很热情。他们见这里来了两个新老师，觉得很新奇，他们对我和潘很亲切，也很热情。下课后，好几个孩子围着我俩好奇地问个不停。“老师，你们是从哪儿来的？”我们说：“从北京来的。”“老师，你们北京那个村有多大呀？”我愕然了，心里一阵酸楚，很不是滋味：这里可是属于北京的啊，怎么孩子们连北京是什么地方都不知道？

有一次，供销社来了一辆送货的汽车，孩子们好奇地围着，像看怪物似的看，摸摸这儿，动动那儿。汽车开走了，男孩子飞奔着追了出去……市里的孩子们经常可以坐汽车，山里的孩子很少见到汽车，他们见到了汽车觉得很新奇。

这里的孩子们生活很艰苦。夏天里，男孩子赤着脚，只穿一个小裤衩；女孩子上身穿一件小肚兜，下身穿一个小裤衩。冬天里，孩子们都是只穿一件棉袄和一条棉裤，没有内衣内裤和外衣外裤，脚上没有棉鞋，穿的是家里做的山鞋（单鞋，为爬山穿着结实，鞋面用线纳了密密麻麻的针脚，很结实，但很硬）。男孩子的棉袄棉裤都是黑色的，那黑色是自家买了黑颜料把白布染成的。女孩子的棉衣稍稍带一点颜色。冬天孩子们的手脚常常冻得裂了大口子，有的还长了冻疮。

我刚给孩子们上课时发现，上午 9 点多时，许多孩子就已经趴在桌子上睡着了，我把他们叫醒，一会儿就又睡着了。我很生气，批评他们不专心听讲。但后来我才知道，他们许多人在凌晨四五点钟就被父亲或哥哥叫醒去山上割荆条（编筐用的）或割柴火去了。因近处山上的荆条或柴火已被人们割完，因此要起得很早到远处山上去割。早上 7 点多时，他们已经背着比自己身高还高出许多的一大捆条子或柴火下山回家了。到家后他们通常只喝一碗菜汤（汤里只有很少的玉米面），就来上学了。了解到这个情况后，当他们上课再趴在桌子上睡着时，我就不太忍心叫醒他们，会让他们再睡一会儿，然后再轻轻把他们叫醒。孩子们太不容易了，他们这么小小的年纪就要担起这样沉重的担子。想一想市里的孩子凌晨四五点钟正在做着美梦呢！

在市里，小学生的作业本从文具店里买来，这是再平常不过的事了。然而在这里却成了一件很困难的事。

记得我在这里上课第一天就向学生提出了统一作业本的要求。但是，孩子们交上来的作业本却是我从来没见过的：本子是用线缝起来的，本子的纸剪裁得大小不一，而且纸的颜色也不一样，有白色的、黄色的、粉色的……我见此情况很不高兴，又向他们重新说明要求，要求他们一周之内必须按我的要求换齐本子。可是一个学期也没有换齐。怎么这么简单的事都做不到？我多次批评过学生们。然而有一天放学后发生的一件事却深深地触动了我。那天放学后，我正坐在学校院子里看书。突然，我班上的一个一年级的小男孩手里拿着两个鸡蛋，高兴地向我跑来。从认识他以来还从没见他像今天这么高兴过，还没等我问他，他就气喘吁吁地跟我说："老师，这回我可以买本子了！我家的鸡下蛋啦！"他告诉我，他家奶奶和妈妈有病，全靠爸爸下地干活养活全家，可从去年起爸爸就生病不能干活了，家里买盐、买火柴等所有的花销，都靠家里的鸡下蛋后到供销社换成钱才能买。可前一段时间他家的鸡生病了……今天鸡下蛋了，他终于可以去换成钱买本子了。看着孩子的笑脸，我忍不住掉下了眼泪，一下把他搂在怀里。我从来不知道几个作业本能把这里的孩子难为成这样！我的眼泪中有心疼、有后悔、有自责。从此以后，我经常把自己的工资用来给家庭困难的孩子买作业本。

经历了这一桩桩、一件件后，我渐渐地安下心来了。我脑子里时常萦绕着一个想法：只要我在这里一天，我就好好教孩子们。等到他们有了文化，他们的生活一定会比他们的父辈好，这样一代代下去，山区贫穷、落后的状况就一定能够改变！我当时心中还涌上来一个念头：我一定要带孩子们走出大山，到北京城里去看一看。让这些孩子见识一下北京是什么样，去看看天安门、天坛、动物园、天文馆、自然博物馆、科技馆……他们应该拥有这样的权利。那时我想，这也许会给他们幼小的心灵种下一颗希望的种子，让他们能够带着希望去学习，带着希望去生活。

在赶河厂小学工作时，由于我的每月工资只有 31 元，除去吃饭和回家的路费已所剩无几，我带孩子们来北京的愿望没有能够实现。但几年之后，我在县教育局工作时，我带领全县山区的一批优秀学生到北京市区参观游览了三天，实现了这一愿望。

安下心后，为了教好孩子们，我利用回家休假期间向我的小学老师请教教学经验，也买了教学参考资料进行钻研。为了丰富孩子们的课余生活，我这个原本唱歌就跑调，跳舞像个笨鸭子的人，自己边学边练边教学生，为他们排演节目，组织他们开联欢会……孩子们活跃起来了。他们很喜欢我。劳动课上山挖药材时，他们会教我认识哪是柴胡，哪是益母草；当山上的沙果梨、杏子熟了的时候，他们会摘了来送给我吃。慢慢地，我忘记了艰苦，忘记了想家，因为心里总是装着孩子们。

如今我当教师已经 50 年了，我最早教的学生也已到了花甲之年，但我还时常梦到我走在那崎岖的山路上，梦见那些光着脚丫的孩子。我感谢那段从教经历，感谢那些山里的孩子，他们让我迈出了教师生涯坚定的第一步。

一次孤独的深山雪地行走

在人生路上，我经历了许多事，走过了许多路。但我最难忘的是，我刚参加工作不久的一次经历，一次为了不让学生失望，独自在深山雪地里行走过的经历。

为了不失约，误了早班车

那是在 1969 年的 1 月 3 日，我刚刚到密云县赶河厂小学工作三个多月时，学校新年放假三天。我回北京市区看望父母。说是放三天假，实际往返在路上至少要用去一天多，在家和父母团聚的时间不到两天。1 月 4 日学校开学，3 日教师必须返回学校。我刚回到北京的家，天就开始下大雪，到了 3 日我该返回学校了，雪还是下个不停。为了准时上班，我早上 5 点起床。妈妈早就起来为我煮好了热汤面，又往我书包里塞进一个“心里美”萝卜。因为山里的学校冬天没有菜吃，妈妈给我带上这萝卜，是为了让我能吃上一两顿菜。吃完热汤面，身上暖暖的，我含着眼泪告别了妈妈，在爸爸的陪伴下，去往北京火车站的汽车站。原本爸爸是要把我一直送到火车站的，但因为下雪路滑，我说服了爸爸，只让他送到汽车站。当我坐上汽车，车开动时，我看到爸爸还站在雪地里远远地望着我，我的不舍的眼泪流了下来。

当年交通不方便，去密云的火车只有两个班次。一个班次是早上6点半，一个班次是下午2点。因为我的学校在深山区，到县城还要坐长途汽车，下车后还要步行十几里的山路，所以通常会坐早上6点半的火车。原本约好和我同分配到一个学校的同学搭伴一起回去。可我在我们约好的地点，一直等到车快开了，也没见她来。我担心她生病了，一个人孤单，走不了山路，就决定先去她家看看，然后再坐下午的火车一起走。可我到她家后，才知道她已经走了。我只好一个人坐下午的火车去密云。

生平第一次求人留宿

可让我没想到的是，下午4点半火车到达密云后，我去买通往学校的长途汽车票时，汽车站的工作人员说，因雪大，路滑，山路危险，汽车下午停运了。我问什么时候能通车，他们回答说，因为雪太大，雪化得慢，几天之内都通不了车。

我一听这话，傻眼了，这该怎么办？我回不去，一开学上课，别的班的同学都上课了，我的学生见不到自己的老师，该有多失望！我该怎么办？那时已经是下午5点多了，密云的天已经黑了。只能明天再回去了。可今天晚上住哪里？身上只带了车钱，没有带住旅馆的钱。我无助地在县城的大街上徘徊着，想不出办法。着急之时，突然想起，在公社开教师会时碰到一位别的学校的姓侯的女老师，听她说过她家住在县法院对面。无奈之下，我就去寻找她家。说也凑巧，我还真找到了她家。开门的是侯老师的母亲。我问：“阿姨，侯老师在家吗？

我是她的同事。”让我失望的是侯妈妈说：“她不在家，下大雪，她放假没回来。”我很期待她问我：“你找她有什么事吗？”这样我好说出想在她家借宿的想法。我从小到大是一个不爱麻烦别人的人，求人对于我来说好像是低人一等，所以总希望别人主动开口问我，而不是我主动张嘴求人。在这种心理下，我没直接向侯妈妈提出我的请求，侯妈妈当然也不知道我心里的想法。她没说什么，我就很失望地走开了。

可是到哪里去呢？那时路灯已经亮了，雪天里密云大街上人很稀少，我独自一个人在街上走来走去，但是仍然想不出办法。天越来越黑了，已经接近晚上 10 点了，我总不能在大街上站一夜吧！没有其他办法，我再一次敲开侯老师家的门，硬着头皮对侯妈妈说：“阿姨，我是北京来的老师，今天因下雪汽车停运回不了学校了，您家有地方让我住一夜吗？坐一夜也成，明天一早我就赶回学校去。”记忆中这是我第一次无奈地求人，感觉很羞愧。侯妈妈立即热情地招呼我进屋，帮我铺好被褥让我睡下。虽然被窝里很舒适，可这一夜，我一点儿也没睡着，为我有生以来硬着头皮求人的羞愧，为明天怎么回学校的着急和烦躁。

事后，许多人表扬我在那个年龄时，遇到困难会想办法，自己能找到侯老师家借宿。但现在想起来，我有多么幼稚，多么傻。如果当时我找到县教育局，或找到县城里的任何一所学校，相信那里的领导和老师一定会帮我找到住处的，不至于像我当时几乎露宿街头。另外，困难之中直接向别人求助是件很正常的事情，但是由于我的虚荣心，把请人帮忙看作是羞愧的事情，导致自己陷入了内在和外在的困境。我相信今天的年轻人不会再干出我这样的蠢事。当我学习了萨提亚的心理学后才认识到，人在任何时候所做的选择都是最好的选择。我想，那个时候，我没退回北京的家里，想出那样的办法让自己住下，尽快赶回学校给学生上课，那也是我在那时能够做出的最好的选择。

艰难的返校路

一夜没睡，最后我做出了决定：明天我走回到学校去上课。早上我 5 点起床，感谢了侯妈妈之后就赶路了。本来山路就不好走，下了厚厚的雪，地上很滑，路很难走。我深一脚浅一脚地走着。山里静悄悄的没有一个人，也听不到任何声音，只听到我的脚踏在地上的雪上，发出的嘎吱、嘎吱的声音，周围寂静得有些可怕。没有人时我害怕，当偶尔有人出来时我更害怕，因为大雪天里女人不出门，出来的都是男人，我不知道他是好人还是坏人。万一是坏人，他对我做坏事，这寂静的大山里，我喊都喊不到人。就这样紧张、害怕地走着。外面的天气特别冷，天还飘着大雪，但是我太紧张、太害怕了，已经感觉不到寒冷了。走着走着，感觉眼睛迷糊，看不清东西了。我想，糟糕了，我一定是害了雪盲症了。于是我摘下口罩，揉了揉眼睛。还好，眼睛能看清东西了，原来这不是雪盲症，是我从口中呼出的哈气在睫毛上结了冰，挡住了我的视线。但等我揉好眼睛，再想戴上口罩时，那口罩已经冻得像块铁板一样梆梆硬，根本戴不上去了。

近 60 里的山路，我天黑之前能走到吗？我想起曾经有一位老教师带我们走过的一条相对比较近的路，那需要从结了冰的密云水库上走过。但从冰上走是有危险的，因为冰冻得不均匀，一不小心踩到冰冻得很薄或冰裂开的地方，就有掉下去被淹死的危险。我听说一个北京来的供销社职工就掉进去过，幸亏旁边有人把他救了上来。现在只有我一个人，万一掉下去可怎么办？但是想到如果天黑了，我还没走到学校，会更危险的时候，就顾不上想这些了，只好冒此险了！于是，我选择了从水库的冰上走。冰上很滑，我有好几次不小心滑倒了。滑倒了，再慢慢爬起来接着走。走着走着，就听见脚下发出咔嚓、咔嚓冰裂的响声，那声音很大，使我感觉冰面马上会裂开一个大口子，我马上会掉下去一样。还好，那脚下的冰面只是裂开了一道很长的纹，并没有裂开。我就又换个位置继续往前走。这样的险情不时会发生，我只能小心翼翼地走着。虽然这不是如履薄冰，但这比如履薄冰还紧张，还害怕。

就这样，走冰路，盘山道，终于在天渐渐黑下去的时候，我隐约地看到了前边村庄的灯光。虽然那灯光很微弱，但我心中充满了惊喜：到了，我总算走到了！

我终于拖着疲惫的双腿，推开了学校办公室的门。几个早回来的老师（主要是家在当地的老师）正围在煤油灯下聊天，看到我推门进来，他们怔住了，我猜他们可能想不到我一个北京小姑娘会自己走回来。接着，我的小学校长（那时叫学校负责人），递给我一杯热茶。我捧着这杯热茶就大声哭了起来。一路的委屈、害怕，恐惧、紧张在那一刻都释放了出来。

回想起来，是什么让我这个20岁刚出头的北京小姑娘，那么执着地走过来？其实也没有想别的，例如，先回北京家里等着道路通了再回学校。那时仿佛心里只有一个念头：别的老师都回去了，我们班的学生见不到自己的老师怎么办？

这段经历已经过去近50年了，它至今让我难忘。

我和山区女教师的二三事

听说现在北京郊区的山区学校都有了校车，教师可以坐校车上下班；还听说他们都有了山区教师工资补贴。我真为现在的山区教师高兴。尽管山区工作相比城市和县城仍然还是比较艰苦，但是比起我们刚参加工作的那个年代，已经算是改善多了。

20 世纪六七十年代，北京密云山区教师大多是从县城或县城附近的平原地区分配去的。山区教师不但没有工资补贴，而且比北京市里的教师还要低一级。山区交通不方便，往往从县城到各公社的长途汽车只开到公社所在地，而大多数的中小学都分散在距离公社所在地十几里或 20 里的山村里。教师回趟家极不方便。一般只有放寒、暑假时才能回去。许多教师长期两地分居。山区教师生活很艰苦，尤其是女教师。但是那些女教师不畏艰苦，在山区一干就是十几年乃至二十几年。她们为山区教育默默奉献的精神一直感染着我。在山区艰苦的条件下，我和他们相处的经历也使我们之间产生了深厚的情谊。回想几件与山区女教师共同经历的事情，至今仍让我很感动。

紧急时刻我当了妇产护士

霍老师工作的西白莲峪小学离公社所在地冯家峪有十几里。每次回家都要走十几里的山路。山路崎岖不平，人们形容那时的出行是“山高石头多，出门就爬坡”。还有人说这里的路“别处人骑车，山里车骑人”。意思是山路不是爬山，就是蹚河，根本没法骑自行车，只能扛着车走。

霍老师的家在县城附近，爱人是军队干部，驻军在很远的外地。霍老师自打怀孕后始终坚持工作，一直到了预产期，才从山里走出来。她原打算到冯家峪乘长途汽车到县城的医院去生产。可是她从自己的学校出发后，十几里路的颠簸，等到了冯家峪长途汽车站时，感觉已经快要撑不住了，孩子快要降生了。她让人捎信到公社文教组。当时文教组只有我一个女同志。我赶忙赶到汽车站。看到霍老师脸色苍白，她在强忍着腹痛。我赶忙扶着她到公社卫生所。待我们走到卫生所时，我慌忙喊：“有妇产科大夫吗？有一个老师马上要生啦！”这时，走出一个50岁左右的男医生。我见过他，他不是妇产科医生。他告诉我，这里没有专门的妇产科医生，有一个女医生常接生，但她下乡巡诊了，只有他自己来给霍老师接生了。他把我和霍老师领到一个房间中。这屋子好久没用了，很破旧，到处是灰尘。屋里边有一张床，房间里有些阴冷。这位医生迅速地打扫着屋子，又从别处搬来一个炉子，一边暖着屋子，一边烧上一壶水。他刚刚收拾妥当，霍老师说她想大便。医生拿来一个便盆，说：“就在这里吧！”我扶着霍老师，她刚解下裤子，突然“哇！”的一声，孩子生下来了，掉在了地上。我当时惊得不知所措。我那时还没结婚，也从来没看过别人生孩子，那时不知从哪儿闪来一个念头，“没结婚的姑娘不该看人家生孩子”，于是就想往外躲。

这时，那个医生一把拉住我说：“你不能走，你得给我帮忙！”于是我站住了，定了定神。医生说：“你扶产妇上床，我管孩子。”那时孩子的脐带还跟妈妈的身体连在一起。只见医生轻轻地把婴儿从地上托起，我扶着霍老师慢慢上床，然后医生迅速剪断脐带，把婴儿包裹起来，放在妈妈身边。这时，我看到霍老师惊恐、疲惫的脸慢慢平静了下来。谢天谢地，母子平安！我事后想起来好后怕，万一霍老师把孩子生在从学校到公社的山路上，那该怎么办？万一她坐上了长途汽车，把孩子生在途中该怎么办？万一孩子掉在地上摔坏了怎么办……我真不敢再想下去了。

因为霍老师爱人的部队驻地很远，他从部队来到这里要好几天。于是我就担负起照顾她们母子的责任。我每天照顾产妇的吃喝，端屎端尿，还要给婴儿洗尿布……平生第一次做这些，但我一点儿也不觉得脏和累，因为我被山区女教师感动着。想到霍老师经历的风险，想到她和她的女儿差一点儿就失去了生命，我觉得山区女教师太不容易了，她们为山区教育付出得太多！

陪伴流产的珍老师

珍老师的丈夫在县城工作，珍老师在距冯家峪公社所在地十几里的一所学校工作。因两地分居(那年月，学校只有放长假教师才能回家)，他们结婚好几年了，一直没有生小孩。她丈夫看到同龄人的孩子好几岁了，急切地盼望她也尽快生个孩子。因此，珍老师的丈夫一直要求她调回到县城工作。可那年月，山区缺老师，调出山区是件很困难的事。因为总是调不成，珍老师的丈夫就迁怒于她，认为她不愿意回来。夫妻两人常常为此吵架，夫妻关系一直不太好。终于，前两年珍老师怀孕了，夫妻俩非常欣喜，彼此的关系也因此有了好转。可珍老师在带学生劳动的路上，由于山路不平，不小心摔倒流产了。珍老师本人当然很难过，她丈夫更是失望，而且非常生气。他对珍老师大发脾气，甚至指责她是成心要跟自己作对，不愿调回去，故意流产的。她丈夫发了狠话："再调不回来，就离婚！"珍老师何尝不想调回去，但申请多次，就是调不回去，因为她走了，县里调不来新老师，就没人给学生上课。珍老师对工作是认真负责的，尽管面对丈夫的指责与误解，但她知道没人顶替自己，学生就没人教，因此她仍然在这里认认真真地教着她的学生们。

第二年，珍老师又怀孕了。这次怀孕给她和丈夫的关系弥合带来新的希望。她丈夫说："这一次，你干脆别上班了，回家安心保孩子，我养活你。"珍老师说："那不行，孩子们没人上课，那怎么成？再说离生还早着呢，领导也不会准假。我小心点儿就是了。"可流过一次产的人更容易流产。没想到，这一次珍老师走在学校前的路上，下坡时，脚被一块石头绊了一下，就又流产了。当她被人送到公社卫生所时，我赶去看望她，只见她无力地躺在床上，脸色苍白，没有一点血色。原本两只水汪汪的大眼睛此时没有一点光亮，眼中充满了忧伤和失望。她见到我后，尽管她尽力控制着自己，但眼泪还是止不住地往外涌。我上前去握住她的手，她的手冰冷。虽然那时我还没有结婚，但我能理解她此时的心情，失望、沮丧、自责、内疚、后悔，还有怕面对丈夫的恐惧与担心……我不知道对她说什么才能让她的心情好些，想了半天我只说了一句话："这不怨你，什么都不要想，好好养身体。"第二天一早我要去北京市里开会，晚上我要把珍老师因流产弄脏的裤子洗出来。因是深秋，她穿了内裤、外裤好几层。我从井里打上水，刚把她裤子放进大盆中，那盆中的水就变成了鲜红的血水。我换了好几盆水，那水都是红色的。山区深秋的井水冰冷冰冷的，我的手放在盆里时都冻麻木了。但我的心仿佛比我的手还要冷，我为珍老师担心，不知她丈夫会对她怎样……山里的女教师，为了孩子们，不但忍受着自然条件的艰苦，还要忍受亲人的误解。

我当上了半个保姆

刘老师爱人在部队服役，她家不在学校所在地。刘老师休完产假就带着刚 2 个月的女儿来上班了。当时每月工资只有 28.50 元的她，给孩子付了保姆费后就所剩无几了，根本无法再租房子在校外住，而学校又没有多余的房间，她只能带着孩子和我同住一个房间。我们住的房间是一间不大的土屋，一个土炕占去了多半间，我们俩每人一张办公桌，屋中就没什么活动空间了。刘老师母女俩和我就一起睡在那个土炕上。那时我还没有结婚，每天除了工作，晚上还要帮助刘老师照顾孩子。夜里常常被孩子的哭声吵醒，但没有别的办法，我同情刘老师的困难，只能与她共患难。为了给孩子晾尿布，刘老师在我们房间四周的墙壁上钉了许多钉子，拴上铁丝，用来晾尿布。那时候，我们房间的墙上常常挂满了尿布。虽然那些尿布是被洗过的，但也会遗留一些味道，尤其是到了夏天，那满屋的气味的确令人掩鼻。许多到我们这儿来过的老师都会对我说：“蔺老师，你一个没结婚的大姑娘怎么可以忍受得了？”但是，我能让刘老师租房搬出去吗？她实在是太困难了，我不能为难她！

晚上，我除了备课外，还要看书，睡得比刘老师晚。每天在睡觉之前我要帮刘老师把洗完的一堆尿布晾在那些铁丝上。那些天，睡觉前晾尿布，几乎成为我每晚必做的一份工作了。刘老师不拿我当外人，我也习惯了这项日常工作。

那个年代山区人看电影只能看露天的，由公社电影放映员在村子里较为宽敞的一个空场上放映，就是这样的电影，人们一年也看不上一两次，所以人们非常珍惜这难得的看电影的机会。本村人不用说，会放下家中所有的事前来观看，就是十里、八里以外村的人也打着手电筒，翻山越岭地赶来看电影。刘老师也耐不住了，她很想去看电影，但又觉得不能放下孩子不管。我看到她左右为难就对她说："刘老师，你去看电影吧！我在市里看的机会多，我不去，今晚我替你看孩子。"刘老师一听很高兴，她很信任我，说："那就太谢谢你啦！我看一会儿就会回来给孩子喂奶！"我说："好吧！你去吧，但到孩子该吃奶的时候你一定得回来，否则孩子饿了哭，我可真没办法！"刘老师说："你放心，我看一会儿就回来！"刘老师走了，我哄着孩子，她不哭不闹倒也挺好。可过了一个多小时，她大哭起来，我怎么哄也不行。我猜她一定是饿了。刘老师说好看一会儿就回来的，怎么还不回来？莫非她看上了瘾，忘记了家中还有个嗷嗷待哺的婴儿？我一边想尽办法哄着不停地哭的孩子，一边焦急地盼望着孩子的妈妈快快回来。可是还是没见刘老师回来，孩子在我怀中哭个不停，张着小嘴要咬我的衣服，她太饿了！这可怎么办呢？总不能让孩子哭坏了，我急中生智，拉开抽屉，看看有什么可让孩子充饥的。抽屉中只有两个核桃，我想起弟弟小时候没有奶吃时，妈妈就把点心嚼烂了抿到他嘴里喂的情景。于是我把那核桃砸开，剥出里边的核桃仁，放在嘴里，嚼烂后，抿到她的小嘴里。果然，这一招还挺灵，小姑娘止住了哭声。过了一会儿，电影散场了，刘老师回来了。她接过孩子不好意思地对我说："实在对不起你！”我说：“不要紧，你看场电影不容易！只是这孩子饿了，我变不出奶来给她吃！”我们俩都笑了。

那个年代，山区的老师不容易，女老师更不容易。我和这些女老师朝夕相处，理解了她们，也从她们身上学习到了许多。这段生活经历对于我走上心理咨询之路后对人的理解，对人的共情，对人的爱心都有很大的帮助。

与心理咨询的相遇

30年前一次偶然的机会，我接触到了心理咨询，于是做了一个决定，就走上了大学生心理健康教育这条道路。一路走来，有过徘徊，有过动摇，但一直走下来了。感恩自己的选择与坚守，在这个耕耘心灵的事业中，我帮助了自己，也帮助了学生，我无怨无悔，感到很幸福、很快乐。

在美丽的黄山与美丽的事业相遇

1988年的暑假，我参加了一个在黄山举办的学生工作干部的培训，原本想培训只不过是听一些专家报告、交流各校工作经验，然后借机会去黄山旅游。可没想到这一次的培训竟然改变了我的职业生涯。这是人民大学举办的一次心理咨询和心理治疗的短期培训。在这里我听了我国著名精神科专家杨华渝大夫，心理学家沙莲香教授、张小乔教授等专家的培训。他们的课程给我的心打开了另一扇门，让我对人性，对人的行为背后的心理活动有了前所未有的认识。

这次培训唤起了我的好奇心。从那时起，我在内心深处就为自己做了一个选择：这就是我喜欢的，这是我未来要走的路。这次培训开启了我学习心理学、学习心理咨询的历程，从那时一直走到现在。

选择学习心理咨询，从事心理咨询工作，这是偶然吗？看似是偶然地与心理咨询相遇，但细想起来，那是我自己在无意识中已经准备好了的，这是我一直要找寻的一条道路。那一年我 42 岁。我在个人成长和职业发展中都经历了许多，也遇到一些自己解不开的困惑。

为什么有的学生总是封闭自己？

为什么有的学生总是控制不了自己的情绪？

为什么有的学生家庭很富余，却要偷吃宿舍同学的零食？

……

这些在自己和学生那里发生的问题，我在传统的思想教育那里没有找到答案。而在心理咨询这里我看到了新的可能性……原来，并不是什么问题，都只是思想问题。我一下子大开眼界，心中豁然开朗，有一种释然，一种心灵获得解放的自由，一种抑制不住的兴奋。

我一下子喜欢上了心理咨询，这和我一直以来喜欢从事与他人沟通的工作，喜欢探究人有很大关系。我多年来从事与教师和学生有关的工作，阅人无数。一直以来，对人的各种行为很好奇，很感兴趣，总想探究“他（她）为什么会是这样……”。还有，我学哲学，对于一些人生的问题总爱思考，例如，“我是一个什么样的人？”“人为什么会有那么多困惑和苦恼？”“为什么有的人经历了那么多磨难，仍然很乐观，而有些人遇到的挫折没有那么大，却会畏缩不前？”“人活着到底是为了什么？”今天在这里听的心理学课程，正是探究人的理论，正符合了我的兴趣。

这所有的一切仿佛都已经为我学习心理咨询做好准备了，这次黄山培训只不过是一次契机，让我和心理咨询相遇了。这好像是我第一次来登黄山，这么美丽的风景吸引着我，尽管山很高，但我满怀信心地、充满喜悦地向上攀登。

1988 年，在黄山，第一次参加心理咨询培训

放弃是为了坚守

1993 年，经过筹备，我校成立了心理咨询中心，我开始走上心理咨询的道路。那时候，由于人们对心理咨询还缺少认识，所以许多老师和学生都对心理咨询有误解，学校领导对此也不是很重视。那时候，在学校建立心理咨询中心是件很困难的事情。没有师资，没有办公地点，没有经费，没有经验，一切从零开始。我东奔西跑，四处寻求帮助，终于把咨询中心建立起来了，也摸索着开展了工作。

大约半年之后的一天，我被当时学校的组织部长找去谈话。谈话的内容是学校党委要推荐我去北京市委教育工委工作。部长说，北京市委教育工委需要一名干部，要我校推荐一名处级干部去工作。学校领导经讨论，考虑我的综合素质和能力，认为我符合这一条件，决定推荐我去。当时听到这个消息，我的心情很复杂。一方面，感受到领导对我的信任，另一方面，又似乎觉得那不是我想要的。因为事情来得突然，我一时理不出个头绪，难以马上做决定。于是我请求领导让我回去考虑考虑再做决定。回来后，我反复考虑这件事，也征求家人和同事们的意见。有的同事说：“到市教工委工作发展空间大，这是难得的个人发展机会，别错过！”有的同事说：“现在缺少女干部，你有当干部的经历，年龄又正合适，到那里工作，被提拔的机会多。”也有的人说：“心理咨询工作现在不受重视，开展工作有那么多困难，看不到发展前景，不如去市委教育工委工作。”他们说的这些都有道理，也都是在为我着想。但是我就是觉得不对劲，我放不下现在正在做的。我反复思考，反复地问我自己：究竟你想要的是什么？我回顾了当时为什么要选择走心理咨询的道路，也分析了自己的个性特点。最后，我决定放弃去市委教育工委工作的机会，选择留在学校继续做心理咨询工作。我爱人也很支持我的这个决定。于是我在感谢了校领导对我的信任后，向领导说明我的决定，领导也接受了我的个人选择。现在，党和国家越来越重视心理健康教育，高校心理健康教育得到了很大的发展，我自己在事业上也取得了一些成绩，有人对我说：“你怎么那么有远见，那么早就选择了这项工作？”其实，我也并非有远见，也并非看到了它的发展前景，而只是觉得我喜欢这项工作，我也认为它很适合我，所以在那个困难重重的时刻，我仍旧选择了走这条道路。

最重要的是帮助学生心灵成长

我在院校合并之前，曾经担任原来北京师范学院分院的学生处长，后来师院分院与原来的北京师范学院合并为首都师范大学。由于机构合并，首都师大党委安排我保留原正处级的待遇，做学生处副处长，主管学生思想政治教育工作。所以虽然成立了学校心理咨询中心，但我一直是兼职在做学生的心理健康教育工作。随着心理咨询中心工作的开展，要做的工作太多，每项工作开展起来都需要花费许多的时间和精力，像现在这样兼职做是忙不过来的，需要专职人员的投入。于是，我选择了做专职心理咨询老师。由于心理咨询中心没有行政编制，我的这个选择，就意味着放弃了原来处长的职务。而在高校是按职务、职称确定工资等级的，我当时也还不是教授，因为选择了做专职心理咨询老师，我的工资比之前下降了两级。当时心里的确感到很不平衡，尤其是跟那些曾经是我的学生，现在在学院当了副书记的年轻人相比，比他们的工资还要低，我内心感到很不公平，也很委屈。论资历，我做过多年的处长；论对现实工作的贡献，我常常因为帮助学生解决心理问题加班到很晚……为什么我的工资就比别人低？但是，政策是不能因为我一个人而改变的，现实就是这样残酷。那么，我是否还要坚持选择做专职心理咨询老师？做这项工作是否值得？此时，我的脑子中闪现出了另一些画面：那个曾经因学习跟不上要退学的新生，在我的帮助下重新恢复了自信，坚持学习；那个曾经因失恋而悲伤的女生，在我的帮助下，又重新绽放出了笑容；那个曾经因为承受不了太多的痛苦，要自杀的男生，在我的帮助下，又重新坚定了活下去的勇气……想到这些，我感到能够帮助学生生活得更好，使他们的生命更有意义，这是比那两级工资更有价值的事情。于是，我的心情逐渐平静了下来，坚定地选择了做专职心理咨询老师。

退休后的坚守

随着我国社会的发展，人们对心理咨询的需求越来越多，党和国家对心理咨询的重视程度也越来越高，心理咨询工作一下子就“热”了起来，心理咨询的市场也一下子“火”了起来。于是许多人看到了商机，各种心理培训公司，心理工作室风起云涌。我在职时就有人劝我成立个心理咨询公司或心理咨询工作室，也有商家主动来邀请我合作，但都被我婉言拒绝了。因为学校里为学生工作的事情太多，忙都忙不过来，根本没有精力再去做其他的事。退休后，又有人来劝我成立咨询工作室，有许多人来邀请我和他们进行商业的合作。但是考虑到我个人的精力有限，我更愿意把自己的精力放在为老师们服务上，不愿去从事商业心理培训的工作。我自己做了一辈子老师，对老师这个群体有着深厚的情感，也对学生有着深厚的情感。我希望每个老师都健康幸福，我也希望通过老师帮助更多的学生健康成长。于是退休后我选择了为老师做非营利的培训。这些年来当我和老师们在一起时，我常常被他们对学生的爱所感动着，尤其听到老师们把从我这里所学到的知识应用到教育教学工作中去，帮助学生成长时，我感到自己的工作很有价值。

30 年了，回想自己对心理咨询事业的坚守，不为困难所动，不为名利所诱，那是源于我的初心：我对心理咨询事业的热爱，对老师和学生的热爱。我认为我的这种坚守，既是对心理咨询事业的坚守，也是对自己内心信念的坚守，因为我知道自己生命中什么是最重要的，我自己真正想追求的是什么。

艰难的开创，坚定的起步

每当我走进现在的首都师范大学咨询中心，置身于那宽敞明亮的接待大厅中，置身于那一间间温暖、舒适的咨询室中，看到墙上挂着的那一幅幅曾经为中心的开创和建设而付出的老师们的照片时，我就会回忆起我们咨询中心刚刚成立时那段艰难的岁月。

从废品堆中拣出的旧桌椅开始

20 世纪 80 年代中期到 90 年代初，我国社会发生了深刻与巨大的变革，社会改革和学生自我发展带来的各种压力，使得大学生的心理问题日渐突显。高校中用思想教育的方法解决学生存在的所有问题的工作模式，已经不能适应新时期大学生身心成长的需求。关心大学生的心理发展，帮助他们解除成长中的心理困惑，使他们具备适应社会变革与发展所需要的良好心理素质，是新时期大学生成材的必然要求，也是现代高校教育的重要任务。我们一些高校教师开始建立心理咨询机构，探索解决学生心理问题，促进学生心理健康成长的新途径。我也向学校领导申请建立心理咨询中心。

由于当时心理健康教育和心理咨询工作在国内刚刚开展，领导、老师、学生都对其不够理解，也不够重视，使此项工作的开展遇到了很大困难。首先是物质条件方面的困难。在校内申请一间咨询室很难，经过多次找有关部门领导商谈后，总算申请到学生公寓 2 号楼的一个房间，虽然破旧，但还可以使用。有了房间，最起码要有心理咨询所用的桌椅。但这简直比申请房子还困难。我写了申请报告便到处找领导。终于等到各级领导在申请书上都签了字。我看批示上通知我到学校 21 号楼地下室去取桌椅。我拿着批条非常高兴，和一位年轻老师推着小推车兴奋地到 21 号楼地下室去。我原以为这里存放的是崭新的桌椅，可当我打开门一看，我的心一下子就凉了。原来这里是学校堆积废品的地方，满眼都是东倒西歪的废弃桌椅。无奈，我们只能在这废品堆中挑选。我们费劲地挑来挑去，最后终于挑到了一张两屉桌。这张桌子的桌面是一种颜色，桌腿是另一种颜色，但桌子起码能立在地上。又挑了和这桌子同样情况的两把椅子。就这样，我们两个人把它们装上了小推车，推了回来。为了让这破旧的桌子漂亮一些，我又从附近的超市买来一块塑料布，罩在桌面上。一张破旧的桌子，两把破旧的椅子，这就是我们的全部家当。我们的咨询中心就这样成立了。

走出被误解的孤独

物质条件的缺乏是很困难，但更困难的是人们的不理解。由于大家不够理解，很多人都认为心理健康教育没有必要。甚至个别领导还认为，学校搞这些没什么用，你们这些人想做也不一定能做得好。记得心理咨询中心成立的牌子刚挂出来的时候，许多学生围着说：“咱们学校有这么多精神病吗？都需要成立这样的机构了！”还有的同学走过心理咨询中心门前时，把同伴往里推，取笑地说：“你进去看精神病吧！”个别的心理学专业老师对我们很排斥，认为我们不懂心理学专业，做不了心理咨询，认为我这个门外汉不可能把心理咨询中心工作真正地坚持下来。甚至有个别的人在背后散布一些不友好的言论。我那时的确还不具备心理咨询的专业知识，内心存在着自卑感。因此当面对众多的误解和怀疑时，我感到很委屈，也很孤独。但是想到我们成立心理咨询中心不是为了个人的私欲，而是为了学生的需要，为了广大学生的心理健康发展时，当我想到心理咨询工作在学校，乃至国内都是新生事物，任何新生事物的开始，都会遇到困难，都会遇到人们的不理解，都注定会面临孤独时，仿佛就有了信心和勇气。万事开头难，不会就学，只要坚持下去，任何困难都可以克服。面对诸多的物质、经济上的困难，面对专业上的欠缺，我从事心理咨询工作的决心没有动摇。

“三顾茅庐”组建队伍

要成立心理咨询中心，开展工作，首先要有一支心理咨询的教师队伍。1993年，我校没有专门学过心理咨询的专业老师。根据当时的实际情况，只能先聘请兼职教师。我走访了学校相关专业的院系，邀请那些拥有与心理咨询相关的专业背景，愿意为学生付出的老师来做兼职咨询教师。我一个个地寻找，一个个地访谈，向老师们说明成立心理咨询中心的意图，邀请他们和我一起来做这项关爱学生心理健康的事情。让我感动的是，在访谈时，我得到了许多老师的支持，他们和我一样，非常关注学生的心理健康，愿意和我一起从事这个有意义但比较艰难的工作。这样，我们很快就组织了一支由心理系的专业老师、院系学生工作老师、校医院医生组成的三结合的兼职咨询教师队伍。心理学专业老师拥有心理学的专业知识，能从专业的角度对学生进行心理疏导，解决学生的心理困惑。从事学生工作的老师了解学生，具有学生工作的经验。校医院医生能够从生理健康方面去了解学生的心理问题，从身、心两方面帮助学生健康成长。三个领域的人员各有自己的特长，可以达到优势互补，共同帮助学生心理健康成长。就这样，关爱学生心灵的共同愿望，把来自全校8个单位的12位老师凝聚在了一起。我们拥有了最初的心理咨询老师队伍。

1993年心理咨询中心初建时的专、兼职心理咨询老师（前排右数第三位为作者本人）

这些老师都有自己的一份本职工作，他们都是本单位的骨干，日常工作很繁忙，同时他们也都承担着自己家庭的责任。但是他们都热爱学生，关心学生，他们都毫无怨言地为学生付出。他们不计名利，不计报酬，无偿地为学生举办讲座，做心理咨询。不管风雨，无论假日，只要有学生需要，只要听到学生的呼唤，他们就会来到心理咨询中心，走到学生们的身边。

周谦教授是心理学界资深的教授，当年已年过花甲的她，常常在上完本专业的课后，再来为学生做心理讲座，接受学生的心理咨询，经常工作到晚上八九点才回到远在清华大学的家。考虑她年纪大，身体不好，我想要为她打出租车，却屡次被她拒绝了。她说："心理咨询中心没有经费，我不能给你们增加负担。"无论工作到多晚，她都坚持自己坐公交车回家。

赵淑文老师有着丰富的心理咨询经验，家住在校内，心理咨询中心一遇到学生的危机个案，我总是首先找到她。她从来都是充满爱心地帮助学生走出困惑。

李朴珉老师总是热情地为心理咨询中心献计献策，主动为老师做培训，为学生做心理辅导。

侯志瑾老师把心理咨询中心的事当成了自己分内的事，为心理咨询中心举办国外专家讲座，协助心理咨询中心开展各种有创意的工作。

王崇俊大夫以她医生的独特视角，帮助学生从身、心两个方面进行调整。

杨芷英、田国秀、田书义、杜春丽、李彩英，这些从事学生工作的老师，在本职工作外，更是积极参与心理咨询中心对学生的心理教育、心理健康课程的教学工作，为学生进行个别咨询和团体辅导。

这些老师无私地为学生奉献着，帮助许多学生走出心理困惑，自信乐观地成长，也受到了广大同学的热烈欢迎。但是在心理咨询中心初建时，我们没有经费，老师们所有的工作都没有报酬。年底召开心理咨询中心工作总结会时，我只能用自己的钱买来水果和糖，表达对老师们的感激。

心理咨询中心初建时的各种困难没有难倒我们，凭着一颗关爱学生的心，凭着一种对心理咨询事业的执着，我校的心理咨询工作破冰起步了。

始于初心，坚定前行

如同记得我自己的生日一般，我永远不会忘记 1994 年 3 月 31 日这一天。这一天是我们学校心理咨询中心正式成立的日子（实际上我们从

1993 年底就已经开始工作了，1994 年 3 月，我们得到了北京市高教局的正式批文，所以将首都师范大学心理咨询中心成立的时间正式定为 1994 年 3 月 31 日）。那时，我们没有地方开会，借了生物系的会议室召开了第一次会议，共有 9 位老师参加了会议。学校党委副书记李因出席了会议并讲了话。他指出，心理健康教育对大学生全面发展有着重要的作用，培养大学生良好的心理素质是学校的重要目标，尤其我们是师范大学，许多学生毕业后要当老师。他们的心理素质直接关系到未来青少年的心理健康，因此我们一定要把心理素质教育做好。他还提出做好我校心理健康教育，需要整合校内各部门的资源，例如，学生处、心理系、校医院等。他希望我们心理咨询中心的工作要在全市、全国做出优异成绩。

周谦教授非常注重心理咨询中心的专业发展。她强调，心理咨询是一门科学，我校心理咨询中心一定要走专业化的发展道路，提升我们的专业化水平。她说，我们的心理咨询中心刚刚成立，专业水平还不高，我们要边实践边发展，边完善。她提出我们学校的心理咨询要结合国家教育的特点，把心理咨询工作和思想政治教育工作结合起来，使两项工作有机配合，走出一条有中国特色的心理咨询的道路。我们特别要防止两种倾向：一种是把学校的心理咨询当成纯心理学专业的工作，脱离学校整体的学生思想教育工作；另一种是把思想政治教育当成心理咨询，失去心理咨询的专业特质。周老师说，我们一定要努力提高我校心理咨询的专业水平。因此首先要对心理咨询老师进行专业培训。她建议心理咨询中心一成立，首先要抓好对心理咨询老师的专业培训。这样，随着我们专业能力的提升，我们的工作质量一定会赢得师生的信任和拥护，使心理咨询工作在我校逐步发展起来。

心理学教授赵淑文老师也特别强调，要使我校心理健康教育科学发展，先要从培训专业队伍开始。

会上所有的老师都发了言，都对办好我校心理咨询中心、开展我校心理健康教育工作充满热情和信心。

从那一天起，我们学校的心理咨询中心正式成立了，我们的心理健康教育工作正式起步了。

回想起来，我真的非常感谢学校心理咨询工作的开创者们，是他们在心理咨询还不为人们所重视的年代，愿意和我一起投身于这个关爱学生的事业，是他们甘愿牺牲自己的业余时间为学生们无私地奉献。我也非常感谢当年的这些开创者的坚定信念，为我校心理咨询中心的发展指明了方向，即我校心理咨询中心刚一成立，就确立了为学生的心理健康发展服务的目标，坚持心理咨询工作要走科学化、专业化道路，坚持心理咨询与学生思想教育相结合的原则。这些都为以后的工作规划了方向，避免了把心理教育和心理咨询混同于传统的思想教育，也避免了脱离学生实际，将心理教育和心理咨询学科化的倾向。因为一直遵循着这个方向，依靠三结合的教师队伍，我校的心理素质教育走出了一条具有中国特色的心理素质教育道路。如今，我校的心理素质教育取得了许多成绩，我们的课程被教育部评为国家级精品课程和国家级精品资源课程；我们的教学成果被评为北京市优秀教学成果一等奖；我们中心被评为北京高校心理素质教育示范单位……走在了北京乃至全国高校的前列，我们永远不会忘记心理咨询中心初创那一段艰苦岁月，不会忘记那些与我并肩前行的开拓者。

灾难时刻感受成长

2003 年，北京遭受了非典型肺炎的重大袭击。面临生命的威胁，许多人产生了心理恐慌，大学生们内心也惶恐不安。我感觉灾难既是危险，也是成长的机会，帮助人们正确认识非典、战胜非典，是我们心理学工作者的一份责任。于是在当时的《中国青年报》上发表了这篇文章。

成长，是心理学中常常会提到的词，指一个人在心理上的成熟与发展。当一个人在平静的状态下生活时，个人感受到的成长也许是一种不显著的变化，但是，当人们经历了生活环境的重大变化或受到重大挫折和磨难之后，个人感受到的成长往往胜于平时。

非典型肺炎这一突如其来的人类灾难，让人们经历了危险和恐惧，也经历了成长。正如对“危机”的诠释：危险中包含着机会。的确，非典危机，给青少年带来了许多成长的机会。

“生命如此宝贵，我们应当珍爱生命。”从小到大，我们无数次听到“珍惜生命”的教诲，然而，许多人却未曾有过亲历的感受和深刻的思考。这一次，当非典突然降临之时，我们看到数日间，成百上千的健康者被击倒，甚至于他们之中就有自己的亲人、同学或朋友，许多同学骤然间意识到，死亡的威胁距离自己并不是那么遥远，人类的生命有时竟是如此脆弱。面对非典的肆虐，特别是面对当前科学暂时还未能攻克非典的现实，我们在心理上产生了一种无助和无奈感，并引发了我们的思考，使我们更加深刻地认识了生命的真实，意识到自己的使命。

对非典进行冷静思考之后，我们认识到了其实疾病对生命的威胁，是人生的重要组成部分，洪灾、震灾、疾病等天灾人祸始终伴随着人类的生存和发展，由此带来的种种不安全和痛苦是生命的真实所在。而当生活顺利时，我们常常忽略了它们的存在。非典的爆发提醒了我们，要正视生命的真实，要有迎接人生中各种大小灾难的准备。只有当我们对生命认识得更真实时，我们才会有勇气和信心直面灾难和挫折，不容易被它们所吓倒。

非典的肆虐还让我们认识到，人类在与自然的关系上还存在着许多未知，这些未知决定了人们在某一个阶段某一个方面还要受控于自然，生活中还存在着种种无奈和不自由。因此探索一切未知的领域，使人类在更大范围内克服自然给我们带来的困难，获取更多生存和发展的自由，是历史和现实赋予年轻一代的使命。

非典时期，许多患者用生命的代价催促着我们，时不我待，从今天做起，用人类已有的科学知识武装自己，挑战未知，探索未来。非典使我们更加深刻地领悟到生命的意义。

非典时期，我们懂得了关爱的含义，灾难当头，我们理解了责任的价值。

我们这一代青少年多是独生子女，在父母的呵护下长大，往往习惯于接受别人的关爱。而在应对非典的过程中，我们耳闻目睹的一切，让我们真正懂得了关爱的含义，理解了责任的价值。

当数以千计的白衣战士（他们中有我们的父母、邻居、同龄人）义无反顾地冲到抗击非典第一线的时候，我们从他们身上读懂了什么是最真挚的关爱，什么是神圣的职责。

在我们身边，那些老师的行动也同样让我们体会到了关爱和责任。数千名同学聚集在校园，老师们肩负着保护每一个青年学子健康的重任，他们坚守在学校，为学生创造安全的学习和生活环境，还要耐心地安慰大家，帮助同学们克服因病魔威胁带来的恐惧和不安。从他们那里，我们体会到了安全和温暖。

在平静的日子里，我们各自忙着自己的事，在彼此分离的日子里，尤其是危难之时，大家才体会到了什么是牵挂、惦念和担心。一个在非常时期度过 19 岁生日的同学，在 BBS 的留言上写下了一段话，代表了许多同学在非常时期的成长。“这是我人生中一个特别的时刻，我度过了一个难忘的生日。听人说在生日时许下的愿望最灵，于是我认真地许下了愿：愿我的父母和亲人永远平安幸福！愿我的老师、同学、朋友及身边的人身体健康，远离非典！”非典让我们不再总是承受别人的关爱，也让我们学会了关爱。

我们从小就接受奉献和牺牲精神的教育，然而，在这场国民与疾病的激烈搏斗中，我们深刻体会到了奉献的含义。在瘟神四处游荡的日子里，虽然我们有时会感到孤独，思念远在家乡的亲人。但是，我们懂得了坚守也是在尽自己的一份责任。为了家人和他人的生命安全，我们宁愿忍受孤独和寂寞。为了抗击非典，我们还可以承担更多的责任。参加志愿者，慰问一线的白衣战士，为同学和市民进行安全知识讲解，维护校园安全……每一个行动都体现着我们对关爱的理解，承载的责任。

非典时期我们还学会了自主学习，提高了学习能力。根据“停课不停学”的决定，同学们可以通过网络和电视等教育手段进行自主学习。平时上课，很多同学都对传统的、固定式的教学产生厌烦，但是，当我们有更多的时间和空间，是否就会自觉学习呢？受传统教育模式和自身惰性的限制，我们仍然习惯于传统的学习方式，许多人不会学习。在这一非常时刻里，我们应尝试调整自己的心态，尽快适应新的学习环境。在短短的时间里，按照自己的学习状况和学习需要，合理安排时间，尽快熟悉网络课堂，提高自己的信息获取能力和知识选择能力。我们可以读平时没有时间读的书，整理学习资料，思考感兴趣的课题。只有这样，才能真正感受到自主学习的乐趣，也理解到会学习的含义。

非典时期，我们经历了灾难、危险和恐惧，加深了对生命的领悟，加深了对关爱和责任的理解，学会了学习，感受了成长。

我和心理咨询中心一起成长

伴着孤独，伴着泪水；带着快乐，带着幸福；25 年艰辛播撒阳光路，我和首都师范大学心理咨询中心一起走过。

曾经首都师大心理咨询中心在一无所有中诞生，在心理素质教育的道路上蹒跚学步，如今我们已经步入北京，乃至全国高校心理素质教育的先进行列……一路走来，心理咨询中心从年幼走向成熟，我自己也从一名心理学的门外汉成长为一名专业的心理咨询师，心理咨询督导师。

回顾 25 年的历程，我内心充满感激。我感激首都师范大学的领导，是你们一路的重视和关怀，给了我事业发展和个人成长的一片天空；我感激伴我一路前行的心理咨询中心过去和现在的同事、同伴们，是你们的陪伴与鼓励，给了我战胜孤独，勇于开拓创新的信心；感激可爱的学生们，是你们的年轻与朝气，给了我源源不断的热情和活力；感激学校里所有关心心理素质教育的每一个部门，每一位老师，是你们的关心，支持了心理咨询中心不断的发展；感激多年来给予我和首都师大心理咨询中心帮助的国内外的朋友们，是你们辅助了我和心理咨询中心的成长；感激我自己，选择了一个终身挚爱，给别人关爱，也让自己不断完善和成长的事业。

2000 年，到美国东北大学进行学术交流（左一为李杰博士，左二为作者本人，左三为美国东北大学心理咨询中心主任，左四为美国东北大学心理系主任）

学生的需要，是永恒的动力

当初选择心理咨询的工作，是因为在社会发生巨大变革的时代，学生成长的许多困惑，呼唤着我们寻求用心理学的方式去为他们解除困惑，帮助他们成长。在从事心理咨询的过程中，是那一双双陷入迷茫、忧郁焦虑的眼神，撞击着我的心灵；是那一个个被心理疾患夺去的年轻的生命，刺激着我的神经。让每一个学生都健康成长，让每一个心灵都充满阳光，这是教师的神圣使命，也是生命赋予我的一份责任。

当我选择了心理咨询工作后，我失去了处长的职务，也损失了处长的工资待遇，我困惑过、迷茫过；当工作中遇到挫折时，我畏惧过、退缩过；当受到误解，遭遇人际冲突时，我委屈过、逃避过；在心理咨询商业大潮的冲击下，我犹豫过、动摇过。但我执着地走了过来，不是因为我有多么高尚和勇敢，而是学生们渴求成长的需要，让我坚定信心，勇往直前。是学生的需要鼓励我不断净化着自己的心灵，也不断地追求着事业的发展。

爱，是永远的力量

心理教育、心理咨询，是一种爱的交流，爱的传递，它给老师和学生双方都带来成长的力量。记得我的学友——作家毕淑敏有一次来我校和我一起做小组辅导。当学生来到我身边的时候，毕淑敏说："我看到你一见到学生，马上就两眼放光，笑容灿烂。"也许我并没意识到自己这瞬间的表情变化，但善于观察的毕淑敏捕捉到了。我想那是我发自内心的爱的自然流露。爱学生，似乎已经成为我生命的一种本能。从 1968 年，我做山区小学老师到现在，50 年的教师生涯中，我和学生朝夕相处，水乳交融，我深爱着每一个学生，学生已成为我整个生命的一部分。当我踏上心理教育之路后，我知道了，许多人的心理问题是因为爱的缺乏和对爱的饥渴。因此，只有我们无私地向他们付出爱，才能使爱化为他们心灵成长的力量。我爱学生，我爱他们的年轻与纯真，我爱他们有追求、有梦想。即使是陷入困惑与迷惘，那也是他们在追求过程中遇到的暂时障碍。为了让学生感受到爱，我努力地钻研心理咨询的理论和方法；为了学生，我探索着怎样的教学才能开启学生的心灵；为了学生，我思考着学校的心理教育与危机预防干预机制应当如何构建……爱从来都是双向的。当我付出爱时，我也得到了学生们的爱。在课堂上，他们那专注倾听的眼神，一次次真诚的分享与交流，让我时时感动；我躺在病床上，他们那一条条关爱的短信，一句句关爱的话语，让我感到温暖；在我病好后重新走进课堂时，那整个教室里爆发出的热烈掌声，那紧紧拥抱，让我无比激动；当心理咨询完成后，他们那含在眼中感激的泪水，那不断地报告“我快乐了”“我成长了”的邮件和来信，让我感到无比幸福……是学生的爱化为我成长的力量，让我的心中充满阳光，让我更加热爱生活，热爱事业。在生活和工作中，总有一种力量在激励着我，那就是爱的力量。

成长，是一生的追求

我选择了心理咨询工作，最让我享受的是，它让我在帮助别人的同时，也不断获得自我的成长。读心理学大师们的著作，让我能不断地审视内心深处的自我，汲取不断完善自我的力量；从事心理咨询工作，我从无数来访者身上找到了自己的影子，他们让我更加看清自己。心理咨询师的个人成长是助人成长的前提，心理咨询师能在自己的生命历程中走多远，就能把来访者带到多远：心理咨询师只有不断地自我完善和成长，才能让来访者成长。当我坚持把生活中遇到的一次次困惑，工作中遇到的一次次挫折，都当作学习和运用心理学的机会，同时将其当作自我反省、自我疗愈的机会时，我发现，我对心理学的理论和方法理解得更深刻了，我对自己的认识也更加清楚了。我一次次放下人生中的种种面具，找到真实的自我。当这样做时，我变得更加真诚，更加坦然，更加平和了。与此同时，我对来访者心理问题的理解也更加深入，对心理咨询目标的认识也更加清楚了。因为所有的来访者都和我一样，虽然我们困惑的具体问题不一样，但从人生的终极发展来看都是一样的。15 年心理咨询的经历一次次地让我感到，每当我的咨询陷入了困境，大多是我自己那还未知的心理误区，我那还没觉察到的自己的情绪干扰了我，使我因身在云中、雾中，看不清自己，也遮挡了我观察来访者的眼睛。因此我把每一次这样的时刻，当成认识自我、完善自我的机会。我发现自己慢慢成长了，也带动了来访者的成长。15 年来，我慢慢懂得：做人、做咨询和教学都有着同样的作用，当我自己活得更加真实、更加和谐时，我的咨询定会帮到别人，我的教学定会感染学生。因为那不是纯粹专业知识的力量，那是因为我的存在的本身就是为学生做了人格的示范。教育从来就是用人格影响人格，用生命影响生命。因此，做人，做咨询师，做教师，首先要不断完善自己的人格。因此，自我成长是自己一生的追求，一生的课题，我愿不断成长。

2014 年，心理咨询中心搬到新址，新、老教师合影（前排右三为作者本人，右一为时任心理咨询中心主任杨芷英教授）

课堂中的生命相遇

“我在大学里听了这样一门课，它能让我每周都急切地期盼着走进课堂。课程结束了依然让我对它恋恋不舍。本来我上这门课是为了找寻‘珍珠’，但却找到了‘钻石’。它让我一生受用，这就是‘大学生心理健康’课。”

“我喜欢我们的老师，她把心理学当作一项神圣的事业。听完第一次课，我感到心满意足。与其说老师是在讲课，倒不如说她是在与我们谈心。她娓娓道来，让我们感到如沐春风，心情舒畅。因而每节课都成了我内心的期待，我就像一个不知饥饱的孩子一样，天天都在期待着这门课，只可惜一个星期只有两节课！”

听到学生们这样评价我的“大学生心理健康”课时，我看到了二十余年来我“用生命影响生命，帮助学生获得生命的最好发展”的课程目标实现了，内心充满欣慰与喜悦。

初心：帮助学生更好成长

1993 年成立学校心理咨询中心后，为了让学生们关注自己的心理健康，学习调解心理的方法，促进自身的健康发展，我们开展了许多普及心理健康教育的活动。但是发现有的学生来参加，有的学生不来参加。其实越是主动来参加活动的同学，心理就越健康。因此，为了让更多的学生都能系统地接受心理健康教育，我在 1995 年就向学校申请开设了“大学生心理健康”课程。

因为“大学生心理健康”课是为了满足学生的心理发展需要而开设的，所以课程关注的是学生们的心理健康。因此“大学生心理健康”课不仅要使学生获得心理学的理论和知识，更重要的是要帮助学生最好地成长。课程的目标是培养学生良好的心理素质，健康的人格，良好的心理调节能力，这不仅仅是为了学生在大学期间的心理健康发展，而且是为他们一生更好的发展做准备。

从这个课程目标出发，“大学生心理健康”课的教学就不应当被当作是一个单纯的知识传授，而应当看作是老师和学生生命与生命交流的过程，是师生共同成长的过程。在这个过程中，老师帮助学生心理成长，同时自己的心理也发生着改变，获得了成长。

激发情感，点燃生命

现代社会的快速变化，使得人们的生活节奏加快，生活的目标趋于现实和功利，许多人在追求现实与功利生活的同时，使得人格变得工具化，远离了自己的情感，远离了真实的自己。一些大学生在这种社会氛围的影响下，只注重与自己个人利益相关的学习成绩、学位，或者只是为了找到一份收入高的工作，有的人甚至对学业漠不关心。这种状态使他们的生活变得越来越无趣，情感越来越淡漠，情绪也越来越消极，一些人找不到个人生命的意义和价值。如何在课堂上激发他们的情感，培养他们积极乐观的情绪和生活的态度，成为我们的工作目标。

以往的教育总是从讲理论入手。理论是必要的，但是理论只是让学生从认识上知道。而现在的大学生听到的道理太多了，他们最缺少的是体验。只有体验到了的，他们才能更好地感知和理解，才能内化于心。因此，我从激发学生的情感开始，让他们分享自己生活中的感受，触摸自己的情感，连接自己的内心，也连接彼此的内心。

我每周上课都让学生分享他们一周来自己感到高兴的事。最初学生们很不习惯，也找不到开心的事，总是关注那些负面情绪。例如，有的学生说："每天上课、考试、吃饭、睡觉，感到很郁闷，哪儿有开心的事？"甚至有一个学生在作业中写道："每周上课蔺老师都让我说开心的事，我觉得让我说开心的事本身就是一种痛苦。"但是，我坚持先从自己开始，每周上课我都和他们分享我的积极的感受。比如，早上起床后，我打开窗户，看到今天的天气格外晴朗，灿烂的太阳冉冉升起，我感到新的一天这样开始，很开心；坐公交车去上班，途中看到三环路的隔离带上开满了五彩缤纷的月季，一路欣赏，忘记了外边车水马龙的嘈杂；走进校园时，看到办公楼后那火红的爬墙虎叶子把整面墙都遮盖住了，好一片独特的风景；进到教学楼时，偶然看到那石阶缝里竟然绽放出一朵小小的黄色小花，开得那样鲜艳，我俯下身去看它，被它顽强的生命力所感动；走进教室，见到了同学们，从大家的目光中我感受到了同学们对我的爱和尊重……就是这样，我每周都会与他们分享这些生活中点点滴滴的美好感受。我的分享感染了学生。他们说："生活中处处有美的事物，只是我们缺少了一双发现美的眼睛。我们的老师热爱生活、热爱生命，她有一双好奇的眼睛，她能关注到身边那些开心的事。”慢慢地，学生们也学会了每天关注身边发生的新鲜而感性的变化，并且在课堂上与同学分享。从此以后，他们的积极情感多了，消极情感少了，他们变得更积极乐观了。例如，那个曾经说过“分享快乐本身就是痛苦” 的同学后来谈到自己的变化时说道：“随着一个学期课程的进展，我在分享中慢慢变得快乐了，不但我快乐了，影响我们宿舍的同学也变得快乐了，我的家人也变得快乐了。原来快乐是可以传染的。”学生们在分享生活中这些新鲜而感性的变化时，净化了心灵，陶冶了情操。

用生命影响生命

教学是老师与学生交流与互动的过程，是老师用自己的生命影响学生，用自己的人格影响学生人格的过程。我认为老师在课堂上教什么并不重要，最重要的是老师自身的人格。“大学生心理健康”课是培养学生健康人格的课程，要培养学生拥有健康的人格，首先老师自身要有健康的人格。正因为如此，教授心理健康课最重要的不是老师的专业技能，而是教师个人的生命状态和人格特质，包括自己的认识、情感、经验和价值观，自己对生命意义的理解和追求以及对生命的态度等。因为老师和学生都是有着同样生命的个体，课堂上老师作为一个生命个体和学生一起互动，老师分享自己的生命经验，会让学生感到老师和自己是同样的人。老师的真实和真诚，会使学生受到触动，对学生具有很强的感染示范作用。

课堂上常和学生一起分享我学习和应用心理学的一些体验。例如，在讲“自我意识”这一章时，我与学生分享自己“半路出家”学习心理咨询知识的历程，分享我从不接纳自己非心理学专业学历，到接纳独特的自己，发挥个人优势，在专业上不断发展的历程；在讲“人际交往”一章时，我分享了自己在人际沟通中出现的一些误区，以及学习和运用一致性沟通增进人际交往的体验；在讲“珍爱生命”一章时，我分享了自己在母亲去世时所经历的哀痛，个人对生命与死亡的感受和理解。这样的分享，学生感到很亲切，感觉心理学就在他们的生活中。学习心理学会让他们的人格更完善，生命更美好，因而使他们对心理学产生兴趣，喜欢上心理健康课。正如一个学生上了我的心理健康课后分享说：“在课堂上与其说是老师在讲课，不如说是在和我们谈心。她娓娓道来的不仅仅是心理学知识，更是生活的智慧；打动我们的不仅是老师的渊博知识，更是她的真诚和平易近人。正如在我们同学之间流传的那句话，来这里不是来上课的，是和我们亲爱的老师促膝长谈的。”

我认为心理健康课本身，就是老师用自己的实际行为向学生展示这门课程的意义，给学生示范一个心理健康的榜样。老师的一言一行，一举一动，都会不知不觉地影响着学生。倘若课堂上老师让学生产生积极乐观的情绪，自己却每天紧锁双眉；老师课堂上教导学生要与他人建立尊重、温暖、信任的人际关系，自己上课时却面若冰霜，使学生不敢亲近。那么，怎么能让学生相信老师所讲的心理学理论，怎么让他们愿意运用老师所教授的心理调解方法呢？因此，我要求自己不断把所教的心理健康的理论和方法先应用于自身。当我个人的生命状态和所讲的课程内容相一致时，学生自然就会受到感染。一个同学对此深有体会地说：“每次老师走进教室时脸上那平静祥和的微笑，让我封闭已久的心触动了。老师的微笑，老师言语中流露出的爱，深深地感染了我们每一个人。心理课本身就是老师就用她自己的实际行动向我们展示心理课的意义。我开始像老师那样，慢慢地学会了关心别人，学会了接受爱和付出爱，向周围的人露出友好的微笑，同样会得到友好的微笑。爱和微笑让我的心不再那么冰冷了，身边的朋友也多了。”

关爱每一个学生

心理素质教育课程重在关注学生的成长。关注生命不仅要尊重每一个学生，还要鼓励学生积极参与，让他们在参与中体验，在体验中感悟，在感悟中成长。 因此在课堂上，我能从积极的视角看待学生的每一个行为，鼓励、肯定他们的每一次课堂参与和发言，无论他们表达得正确与否，无论他们表达出什么观点，我都不加评判地肯定他们的积极参与和真诚表达。课堂上我会关注每一个学生，透过他们的表情、每一次的发言，了解他们的特点，并把这些装在心中，在恰当的时机，给予他们所需要的关心与支持。当我这样做时，不但可以使每个学生感受到了尊重，同时也营造了一个安全、温暖的课堂氛围，使更多的同学愿意真诚分享自己的内心，而同学之间的坦诚分享与交流，又会促进他们之间的相互学习，共同成长。

记得有一个因口吃而感到自卑的女同学，在开学初的一次上课前问了我一句话：“老师，你说口吃可以治好吗？”我看到她在问我话时眼睛不敢看我。我对她坚定地说：“只要不是生理原因，口吃是可以治好的！”之后我一直关注着她。我发现她上课一直低着头，从不发言，课下也不和同学交流。我很关心她。每次她进教室时，我都会向她点头微笑。上课时走过她身边时，我用眼睛和她打招呼。后来我发现她在听课时慢慢地抬起了头，脸上也有了笑容。在最后一次课上，我问了一个问题，她举手了。我叫起她，她回答得非常正确而且很流畅。我没有立即表扬她，而是问全班同学：“她回答得怎么样？”同学们齐声说："回答得很好！"我轻轻地补充了一句："而且表达得很流畅。"之后，她给我写了一封信。信中和我分享了她的心理历程。她说："我曾经因为口吃这个见不得人的缺点感到无助和惶恐，当老师说口吃是可以治好时，我有了自信。在最后一次课上，老师让我发言，请全班同学肯定我，并在同学肯定我之后，轻轻说了一句：'而且表达得很流畅。'我一下子就明白了老师的意思，我感受到了老师对我的关心和用心，心里充满了深深的感动。老师给了我自信，改变了我的人生。"这个同学后来发生了很大变化，主动担任学生会干事，锻炼自己的人际交往能力。她的口吃彻底被治愈了，人也变得自信开朗了，成了一名优秀的学生干部。

还有一次，我发现一个同学在作业中流露出轻生的念头，我就主动约她来做心理咨询。经过课上的教学与课下的咨询，这个学生走出了危机，重拾了生活的勇气和信心。有一次中国教育报记者采访我们的心理健康课时，她说道："蔺老师在我的作业中发现我想轻生的苗头后，她主动邀请我去做心理咨询。我说的每一句话她都认真倾听，她总能让我找到优点，提升我的自信。我觉得一个心理老师除了专业知识外，她个人的修养和独特的魅力最能感染我，我从她那慈祥的目光、温暖的话语中，感受到她是在用心关爱我，我在蔺老师那里感受到了尊重。"

"大学生心理健康"课是我和学生共同成长的平台。课堂上与学生的互动交流，也深深地感动着我，我从他们身上感受到年轻和活力，学习到新的思维方式，充实和拓展着我的生命。学生提出的困惑与问题，让我去学习与探索，使我的教学更有针对性，更加贴近学生的实际；学生的成长和改变，让我对自己更加肯定，也看到了自身的价值。我感谢学生，感谢"大学生心理健康"课为我和学生搭建了一个共同成长的平台。

2016 年我为重庆理工大学老师上“大学生心理健康”教学示范课

一堂难忘的生命教育课

我给学员们上培训课时，常常不是单纯给学员们灌输理论，而是启发学员们互动和分享，让他们自己教育自己。在其中，学员们受到了教育，我也受到了滋养。

记得那是为期四天的“萨提亚模式教师成长班”的最后一天，学员们在分享自己的感受时，一位平时不太爱发言的学员站起来说：“我今天站起来说话，是为了一个伙伴小 A，我想把心交给他。” 我看到这位学员站起来说话时，脸红了，眼里还含有泪花。我说：“我看到了你对小 A 的关心，你对他的关爱令我很感动。我和大家也都像你一样关爱他。”

随即，我邀请学员小 A 到前边来讲话。

小 A 走到台前，对大家说：“我是一个癌症病人，在过去的 6 年里我一直和癌症做斗争，去年开始病情稳定下来，对自己的身体也有了一些信心，但是对于病情发展的未知性让我感觉力量还不够，我很茫然。我希望在这里获得一些力量。”我很惊叹，站在我面前的这个小 A 看上去是一个很帅气的小伙子，他说这番话时语调很平稳，情绪很稳定，如果他自己不说，真看不出是一个正在康复的癌症患者。我虽然不知道他这 6 年是怎么走过来的，但我已经被他现在这种在癌症面前的镇定自若的勇敢所感动了。我理解面对疾病的未知，他仍需要很多力量的支持。我没有立即回应他，我想让团体给他力量。

我让学员拿来两把椅子，请小 A 坐一把椅子，然后我邀请想给予小 A 支持的学员轮流坐上另一把椅子和他说话。

没等我把邀请的话说完，一名学员已抢先坐到了小 A 面前。“小 A，你好！第一天来上课时你坐我这边，你是我上这个课认识的第一个同学，我把我眼中看到的你，对你说出来。我看到的是阳光的、健康的、活泼的、努力的你！我在这里想对你说的是，你与癌症抗争了 6 年，现在病情稳定了，你还来这里学习，你是有力量的，你比疾病力量大！我们大家都陪伴你、支持你，相信你会完全康复！”学员们争先恐后地上来给小 A 支持。有的给他鼓励，有的给他提供相关治疗资讯，有的表示可以提供专业的心理帮助……同伴们的鼓励和支持让当事人感受到了自己的重要，看到了自己的力量。特别是那句：“你比疾病力量大！”这句话，把疾病和人分开，当他意识到自己的力量比疾病强大时，就拥有战胜疾病的勇气。我看到小 A 在同伴的支持下，神情更加坚定了。在这里，我看到了来自团体的爱的力量。

团体中还有两位学员是癌症病人的家属，他们向小 A 分享的陪伴亲人战胜疾病的经验给了小 A 和大家许多鼓舞。一个自己哥哥患了癌症的女学员对小 A 说：“小 A，我的哥哥得了癌症，我正在支持他。我认为最主要的是我们要突破一个理念，就是癌症在现代医学里被认为是不治之症，其实人类的认知是有局限性的，我们应当突破这个定势。我感觉战胜癌症的过程中，首先是接纳，身体出了问题，是告诉你，你有多久没有关心自己的身体了，提醒你要爱护它。如果你接纳它、理解它，跟它对话，人和疾病之间的对抗就消失了。我们所有的人给你的力量，只是外在的力量，你自己的信念和信心是最重要的。之前医生说哥哥活不过国庆节，但在我的支持下哥哥对自己充满了信心，他打破了人们对癌症的认知，他现在仍然很好地活着，你也会的，相信自己的力量，加油！”这位学员对待疾病的态度对小A、对我们大家都是一次很重要的学习。对待疾病，首先不是对抗，而是与它对话，是接纳，将其作为一个提醒。是的，如果与疾病对抗，将能量都消耗在恐惧、指责、自责、痛苦当中，这样只会加重病情，无益于疾病的治疗与身体的恢复，而接纳疾病，不再与之对抗，则把能量用在了治疗与恢复上，有利于身体的恢复。

另一位陪伴肝癌丈夫战胜死神的女学员对小A说：“我的爱人是个肝癌患者，四年了。我一直陪伴着他，给他信心。医生说他活不过三到六个月，但他现在依然活着，他还告诉我，他会做好饭，等我回来吃，护士很好奇，是他在照顾我。我们俩还筹划着一起去国外旅游，看看这个多彩的世界。你也会的，让我们一起绽放生命！”我们为这对夫妻在疾病面前生死相依的爱所深深地感动着，被他们对待生命的积极乐观态度所感动着。

最令人感动的是学员中还有两位自己本身也是癌症患者，她们真诚的分享，她们面对疾病时表现出的坚强和勇敢，她们在战胜癌症中对生命的思考和领悟，感动了小A、我和所有在场的人。

一位三年前患甲状腺癌，已经康复了的女学员对小A说：“小A，我三年前查出了甲状腺癌。生病后我知道了这些病都是跟情绪有关的。从那一刻起，我就提醒自己，累了就要好好照顾自己，我注意调整自己的情绪，一直保持平和乐观的心态。手术后脖子还肿着时我就去上课，领导关心我，不让我上了，我非常感动领导对我的关怀。现在我每次去复查，指标都很好。我感觉生病了，是很痛苦，但痛苦也是一种力量，面对疾病，我的体会是，一个是积极治疗，一个是去旅游，因为只要人的心境改变了，身体也是会改变的，相信奇迹会在你这里发生。”

另一位还在癌症康复期，还在服药的女学员对小 A 说：“小 A，我也是癌症患者，现在患病一年半了，我来这里学习也还带着药。我也经历了一个痛苦和死亡的历程。在这个历程中我感觉到癌症并不可怕，是可以面对的。这个历程也让我对生命、婚姻、家庭、生活、自己有了许多感悟和理解。我最大的感悟是，我获得了重生。我跟我爱人重谈了一次恋爱，我们的感情更亲密了。我的爱人，我的孩子，我的家人，还有许多人都给了我力量，让我变得更加自信和乐观。刚生病时觉得很自卑，现在我感受到了自己生命的强大与光彩。我和你都同样有着强大的生命力，我们一起共同努力！”

听她们的分享，我们听不到悲伤与痛苦，反而像是在听哲学家在讲人生哲学。她们的“痛苦也是一种力量”让我们对疾病，对生死，对人生有了更加深刻的认识。从她们战胜疾病的历程中我们认识到，不光是对待疾病，对待人生中所有的痛苦都要有一种辩证的认识。人生中不总是有欢乐，也会有痛苦的时刻。对待痛苦，要勇于面对与接纳，因为当我们感受到痛苦时，催发出了走出痛苦的力量，磨炼出了战胜痛苦的意志品质，也拥有了面对生活的积极态度。这些学员用自己的生命历程让我们更加深刻地懂得这个人生哲理。

课堂上这一个个发言，让我感动不已，几次控制不住流下了泪水。我感觉我已说不出什么了，我给了小 A 一个紧紧的拥抱。小 A 紧紧地握了我的手，然后对全班同学深深地鞠了一躬，他使劲地挥动着右臂对大家说了一句：“我信心满满，我有足够的力量！”

这一次课，小 A 面对癌症的坚强与乐观感动着我和每一个学员；学员们也各自用他们的爱，用他们的生命故事感动和支持着小 A，他们也在被感动、被激发、被鼓舞着。学员们是他们彼此的老师，他们也是我的老师，我们在其中感受到了爱，感受到了勇气和力量，感悟了生命，这是一次难忘的生命教育课程。

“相遇自己”心理教师萨提亚心理治疗模式成长工作坊学员合影。

为了讲好这 15 分钟的课

当了一辈子的老师，讲了 50 年的课，我居然为这 15 分钟的一次课这么焦虑。

这是我应邀在一次国际论坛上做 15 分钟心理健康课程教学演讲前的真实感受。也许别人会认为对于我这个在讲台上站了 50 年的老师来讲，这 15 分钟的课太容易了，从原来的课程中随便抽出点内容，挑几张 PPT，随便一讲就可以了。的确，从道理上来讲，我的大学生心理健康课程先后被评为国家级精品课程和国家级精品资源共享课程，我也多次在全国高校介绍过大学生心理健康课程的互动式体验教学经验，甚至做过长达四天的心理健康课程建设的培训，对于课程内容我已经很熟悉了，手中也有现成的课件，照这样看，这 15 分钟的课对于我来说应当并不是很难。但是，我考虑到受上海同行的邀请，他们对我是抱有期待的，他们希望我的分享能给他们带来一些启发，以更好地教好大学生心理健康这门课程。听课的学员是各高校的心理咨询中心主任和心理健康课程的骨干教师，他们中不少人本身就是资深的心理健康教育专家，在课程教学上拥有许多丰富的经验。我这 15 分钟的课应该让他们有所收获，不能让他们失望，不能辜负了他们对我的信任。我想，我能上好这15分钟的课，也是对所有听课人的尊重。

为了上好这15分钟的课，我焦虑了好几天。我在思考着，如何使课程更有针对性。大学生心理健康课程不同于传统的心理学专业理论课，这门课程的目标是让学生运用心理学的理论和方法来调整自己的心理，促进心理的健康发展。如何达到这个目标，全国许多高校同行都在努力进行着探索。但是也存在着一些问题。这些问题主要体现在两个方面：一是有些老师仍然运用传统理论灌输的教学方法传授知识，学生上课时感到枯燥无趣，学了也不会应用；二是有些老师把课程上成了活动课，给学生单纯组织体验活动，学生参与了互动，但缺少理论知识的深入学习与深化体验，使课程流于形式，变得很浮浅。而我们学校二十余年来经过不断的探索与积累，探索了大学生心理健康课中互动体验式的教学方法，取得了很好的教学效果。如何在这15分钟内把我校在这门课程中的经验和体会讲清楚，既要讲清互动体验式教学的理论依据，又要讲出我们的实践经验和体会；既要结合课程内容，又要讲出老师在课程中所体现的教学精神和情感投入；既要有讲述，又要带听众现场体验，因为没有体验互动，就丢掉了我们这门课的特色。我要把这所有的一切浓缩在15分钟内，的确比平时几天或几个小时讲这些内容要难得多。

我精心地从原来讲课的内容中挑选出最重要的内容，我认真地修改PPT上的每一句话，力求每句话包含的内容丰富且深刻，用语简洁又富有情感；我仔细地推敲着每一个用词，力求用词准确而又不重复。我一遍遍地修改，在内容基本满意之后，就来修饰PPT的画面。我并不擅长做PPT，但我却喜欢自己亲手来做，因为我会根据其中的内容，选择用什么样的形式，什么样的色彩来表达。我不喜欢过分地修饰页面，因为担心过分的修饰会喧宾夺主，让形式淹没了内容本身。因为年龄大，动作不如年轻人灵活，加之技术不高，每一页PPT都要反复修改若干次。做完课件，我要配合课程内容设计一段冥想词，这段冥想时间不能太长，但又要很快把学员带入内心的深层体验，使他们受到触动，获得从身体到情感，再到认知的体验。在全部工作完成之后，我自己做了几次试讲，以控制好时间。

我像个高考前的学生在紧张地准备迎接考试那样认真地做着准备，直到讲课当天的早上还在复习着讲课的内容。而在正式讲课前，我则让自己放松下来，调整好自己的状态，做好讲课的精神准备。

最终，我在15分钟内先是带学员做了关于生命主题的一个短暂冥想，这个冥想的时间虽然很短，但是我带着对生命的感悟与敬畏的语言及音调，将学员由身体的感觉带入了内心对生命的体验，然后让学员做了简短的体验分享。他们的分享感动着其他人。然后我以“大学生生命教育”这一课为例，讲述了我校在大学生心理健康课程中互动体验式教学的理念与做法。虽然只有15分钟，但是让学员在实际的参与中体验了互动体验式教学在大学生心理健康课程中的运用。许多学员被触动了，他们感觉收获很大。

在这一次的经历中，我体会到，虽然这堂课仅有15分钟，但这15分钟的课实在是我和我的教师团队多年来在大学生心理健康课程建设上的积累，是我们多年来为使学生学有所获，学有所用，为促进他们心理健康发展所付出心血的结晶，也是我们多年来在理论与实践上不断学习、探索的积淀。这15分钟的课是带着我对学生的热爱，对心理健康工作的热爱讲出来的，所以它感动了我自己，也感染了他人。

从我当来访者中学习

尽管我做了多年的心理咨询师，但是我也会有自己的心理困惑需要疏导，也有自己的个人议题需要处理，我也需要定期接受心理咨询。而且，作为一名咨询师，只有经历了作为来访者接受心理咨询的过程，才能更好地理解来访者，为他们提供更有效的帮助。在近期的一次培训班上，我再一次做了一回真实的来访者，经历了一次被心理咨询的历程。这一次的历程对我理解来访者，对于我如何做好心理咨询师，如何做好心理咨询，有很多的帮助。

我“卡住”中的领悟

我咨询的议题是对于我中学时代一次受到同学误解，被孤立的事情影响。虽然事情已过去多年了，但心中总不能完全放下，每每一回忆起来，泪水就会涌上来。我做心理咨询这么多年，我知道这是我的一个未完成事件，我希望能够在内心真正放下它对我的影响，更加轻松地生活下去。

在心理咨询中，当我一坐到来访者的椅子上，当年的场景就浮在我的眼前，眼泪不自主地流了出来。我回到了当时被同学们孤立的情境，感觉很孤独。所以只和心理咨询师谈了一小会儿，我就大哭起来。当心理咨询师再问我是什么感受时，我也说不出来，感觉很复杂：有委屈、愤怒、孤独、恐惧、迷惘、困惑、悲伤、自责……许多许多的情绪混杂在一起，说不清楚，也说不出，感觉我的头好像僵住了，但似乎又要回答心理咨询师给我提出的问题，所以就说了一个“孤独”。她问我身体有什么感受，我也没什么感觉。

在事后，我反思，我这种感觉不也是在咨询中常见的来访者的感觉吗？当他们太多的情绪杂糅在一起时，内心感到非常伤痛，就会卡在那里，说不出来。这个体验帮助我理解了那些在咨询中说自己没有感受，或者说不出自己的感受的来访者。根据我在咨询中的体验，如果当时我的心理咨询师不急于让我说自己的感受，而是静静地陪伴我，等待我，也许我自己能够理清内心那些混杂在一起的感受。所以在这次经历中，我更加懂了咨询中“慢”“陪伴”“等待”的作用。因为来访者在那个时刻回到了过往事件的孤独恐惧中，在那个当下，最需要的是陪伴。当他感受到咨询师给予的陪伴与温暖时，他就感受到了安全，自我的力量会有所提升，就会降低孤独与恐惧的感觉，就会松动“卡”住的部分，慢慢理出自己的情绪。而要做到这一点，是要充分地信任来访者，因为只有他自己经历了所有的一切，他才是自己的主人。

更加懂得“一切以来访者为重”

我作为来访者的这次咨询，揭示了我内心一个很深的伤痛。在大哭一场后，整个身体很疲惫，头涨得难受，脑子里不断重复那件事，越想越难过，越想头越疼。这种感觉持续了大约有两天时间。这种体验让我想到，我的来访者们在心理咨询中向心理咨询师敞开了自己的议题，又没得到恰当处理后，也会有这样的感受。特别是那些受过严重心理创伤的人，这种感受会更强烈。因此，我作为咨询师，在心理咨询中要始终保持对来访者的关心。对于咨询时间的安排一定要从最大限度地保护来访者的利益出发。如果自己不能连续为他们做咨询，就不要轻易安排他们来做咨询。对于已经开始了的咨询，在咨询进程中，当咨询时间不充分时，不要轻易让来访者打开内心，以免他们向你敞开那深深的伤痛，你又没有足够的时间协助他们去处理时，会给他们造成揭开“伤疤”后未处理的二次伤害。如果来访者已经打开自己的创伤，那么在咨询结束前，心理咨询师一定要做好他们“伤口”的“包扎”。我的这些体验，让我感受到了，做心理咨询真的像绣花那样精微，心理咨询师做的每一个步骤，说的每一句话，都要最大可能考虑到来访者的利益。因此从这个角度去看心理咨询的伦理条款，每一条都是对来访者的保护，那不只是写在章程里的对心理咨询师的规定。有了做来访者的体验，我会更加自觉地遵守心理咨询的伦理条款，也会在心理咨询师培训中更加重视对咨询伦理条款的培训。

与来访者“同在”最重要

我在接受心理咨询的过程中，感到我的心理咨询师在很努力地帮助我，她会说那些我自己也很熟悉的“咨询语言”，会使用一些方法帮助我改变。我能感觉到她是在努力帮我，可我就是没有太多的感觉。那时候，她说的那些话，我似乎听到了，但好像跟我没什么关系。我的心一部分在自己那里，一部分要去听心理咨询师说的话。心里常常会产生“这些话我也知道”“接下来你可能要说什么”的想法。那时候我感觉我的心理咨询师是个训练师，她在教我怎样做，而我只是机械地按她让我做的方法去做，没有了感觉。我的心理咨询师的语速很快，我的头脑要努力跟上她。这样，我好像就从自己的内心转到了外边。

这次咨询的经历让我深深地体验到，作为咨询师，无论使用共情、解释、反映、挑战，还是角色扮演等咨询的语言或者咨询的方法，无论心理咨询师说了什么，或做了什么，都不重要，重要的是心理咨询师这个人能否与来访者“同在”。“同在”，重要的是“神在”，是让来访者感觉到心理咨询师真正地懂他，理解他。

这次经历再一次让我体验到咨询技术和方法虽然很重要，但是这些技术和方法只是工具，它们被掌握在心理咨询师这个人的手中，它们在不同人的手中会产生不同的效果。如果心理咨询师一味地使用某种技术和方法，忘记了来访者是一个和自己一样的，有情感、有智慧的人，就会使来访者变成心理咨询师的训练对象，失去了人与人之间的连接，缺少了生动的情感流动，缺少了生命与生命之间的影响。当心理咨询师在帮助一个人时，越自以为什么是对来访者最好的，越会让来访者重新体验过往的被控制的经历，不能提升来访者自己的力量，不能让其运用自己的资源发生改变。

我个人的体验让我更加理解了，当来访者陷入某种负面情绪时，那时来访者是感觉自己很无力的，因此需要心理咨询师更多的陪伴和理解，理解来访者当时的处境，理解当时他有哪些感受，哪些想法……当然这并不意味着要求心理咨询师一定熟悉来访者当时所处的情境，但心理咨询师要跟随来访者所说的情形，去感受来访者当时的情感。否则，来访者就会感觉心理咨询师不懂他，跟心理咨询师谈什么也没用。

当然，我也理解我这次咨询经历不是在正常的咨询室内，只有我和心理咨询师两个人进行，而是在培训课的小组中进行。这个特殊的咨询情境会给心理咨询师造成多方面的压力。一是周围有许多人在观看咨询历程，会使咨询师产生“我要做得够好”的压力；二是咨询时间仅限这一次，会使心理咨询师有时间上的压力，她要在规定的时间内完成这个咨询过程，而不能如同平常的咨询那样放慢咨询节奏。此外，我的心理咨询师比我年轻，又加上我本身是个有咨询经验的心理咨询师，这就可能让她在我面前感到紧张，不自在。这些压力都会使我的心理咨询师感到不安全。越不安全，她越可能藏在技术的背后，教条地追求技术，而忘记了我这个活生生的人。尽管如此，这个过程提醒了我，心理咨询师的自信、从容、稳定、平静有多么重要！当心理咨询师可以自信、从容、稳定、平静时，本身就带给了来访者放松，也会使来访者产生对心理咨询师的信任，对自己改变的信任，使咨询进程朝着顺利的方向发展。

心理咨询师要先接受咨询

在这一次接受咨询的历程中，我从来访者的位置上更加深体刻地体验到了做一名自信、平和、稳定的心理咨询师对心理咨询的影响，对来访者的影响。因此心理咨询师要不断面对个人的自我成长。

咨询的过程是心理咨询师与来访者的生命相遇过程。心理咨询师所做的一切都会对来访者产生影响。但带给来访者影响最大的是心理咨询师这个人。心理学家萨提亚说：“我将乐器视为治疗师的自我，即治疗师作为一个人的完整性，对自我的关心程度、与自我的协调以及在职业中的胜任程度，这些都很重要。我将音乐视为病人的表现。

音乐如何被治疗师聆听和理解是决定治疗效果的很重要的因素。”因此，心理咨询师能提供给来访者的帮助，主要不是我们的技术，而是我们自己的生命状态，是自己对生命的个人体验。任何有效的心理咨询的过程的起点是心理咨询师自己。而我们咨询师也是人，我们生活在现实的社会中，也会遇到各种压力，也会在内心产生冲突和矛盾。因此为使咨询充分发挥其让来访者经由觉察带来改变的效果，心理咨询师本人应当接受心理咨询，使自己能够深刻体验这些矛盾，自己先做出改变，如此才能避免这些体验给来访者带来负面的影响。作为一名咨询师，我个人要不断面对自己的成长，必要时接受心理咨询，避免因个人未觉察的自我带给来访者负面的影响。

当我“听到”“看到”来访者这个人时

每个人都是一个独立存在的个体，都需要被承认，被他人听到，被看到。当他们被他人听到、看到时，他们就会感到自己被他人认可，就会感到被重视、被尊重，就会感受到自己生命存在的价值。我在心理咨询中，常常会看到，当一个人被听到、被看到时，他们的自我价值感会迅速提高，他们在行为上也会发生神奇的改变。

被听到，就能改变

记得我刚从事心理咨询工作不久，接待了我校一个刚毕业不久的大学生。他来找我咨询是因为剧烈的头痛，他头痛起来很痛苦，为了缓解疼痛，他甚至用小刀刺伤自己的胳膊。他曾去过好几家医院，看过多位专家，医生都说他没有生理疾病。根据他所述的情况，我诊断他是神经性的头痛。我耐心地倾听了他的诉说，听他给我讲他的故事。他的父母在年轻时响应国家号召，支援边疆建设，现在仍不能调回北京。为了让他能在北京上学、发展，在他上中学时就将他送回北京，借住在亲戚家。由于他性格内向，不善沟通，又远离父母，不能融入亲戚的家庭。放假回到自己家时，父母也常嘱咐他住在亲戚家要懂事，不能给人家添麻烦。他遵照着父母的嘱托，在亲戚家谨小慎微地说话、行事。久而久之，他感到很孤独，没有人可以理解他，他感到很痛苦。后来头痛得很厉害，也不敢跟父母说，怕父母为自己担心。我那天一直在听他讲，几乎没怎么说话。咨询时间到了，我跟他约定下一个周一下午继续进行咨询。

可是在这次咨询的第二天我就病倒了，家人把我送进了医院。医生诊断为突发心脏病，留院观察治疗几天后，嘱我回家静养，不要做任何事。转眼到了我和那个学生约定好继续心理咨询的星期一。我感到那个学生非常需要我的关心，我不能失约。于是，我拒绝了家人的劝阻，带病准时来到学校的咨询室等候那个学生前来咨询。但是，他没来，他打来了电话。他在电话中告诉我，因单位今天有重要的会议必须参加，不能请假，今天来不了，他跟我约下一次咨询。我说我理解他，并且坦诚地告诉他我生病的事，告诉他我今天是特地赶来为他咨询的。他听后半天没说话，然后说了声："谢谢！"

再下一周，他提前给我打来电话。他在电话中欢快地告诉我他好多了，头不痛了，不来咨询了。他最后说了一句："老师，因为我知道世界上还有一个人在关心我，那个人就是您！"虽然是在电话中，但我听得出他说这句话时声音有些颤抖。之后，他再也没来做过咨询。

半年之后，我突然接到那个学生的电话，他告诉我，他击败了许多竞争对手，应聘到一家报社当了记者。他激动地对我说："老师，感谢您给了我自信！"我为他感到高兴。但是其实我并没为他做什么。我想，可能我对他专注的倾听，我对他的重视和关心，让他感受到了自己的重要，感受到自己存在的价值，他对自己有了自信。一个生命被听到、被看到、被重视，就会焕发出生命的活力，绽放出自己的能力，这就是改变的神奇。

听到、看到内心深处那个真实的人

一个母亲焦虑地告诉我，他上初三的儿子上网成瘾，不学习，常把自己封闭在房间里，不与父母沟通。这个孩子情绪消极，对社会不满，经常扬言要杀人。她带儿子做过一次心理咨询后，从此孩子对心理咨询很抵触，不再接受任何心理咨询。我建议这个家庭来做家庭治疗，这个母亲说他们不能确定可以把儿子一起带来。

晚上约好咨询的时间到了，爸爸、妈妈、儿子一起走了进来。我看到孩子来了，就看到了他改变的希望，尽管他是被爸爸动员来的。这孩子个子很高，穿了一件长羽绒服，戴着羽绒服的帽子，头低得很低，整个人都仿佛要缩到羽绒服里似的。我向他们打了招呼，询问他们每个人来这里的目的是什么。父母说他们希望改善和孩子的沟通，让家庭关系和谐，可以让孩子更好地成长。孩子说他没什么目的，只是今天来这里，至少可以不用学习。我问他："你是否感到学习很累，很无趣？"他见我没有教导他学习，就跟我讲了对学习的厌烦。我继续共情他的厌烦，他就表达了对老师的不满。他列举了老师对学习不好的同学的不重视，处理同学关系中的不公平。我听到了他渴望被重视、被尊重，并传达给了他。这时，我发现他把羽绒服的帽子摘下来了，抬头面对我说话了。

后面他又表达了他要"杀掉"制作这些游戏的人，他认为他们的技术低劣，还赚许多钱。我想这就是他妈妈向我说的他对社会不满。听了孩子的这些话，虽然感觉这些话很偏激，认知很极端，但我听到了他愤怒的情绪下，有一种不甘的力量，一种要改变现状的愿望。我说：

“我不懂这些游戏，我猜你可能懂得不少，不然你怎么会评论他们很低劣呢？”孩子的父亲对我的话做了补充，说：“的确，他懂得不少！”于是，孩子得意地给我介绍起游戏来。这时我又说：“我猜你心中有个愿望，将来有一天你能打败他们，创造出比他们更先进的东西，价格还不用那么高。”我发现他把羽绒服脱掉，扔在了一边，情绪也平缓了下来。接下来，我协助这个家庭做了一致性沟通。我很欣赏孩子的父母对他们夫妻之间，对他们与孩子之间沟通关系的觉察与改变。咨询快结束时，儿子表示可以与父亲做一半的沟通，但对母亲还是不想沟通。

第二天妈妈高兴地告诉我，在他们回家的路上，儿子不断地跟她说话，他嘴上说不沟通，但行为上已经发生了改变。

又过了两周，孩子的妈妈给我发微信，微信中说：“孩子无形中有了很多变化，首先，他对咨询不排斥了；其次，这段时间以来他再也没说过危言耸听的话，跟家长交流也多了一些耐心；再次，感觉他在作息上也有主动调整的意愿。才一次的咨询就有了这么多的改变！”我想这一方面是父母改善了与孩子的互动，另一方面，是这个孩子没有被忽视，而是被听到、被看到了。

向我咨询过的另一位来访者说：“在心理咨询过程中，当被心理咨询师看到时，我就有了一种很舒服的感觉，感到很温暖。然后我的认知就发生了变化，我认识到自己是很重要的，自我价值就提升了。”

每个人都希望被听到、被看到。我们在做咨询的时候，许多问题都来源于来访者觉得他们被忽视，他们不重要。不管他们咨询的是跟父母的关系，跟领导的关系，还是跟伴侣的关系，都是他们被认可、被尊重的需要没有得到满足，他们一直以来渴望被听到、被看到。作为心理咨询师，当我们听到、看到他们时，他们就会感觉到，他们在心理咨询师眼里有多重要，然后他们就感觉到自己有多重要，同时自我价值感就会提升。

从干预危机中学习危机干预

在实践中学习和探索，在探索中积累和创新，是我和我们心理咨询中心的同事们多年的工作体会。我的心理危机预防干预工作就是经历了这样一个历程。这要从干预一个自杀危机个案的工作开始说起。

记得那是一个星期一的下午，一个女生走进了我的咨询室。她脸色灰暗，走路很缓慢，把头低得很深 。我请她坐下后，她半天不说话。我问她："你今天来这里想跟我说什么？"她停了好久，才用很小的声音说："老师，我不想活了。"我对她说："看起来你很痛苦，能告诉我发生了什么吗？"她说："老师，我到这里来，不是想请你帮助我，是我真的不想活了。因为我听过你的课，对你很信任，只是想让你一个人知道我是怎么死的就可以了。"她没有哭，声音仍然很低沉，用很平静的语气对我说。她是来向我做最后告别的。听到她说这些话，我一方面很感动，感动她这么信任我，在想离开这个世界之前，把我当成她生命中最信任的一个人；另一方面又深深地感受到她痛苦的内心。是什么让这个学生这么痛苦，痛苦得想要放弃自己的生命？我仔细地倾听着她的话，在她痛苦的表情背后，我看到了她对我的信任，这就是我可以帮助她活下去的重要资源。于是我感谢她对我的信任，运用这种信任开始了我和她艰难的谈话。在了解了她的情况后，我联合了她的家长、系里的领导和医院的医生，共同帮助她。最终帮助她走出了危机。这个过程，对于我们更深入地了解大学生心理危机产生的原因，对于我在学校中建构全员参与的心理危机预防干预机制，预防干预大学生的心理危机有很大的启发。

“乖乖女”的自我压抑

当学校的老师、家长只关注学生的学习成绩，要求学生顺从，而不重视学生自信心、人际交往能力和积极乐观情绪的培养时，就违背了青少年心理成长的规律，使学生产生心理压抑，时间久了，学生容易患上抑郁症。

这个危机学生就是这样的一个典型。她自述自己从小就是一个比较内向的孩子，家长一直望女成凤，对她管教得很严厉。父母只是要求她成绩好，认为其他方面都不重要，不让她参加社交活动，不鼓励她和其他同学交往，甚至家务活也不让她干。老师也认为学习好、守纪律的学生就是好孩子，对她也没有其他方面的要求。她从小学到中学，学习成绩很优秀，在老师眼里是好学生，在家长面前是乖乖女。为了保持第一、二名的好成绩，她花费了大量的时间去学习，不和其他同学交往。因为学习特别好，老师经常表扬她，家长也很喜欢。但是她自己并不开心。

无处诉说的内心孤独

内向性格的学生不善于与人交往，在缺乏社会支持时，他们内心孤独，也容易患上抑郁症。

这个学生说，因为自己在家从来都是少言寡语，不开心时，更不爱说话、不爱动。父母不了解她的内心，认为她不开心可能是学习太累了。于是就设法给她做好吃的。她的父母对她管控很严格，从小到大一直让她听家长的话，自己从来没有与父母平等地交流过，也没有养成与他们主动沟通的习惯。她感觉父母从来没有走入过自己的内心世界，所以她不相信他们会真正理解她，更不相信父母可以给她心理上的帮助。所以有了烦恼从来不对父母说，又不愿意对其他人讲。她说："留在我意识深处最多的记忆是压抑。我将所有的烦恼和痛苦都埋藏在心底，一个人默默地承受……我经常坐在一个地方一坐就是一整天，看着一个地方发呆。表面上似乎很平静，内心却在经受惊涛骇浪，脑子里思绪万千如万马奔腾。我不知道我该向谁去诉说，在现实生活中我几乎找不到一个我可以信任的人。"她的心路历程让我看到了缺乏社会支持的学生内心的孤独，他们渴望被理解、被关爱、被支持。

我主编的北京市辅导员培训教材

优势丧失后的心理挫败

大学新生入学后，学习、人际关系的不适应，同学间比较产生的心理落差，原有学习优势的丧失，都可能使原来就有抑郁情绪的学生产生抑郁症。

这个同学的例子很具代表性。她说，上了大学，感觉和中学时很不一样了。在大学里，自己专业考得好，但比自己考得好的人更多，学得自己很失败。学习上开始感到力不从心，对自己越来越没有信心，也对自己各方面都不满意，觉得自己没有任何魅力。后来到了大二心情就进入低谷。那时她陷入了抑郁状态，比较自卑、害怕、胆小，感觉自己一无是处，学习不好、性格不好、外表不好、谈吐气质也不好，经济条件也比不上别人……她形容自己那一段时间的心情时说："整天很压抑，世界很灰暗，看不到光彩，待在一个地方也不想出去活动，不想说话。心情不好时，一天不说一句话，脑子里在想，就是不说，考试看来就要不及格了，怎么办，将来出路在哪里……虽然已意识到诸多问题，但找不到解决问题的办法。"

当她对自己全面否定时，就对自己更加自责，反复的负性思维使她由失望变成了绝望。她描述自己时说："那时候感觉真的是无颜见江东父老，从前亲戚、朋友及周围人都认为我很优秀，从小到大自己一直都是公认的亲戚、邻居家用来教育他们自家孩子的楷模，可自己现在却成了这个样子。每次回家都有压力，原来在别人眼里的光辉的形象，现在连正常的学习都不能继续，让人家怎么看，怎么说？"那时候她又开始自责："我从前为什么要那么优秀？我起早贪黑，刻苦用功，在学习上投入了比同龄的人多得多的精力和时间，丧失了那么多本该属于那个年龄段的孩子的欢乐和体验，换来的就是今天这种近乎崩溃的结果吗？"我越想越自卑，心情越不好，整个人感觉像是掉到黑洞里，看不到光亮，很痛苦。"

从她的描述中，我更加理解了抑郁学生心中的痛苦，也看到了一个大一新生抑郁症一步步加重的心理历程。

自杀是为了摆脱痛苦

这个同学回忆自己那段历程时说："痛苦得太久了，没有办法摆脱，于是就想到了死亡。在选择死亡这个过程中自己有很长一段时间在犹豫、徘徊、辗转，内心进行激烈的思想斗争，在生与死之间进行抉择。这样的日子持续了两三个月，在那个阶段，曾经的一切荣辱得失对我都不重要了，曾经的辉煌早已远离了我，包围着我的只有无边的痛苦和对自己彻底的绝望！痛苦得太久了最后便成了麻木。我甚至想好了采取何种手段结束自己的生命，跳楼太需要勇气了，我想吃安眠药，没有痛苦，就像睡去了。也许我选择自杀是一种自私，但是我真是太痛苦了，我实在没有办法摆脱。每天一睁眼就是无精打采，一睁眼就有意识，有意识对我来说就意味着痛苦。如果要结束痛苦，就只能选择死亡。有时候，自己在一个地方发呆，一坐就是大半天，也想给父母写封遗书，交代一下。这样的想法反反复复地出现。”

这个学生所描述的是她处在严重抑郁症时的痛苦，这让我更加理解了自杀危机者选择自杀并非是真的想死，而是他们内心真的太痛苦了。当他们痛苦得无法忍受，又找不到解决痛苦的方式时，自杀成为他们消除痛苦的唯一方法。我在对自杀危机学生内心痛苦了解得更多的同时，也从他们的内心挣扎中看到了他们对生的渴求。这让我对挽救自杀危机学生更加增添了信心，也找到了帮助他们走出危机的方向。那就是理解他们的痛苦，改变他们的绝对化思维，扩展他们的认识，协助他们找到解决痛苦的方法，他们就会拥有活下去的希望。

爱留住了生命

面对这个产生自杀危机的学生，我在了解到她想自杀的想法后，耐心地听她诉说自己的痛苦，并且告诉她可以帮助她找到摆脱痛苦的方法，我还把我的电话告诉了她，告诉她如果感觉不好，随时可以找我，我能帮助她。这样我就和她建立了信任的关系。然后我建议她，为了更快地恢复，她需要去医院看医生，配合药物治疗。我还说服她，为了她的健康和安全，我需要告诉她们学院，通知家长，大家共同来关心她、帮助她。她因为信任我，接受了我的建议，去了医院。医生对她的诊断是抑郁症，让她边服药边休息一段时间。我又和她的家长谈了话，让他们在家多与她沟通，督促她按时服药。经过一段时间的休息、调整，她的精神状况有了改善。

她回到学校后，我让她身边的老师、同学督促她继续服药的同时，仍然坚持为她做咨询，还邀请她参加我举办的团体辅导活动。

与此同时，系里负责学生工作的副书记也为其做了许多工作，给她提供更多机会让她展示自我，建立自信。如发现她擅长美术，校学生会举办美术比赛时就让她参加，她还获了奖。从中让她看到了自己的能力，增加了自信。

系里的副书记还和她的任课老师联系，在学习上帮助她。各科老师们齐心协力想办法帮助她。有的在她的作业后边写上鼓励的话。有一位住在校内的女老师，还请她到家里吃饭，给她做好吃的，边吃边给她讲自己的经历，开导她。她的写作老师还让她把作文念给全班同学听，表扬她作文写得很好。

班干部们也从生活方面关心她，邀她一起玩，一起谈心。周围同学也主动约她一起去上课，一起吃饭。

所有的老师、同学的帮助，传递给了大家愿意帮助她，希望她好起来的爱心，让她感受到了周围人的善意和温暖，也改变了她对人际关系的认识。她说："以前我总认为人都是自私的，没有人会真正关心我，所以常常封闭自己，不跟别人交流，有了困难也不愿跟别人说，这一次我经历了这件事，感受到了周围人无私的关怀，感受到了一种温情，原来人与人之间还能这么美好，世界是很有人情味的。"

心理咨询中心和院系的合作，周围人共同的关心支持，最终使她走出了危机，重新建立了生活的自信和勇气，是大家的爱挽救了她的生命。她在重获新生后感动地说："在我最走投无路的时候，父母、老师、同学没有抛弃我，而是团结一致地挽救我。这种毫不掺杂功利色彩的人与人之间最真挚的情感真的令我很感动！也就是这种真挚的情感融化了我几乎冰冷的心，给了我活下去的勇气和力量。原来我没有那么糟糕，他们这么关心我，说明我这个人是值得他们爱的，我活在这个世界上还是重要的。所以在我又陷入情绪的低谷，想放弃生命时，想到父母养我这么大不容易，想到老师、同学们这么长时间来对我的付出，我割舍不下这份情感，这也是我后来虽几经徘徊却最终没有走上绝路的重要原因之一。"

学校专业的咨询老师，系里的领导、老师、学生共同帮助她走出心理危机的历程，给了我一个动员全校师生共同关爱学生，共同参与大学生心理健康教育和心理危机预防干预的新思路。

危机带来的工作创新

在干预这个学生的自杀危机的过程中，我对大学生产生心理危机的原因，他们的心路历程，以及如何更好地使其度过自杀危机，有了许多体验性的学习。在这之后，我带领心理咨询中心的老师们认真研讨了这个学生及其他学生的心理危机干预的经验，构建了一个由学校、院系、班级、宿舍和学生个体共同参与，重在教育，预防为主，全员参与，及早识别干预的五级心理危机预防干预系统。这个系统，从纵向来看，是危机预防和心理教育的有效途径。学校制定的心理素质教育的内容可以向院系、班级、宿舍、学生个体贯彻实施，层层深入，覆盖了各个群体和每个学生个体，使危机预防和心理教育真正落实到每一个学生。同时它又是危机干预的快速反应通道，一旦发现危机，就可以从学生个体、宿舍、班级快速反应到学校，有利于心理危机的及时发现、及时报告、及时干预。从横向来说，它体现了学校全体教职员工和全体学生的参与，构建了一个全方位的危机预防干预的心理教育网络工作系统。这是当年在全国高校中最早创新的一套大学生心理危机预防干预工作系统，后来将其在教育部的全国高校心理咨询中心主任会议上进行了推广。它的启发源于学生的心理危机干预的实践。

把心理咨询中心建设成为专家团队

什么是专家？许多人喜欢别人称自己为专家。而我所理解的专家，不是别人对你的尊称，也不是个人拿来装扮自己的光环，而是在自己的工作领域中，精于专业，在知识和技能上做出突出贡献的德才兼备的人。我很不喜欢别人称我为“专家”，但我一直努力让自己成为一名德才兼备的人。我也希望把学校心理咨询中心的每一位心理老师都培训成为我们工作领域中的专家，使首都师范大学心理咨询中心的老师成为一个专家团队，促进全校大学生心理健康教育不断深入发展。

聘任专职老师，政策暖心

在 20 世纪 90 年代初，许多学校建立了心理咨询中心，但由于缺少临床心理咨询专业老师，许多学校都是聘用的兼职老师。随着高校心理咨询事业的发展，我认为要使这项工作专业化、规范化发展，需要建立一支专职的心理咨询老师队伍。所以在 1997 年，我校就引进了北京大学临床心理学硕士研究生姚平，这是我校第一名专职心理咨询老师。引进心理咨询专业的专职老师，这在当时的北京高校是少有的。

之后，我们又先后从高校引进了6名心理咨询专业的博士研究生和硕士研究生，从此我校心理咨询中心有了自己的一支专职心理咨询老师队伍。

心理咨询中心的工作有它自身的独特性，心理咨询老师的工作既有别于专门从事心理专业的教学科研老师，也有别于一般的学生工作老师，因此，如何制定出适合这项工作特点，有利于调动老师工作积极性的政策，是专职教师队伍建设的一个关键所在。按照当时学校传统的人事管理规定，不在院系的教学岗位上，教师职称不能走专业教师评聘序列。为了促进专职心理咨询老师的专业化发展，我反复与学校领导进行沟通，让领导了解我们心理咨询中心老师的工作特点，希望学校能根据这项工作的实际情况，为专职老师制定相应的教师职称晋升政策。校领导很重视心理健康教育，在北京高校中率先制定了有利于心理咨询老师发展的政策。例如，将心理咨询专职老师的职称晋升纳入教学科研教师专业序列。职称评定根据个人情况，可以选择心理学系列，也可以选择思想教育系列。在工作管理上实行不完全坐班制，保证教师有备课、研究时间。这样开放的政策在当时北京高校并不多见。

着力培训，专业关怀

不断提升专业能力是专职教师们对自身专业发展的需求，也是学校心理健康教育发展的需求。为了满足这些需求，我为教师们争取了许多参加专业培训的机会。我引进多位国内外专家为教师们培训、督导。这些年来，我多次邀请了美国东北大学的李杰教授来为我们做心理咨询专业技能的培训，内容包括心理咨询的评估和测量、心理咨询的谈话技术、现实心理治疗、短期心理治疗、心理危机预防与干预的培训；邀请英国认知行为研究所的专家波尔马做整合式心理治疗培训；邀请澳大利亚昆士兰大学的黄天宝教授做认知行为治疗培训；邀请美国大学的李梅晓博士做连续的心理咨询督导；也多次邀请国内的杨华渝、樊富珉等来为老师做培训。为支持教师们外出参加培训，我为老师们向学校申请了每年一万元的培训经费。当培训经费不足时，我又多次与人事部门的工作人员沟通，为老师们增加外出参加培训的经费。2006 年，在学校领导的支持下，我带领我校 9 位专兼职老师到德国海德堡大学参加了长达 21 天的培训，开阔了教师们的国际视野，提升了他们的专业能力。这样大力度的外出培训在北京乃至全国高校都是不多见的。

2008 年，心理咨询中心教师在德国海德堡大学培训（前排左一为作者本人，左二为海德堡大学心理学教授）

打造精品，事业引领

近年来，受西方心理学的影响，一些高校的年轻心理咨询老师过分强调自我，有的认为学校工作对自己是束缚。其实年轻人追求个人的发展，希望个人价值得到体现是可以理解的。如何在学校心理健康教育工作中既关注到整体工作的发展，又关注到年轻人自身的发展，将这二者有机地统一起来，这是教师团队建设面临的一个重要问题。我个人认为，学校的心理健康事业要靠咨询老师群体的努力才能得到发展，而每个心理咨询老师个人的专业发展也只有在学校整体的事业发展中才能实现。因此，在工作中，我注重不断带领团队创新发展我校的心理健康教育工作，使团队的成员在付出的同时，经受历练，积累经验，增长才干，获得工作带来的成就感和荣誉感，感受到自我价值的体现。

这些年来，我们把“一切为了学生，为了全体学生的心理健康发展”作为我校心理健康教育的理念，在工作实践中不断学习、实践、研究、探索，创建了“高校心理健康教育的四结合工作模式”，构建了“高校心理危机预防干预的五级机制”，取得了多项工作和研究成果，多次在北京和全国同行中介绍经验。我们团队完成了教育部“大学生心理健康教育的途径和方法”“高级极端事件的危机应对”；北京市“高校心理生态环境的建设”“北京市大学生心理健康状况的滚动调查”“北京高校大学生心理危机个案追踪调查研究”“北京高校专兼职心理咨询教师的任职标准”等课题的研究。我们的“大学生心理健康”课程被评为首批国家级精品课程，首批国家级精品资源共享课程。我们的教学成果被评为北京市“优秀教学成果一等奖”，我们的“高校生命教育体系的构建与实践探索”“用爱营建有利于学生成长的校园心理生态环境”“高校全方位心理危机预防干预体系的构建”“高校大学生心理委员队伍的培养”等工作及研究成果获得教育部德育创新奖和北京市党建思想政治教育优秀成果奖。我校的心理健康教育在北京，在全国都享有盛誉。

我校多次被评为“北京市高校心理素质教育示范校”“北京市心理素质教育基地”“全国大学生心理健康教育先进单位”。

2012 年 12 月，我校心理咨询中心接受中国心理学会专家评估（后排左一为时任咨询中心主任杨芷英，左二为作者本人，左三至左五为中国心理学会专家）

所有成就的取得都是心理咨询中心全体老师的努力付出和贡献的结果。他们为此充满了自豪感。伴随着学校心理咨询中心的发展，年轻老师也在其中获得了成长。现任咨询中心主任的赵军燕博士，毕业于中科院心理所，她本人热爱高校心理咨询事业，研究能力很强，带领团队在继承中心工作传统特色的同时，不断在心理健康课程上创新发展，她本人的教学生动活泼，深受学生欢迎，她在北京市高校心理教师教学技能大赛中获得了一等奖的殊荣。她带领团队创新心理危机预防干预的“四、六原则”，更方便快速识别大学生心理危机，成为北京高校同行学习的经验。咨询中心副主任赵凯是毕业于吉林大学心理学系的硕士研究生，他全身心扑在学生身上。他为全校心理委员开设的“心理辅导能力训练”课程（被学生们称为“猫课”），从课程内容的设计，到教学的方式方法都非常具有特色，成为全校学生争相竞选的课程。学生们感觉在这门课中很受益，毕业十多年的学生会因这门“猫课”回校聚会，畅谈这门课程带给他们的人生成长，并由此影响正在上课的师弟师妹。一个学生竟然自费出版了他自己写下的19万字的一本书，记录了赵凯老师及这门课带给他的变化与成长。赵凯在心理委员培养方面已成为北京高校小有名气的专家。梁凌寒老师是毕业于北京师范大学心理学院的硕士研究生。她在专业技能上不断精进，在团体辅导、心理危机预防干预工作方面取得了突出的成绩，并为北京高校心理咨询研究会做出了积极的贡献，受到全市同行的称赞。

我校心理咨询中心从1993年创建至今的26年中，中心主任虽更换过三任，但是“一切为了学生，为了全体学生的心理健康发展”的理念不变，积极进取、务实创新的工作精神不变，老师们持续创新发展着大学生的心理健康教育，保持着心理咨询中心在全国和全市高校中的领先地位。

看到当年心理咨询中心工作取得的成就，看到中心年轻老师的成长，看到一个专家团队的形成，我内心充满喜悦。我有一种“待到山花烂漫时，她在丛中笑”的自豪。

附首都师范大学心理咨询中心老师的成长感受

附 1：感恩我在这里

——赵 凯

与心理咨询中心相遇，纯属误打误撞。2005 年的元月，回北京找工作的我偶然间听到首都师范大学心理咨询中心招聘，且以男生为主。那时，一家事业单位已经决定与我签约，不过内心期望成为老师的我还是决定去心理咨询中心试试。心理咨询，对我而言，熟悉而陌生。管它呢，是老师就好。对老师角色的向往和两个长假的渴望鼓舞我走进心理咨询中心的大门。

第一次来心理咨询中心，正值雪花纷飞，焦虑将校园美丽的雪景挡在了我的视线之外。小心地敲响右侧第一间办公室的门，两个女老师正在整理着什么资料，白色的 A4 纸铺满了沙发，像窗外的雪景，白花花的一片。递上一份简历，刚要说明来意，从门口处风风火火地“跑”进来一个老太太，个不高，一举一动透着麻利。一个女老师说：“她是我们主任，你正好和她讲。”

接着中心主任接待了我。她和蔼可亲，向我介绍了心理咨询中心的工作，并热情地表示欢迎我来。初次到来，我对这里的人有了一个很好的印象。于是便等待着面试的通知，终于等到了。电话那头，一个和蔼的声音通知我试讲的时间。印象里，那是 2005 年的 1 月 25 日。那天，正好刚刚去世的姥姥出殡。全家人的理解将我推进讲堂。试讲和模拟咨询很顺利地完成。只是完成，谈不上成功。一个外地求学多年的年轻人，就这样闯进一个陌生的环境、一个陌生的领域。

在我成为心理咨询老师的道路上，我相遇了无数个面孔：有他，面对我的局促不安和语无伦次，仍认真地点着头，他是我的第一个来访者；有她，手腕上的累累伤痕令年轻的我不知所措，第一次面对内心的无助；有她，面对生命的挫折，泪流满面但仍坚强如初，默默无语唯有给予拥抱；有她，在我初为人师的课堂后，悄悄地递上一张纸条，一行清秀的小字表明内心的祝福："相信您能创造奇迹"；有他，"猫课"后独自跑来，坦白地告诉我爱上了班上的一个女孩；有她，箭扣长城上，面对悬崖，流着泪呐喊出心中的理想，声音回荡于空谷之中……

这些学生陪伴在我的身边，成为我生命中最重要的一部分，成长在不经意中完成，人生在不知情中蜕变。工作18年，面对繁杂的各项工作，面对学生们种种心理问题和心理危机，其中有无奈，也有欢乐；有烦躁，也有惊喜；有压抑，也有释怀；有挫折，也有成功；有彷徨，也有坚定；有失落，更有向往！我总是简单地认为，能从事一份自己喜欢的工作，这便是幸福。

人生由理想点燃。那理想令我充满力量，驱走抱怨，去享受当下的生活。那理想使我与一张张笑脸不期相遇，相互支持，相互感染。那理想令我学会感恩，感恩自己的幸运，感谢上天的恩赐。

成长的路上，心理咨询中心像一个魔法师，总是出人意料地变幻出快乐和幸福。有时它也像一个母亲，轻声地告诉我未来在哪里。此时它像一个温暖的家，随时准备给受伤的孩子一个拥抱。未来它像是一个安静的驿站，走累了，在此处歇歇，见见老朋友。

愿我们捆绑在一起的未来，激情永在！

附 2：在首都师范大学心理咨询中心的成长

——梁凌寒

时光飞逝，不知不觉，在心理咨询中心工作已经 17 年了，在这 17 年里，工作中收获了很多，生活中经历了很多，工作上的收获促进我更好去面对生活中的问题，一路，在感激中成长。

感激来咨询的学生，让我看到顽强的生命力。作为一个咨询师，在咨询之后写记录时，我常常会对来访学生产生一种钦佩和欣赏。他们的生活遭遇了各种不幸和挫折，有痛苦、哀伤、无奈和绝望，但也都有着顽强的生命力，在这些苦难面前，他们很多人即使痛苦失望也没有放弃希望，仍然在寻找各种可能的方法来让自己变得更好。在跟他们沟通的时候，我是一个付出者，用我的理解、接纳、关爱和专业帮他们找到力量和资源去面对生活；我也是一个收获者，收获到更多对生命的理解和接纳，感受到生命的力量和神奇。在我爸爸生病的时候，我也曾感受到人生的无奈和绝望，但每次一想到那些一直坚持的学生，就会给我很多勇气和力量，让我可以平静下来，寻找积极的资源去处理问题。

感激校园中的学生，让我感受到青春活力。作为一个大学老师，周围总能看到年轻的大学生们，看到他们开心时的灿烂笑脸，感受到他们讨论问题时的丰富想象力，哀伤时的多愁善感，受挫时的沮丧郁闷，举办活动时的积极热情……看到他们就会对人生充满好奇和期待，相信“不管遭遇什么，万里晴空或乌云密布，都是促进成长的因素，都是生命的一笔财富”，也让我更积极乐观地面对生活。

感激同事，让我感受到支持的力量，不断在反思中成长。当遇到棘手个案时，有同事在旁边给予耐心的倾听和专业的督导；当备课遇到困难时，有同事一起分享讨论，完善教学内容，提高教学水平；当学生活动需要老师指导时，有同事一起加班工作，设想出精彩的活动；当我家人生病住院时，有同事的关心和支持……作为一个团队，和同事在一起，除了工作上的合作和帮助之外，他们还给了我很多真诚的反馈，让我看到更真实的自我，了解自己的优点和缺点，在反思中有更快的成长。

感激领导，让我感受到关爱，不断在实践中进步。想起陈书记在百忙之中对每个同事的关怀和体贴，她对工作的投入和严谨，睿智和自信激发着我；想起在我爸爸生病时，姚处的多次探望和问候，他对工作的认真，对同事的关心感动着我；想起跟蔺老师去参加各种培训，参与危机调研，她给了我很多学习、锻炼的机会，也用她对工作的热情，对学习的热爱，对别人的关怀，对生命的感恩感染着我；想起杨老师在文化月活动中一遍遍地帮我改稿子，她的严谨认真，对家庭和工作的全心投入，对他人真诚的关怀也影响着我 。

在中心工作 17 年以来，我感受到了很多支持和关心，也感受到我的付出带来的收获，让我对心理咨询中心产生了归属感。感谢心理咨询中心，在这里，让我体会到家的温暖，也促进我不断成长，衷心祝愿心理咨询中心未来发展越来越好，帮助更多师生收获幸福人生。

用研究的头脑去工作　用工作的实践做研究

说起做科研，许多高校心理咨询老师都觉得这是件很困难的事。的确，心理咨询中心日常的工作很繁杂，既要教心理健康课，又要组织心理健康教育活动；既要接待学生的心理咨询，又要进行心理危机预防干预；既要与学校各部门、各院系进行沟通协调，又要做好心理咨询中心内部的日常管理工作……在这样的情况下做科研是会有许多压力，许多心理咨询老师为不能发表论文感到很苦恼。很多同行很好奇我平时也有那么多工作，怎么还能写书和发表论文。我的体会是，我把科研和实际工作结合起来，用研究的头脑工作，用工作的实践去做研究，使科研和实务工作相互促进与提高。

科研不是负担

如何认识心理咨询中心老师的科研？这是我们这个工作群体处理科研和实务工作的一个重要前提。

首先，我们为什么要做科研？如果将做科研看作单纯是为了评职称，那么就会把科研看作是一项额外的工作，成为个人的压力和负担。

其次，我们的科研工作研究什么？如果把心理咨询中心老师的科研目标和内容完全等同于心理学专业教学和研究的目标和内容，那的确压力很大，因为我们工作的性质是直接服务于学生的心理教育实务工作，时间和精力都不允许我们专门拿出时间去做研究。因此，我认为我们的研究要密切联系自己所从事的工作。研究不同时期大学生心理发展的特点和需要，探索我们各项工作如何有效地适合大学生的特点，促进他们健康发展，不一定非去做心理学专业老师做的那些课题。

如何认识科研和实际工作的关系？我感觉科研和实际工作并不矛盾。从心理咨询中心的工作实践层面上看，心理咨询中心开展的各项工作都是为了提升学生的心理素质，提高学生的心理健康水平，而科研工作是提升我们工作的科学性，使各项工作能够最优地达到目的。因此用科研的思路去工作，把各项工作的实践经验升华为理论，这就是研究了具有我国特色的心理健康教育。有了这样的理性认识，再用这些理论去指导工作，就能提升实际工作的水平。当这样去做时，科研成果出来了，工作效能也提升了，就可以实现二者的相互促进，达到科研和工作的双赢。

课题从工作实践中获取

我所做的研究，大多都是源于日常工作遇到的问题。心理健康课程怎样才能吸引学生，起到促进大学生心理成长的作用？心理咨询、心理危机干预、心理健康教育如何进行才能取得最佳的效果，真正能够帮助学生？基于这样的思考，我把工作中要解决的问题当作科研的课题，研究的结果就可以用来指导工作实践。例如，我们在 20 世纪 90 年代初创建学校心理咨询中心时，开展的主要工作是为大学生开展心理咨询，帮助学生解除心理困惑。但是，我们发现许多学生对心理咨询存有顾虑，担心来寻求心理咨询会被别人认为“有病”，故而并不主动地寻求心理咨询。心理咨询老师常常在咨询室中等不到几个前来咨询的学生。由此，我们真切地意识到，只在咨询室中被动地等待学生来咨询是不够的，我们应当对广大学生开展心理健康知识的普及宣传教育，使学生们了解心理健康的重要性，学会自我调解心理，主动寻求心理咨询。于是，我们探索性地开展了心理文化周、心理文化月活动。这样做后发现学生们开始积极地参与到各种心理健康教育活动中来了。但是我们又进一步发现，那些积极参加心理健康教育活动的学生，变得越来越自信乐观，相反另一部分学生既不参加心理健康教育活动，也不来寻求心理咨询。如何才能让心理健康教育覆盖到每一个学生呢？我们想到了通过开设课程的方式，更广泛地普及心理健康教育，让更多的学生受到教育。于是我们向教务处申请，从 1995 年起，就在全校开设了大学生心理健康的选修课程。对于我们所开展的这些工作彼此之间的关系是什么，怎样才能使这些工作有机地协调起来，有效地服务于大学生的心理健康发展呢？我们运用哲学的整体观和系统论对各项工作进行了探讨，形成了对学校心理健康教育整体的系统的认识。我们认为课堂教学中对于心理学理论知识的系统学习和心理体验，可以使同学们能自觉关注个人的心理发展，运用心理调解的理论和方法增进自身的心理健康，这就减少了学生心理问题发生的可能性。课程教学还能增强同学们的心理健康意识，这样学生会主动来寻求心理咨询，这样课堂教学也会起到促进心理咨询发展的作用；而在心理咨询工作中发现的学生们的共性心理问题可以成为心理健康课程和心理健康教育活动的重点，心理咨询中的案例为教学提供了大量的丰富资料，使课堂教学更具有针对性；校园内外开展的心理健康教育活动拓展了课堂教育的内容，也为课堂教学提供了广阔的实践平台；大学生心理健康课程教学，心理健康教育活动广泛开展，心理咨询的有效进行，提升了大学生的心理素质，使大学生拥有积极乐观的人生态度，有效地预防了心理危机。以上各项工作相互支持，相互配合，形成了对大学生进行心理健康教育的良好心理教育体系。在对上述工作进行了实践探索和理论探究之后，我完成了题为《高校心理健康教育四结合模式的构建》的论文。记得当年一位外地的高校心理咨询中心主任来北京，她走访了几所大学后来我校交流，听了我校心理咨询中心的工作介绍后，她对我们的工作做出了这样的评价："工作有理念，有思路，有架构，有深度。"我们的此项研究成果也受到了上级领导的肯定，获得了北京市优秀教学成果一等奖。

为了了解大学生心理变化的特点，我对几年来大学生心理咨询的问题进行了分析，写出了题为《从大学生心理咨询个案看大学生心理问题的特点和应对策略》的论文，分析了不同时期，不同年龄大学生的心理特点，分析他们心理困惑产生的原因，提出有针对性的心理健康教育内容和教育方法，对工作起到了积极的指导作用。

近年来随着社会压力的增大，大学生自杀危机事件增多。为了更好地开展大学生的心理危机预防干预工作，维护大学生的生命安全，我向北京市委教工委申请了"北京市大学生自杀个案的追踪调查研究"课题，在教工委领导的支持下，带领专家组与自杀学生的老师、同学等人一起进行个案追踪调查，探讨自杀大学生生前的生活、学习状况，自杀的可能性原因，学校在危机干预方面所做的工作以及需要加强的薄弱环节。在调查中，总结了大学生自杀人群、自杀的原因、自杀危机预防上的一些规律性认识。在调查研究分析的基础上，写出了研究报告，为北京市委、教工委和各高校领导加强与改进心理健康教育工作，制定相应的工作政策，提供了科学的依据。

思考从理论积淀中来

科学研究要有理论指导，我自己本科的专业是哲学。哲学的学习让我养成了用哲学思维思考问题的习惯。我平日注重理论学习，经常阅读哲学、心理学、教育学之类的书，也经常参加各种心理培训。从事心理健康教育工作以来，我除了学习心理学的基础理论外，还系统地学习了罗杰斯的人本主义心理治疗 、认知行为疗法，萨提亚转化式系统治疗、完型治疗，欧文·亚隆团体治疗等流派的理论和方法。这些理论学习，日积月累，成为我的精神营养，也提升了我的理论素养。在工作实践中我注意整合这些理论，思考怎样将它们应用于实际工作，提高工作的效能。例如，我在大量的心理咨询个案中，发现大学生所困惑的问题虽有不同，但最后都会涉及“我是谁？”“我为什么活着？”“人生的目的和意义是什么？”这些基本的人生观和价值观问题。因此在思考学校如何开展心理咨询工作时，不应只停留在以消除“症状”，解决问题上，而应当把心理咨询的目标放在协助来访者认识自我、接纳自我、拥有积极的生活目标上。从这一点上看，心理咨询的目标和思想教育的终极目标是一致的。然而，如何理解这二者各自的特点，如何在我国的国情和文化背景下思考这二者的关系，发挥两个方面的优势，共同达成培养大学生的健全人格的目标，我在这些问题上进行了一些探索和研究，写出了《中国传统文化与心理咨询的关系》《思想政治教育与心理咨询的有机结合》和《心理咨询中的价值观教育》

等论文。

本人主编的精品课程教材和学术著作

再例如，对于高校学生心理健康教育的整体思路，我和我的同事们借鉴了生态心理学和环境心理学的理论，研究了学校心理健康、心理生态环境的建设。我们认为，大学生心理素质的培养需要构建一个良好的心理生态环境。心理生态环境可分为宏观、中观和微观三个层次。这三个层次的区分又是相对的。在学校范围内，校园宏观心理生态环境包括校园环境、学科教学、思想教育、学校管理服务、师生关系等方面；校园微观心理生态环境包括诸多对学生进行心理健康教育的因素，例如，心理健康课程教育、心理健康教育活动、心理咨询、心理危机预防及干预、学生心理骨干队伍建设等方面。但相对于学生个体的心理来说，学生个体的心理又是微观环境。在这三个层次的心理生态环境中，人与人、人与环境之间的相互作用和相互影响的动力,影响着大学生的内在心理生态系统。我们用心理生态的相关理论研究每一项工作自身的规律，以及学生个体的心理变化规律，构建了学校整体心理健康教育的体系，在这之下又构建了各项工作的运作模式或工作机制，深化了对大学生的心理健康教育。我们将此研究成果著成《心理健康教育视域下的校园心理生态环境建设》一书。

用研究的架构工作

平时工作时，我习惯于先思考。也就是首先让自己在头脑里有一个理论架构，例如，为了什么做？目标是什么？用什么方式做？在做的过程中需要使用哪些资源？我们已有的资源有哪些？难点在哪里？怎样去突破？最终要达到什么效果？这样在工作之前就形成一个总体思路，总体架构。而不是上级布置什么，我就做什么；人家做什么，我就做什么。不是盲目地为了工作而做工作。

对于理论架构的思考，促进了我很有目标地去开展工作。我把开展工作的过程作为一个研究的过程。在这个过程中注意积累相关的数据及相关资料，如前测和后测的数据、典型的工作经验、典型的案例、学生的反应、工作的反思等。在这项工作结束之后，运用之前构想的假设，对这些资料和数据进行分析概括和总结，提升为规律性的认识，成为一种新的理念或经验。当我不断将学习中积淀的理论认识与工作实践相结合的时候，写论文和写书也就成为自然而然的事情了。

我们开展的各项工作都需要一定的理念和架构作为基础，在工作实践的过程中遇到的困难，也需要到理论中去寻求答案，在工作完成之后，要将工作经验升华为规律性的认识，也需要理论的指导，这就需要进一步加深对理论的学习和理解。所有的这些都促进了我的读书和学习。坚持不懈地学习和思考，提升了自己的理论思考能力，使理论和实际工作能够密切结合起来。

这些年来，我用研究的头脑去工作，用工作的实践做研究，也使我校的心理健康教育不断创新发展，我很享受这样的过程。

我和团队创建的几个“首次”

回顾我的职业生涯历程，我和首都师范大学心理咨询中心团队在工作中创造了许多个“首次”。这些“首次”源于我们对学生的深切关心，源于对大学生心理健康事业的执着和热爱，源于我们团队的齐心协作，源于我们的不断创新精神。我为我们的这些“首次”感到骄傲，更为我们的优秀团队感到自豪。

首次开展体验性心理咨询技能培训

20 世纪 90 年代末，心理咨询在全国高校逐渐开展了起来，但国内几乎所有的心理咨询培训都是采用传统讲授的方式，缺少体验式的专业培训。讲授式培训让我们知道心理咨询工作应当做些什么，但不知道面对一个真实的来访者时该怎样具体操做。由于那时候国内的心理咨询工作开展的时间不长，能够运用体验方式进行实际临床培训的专家也不多。为了更直观有效地学习心理咨询的实际技能， 1995 年 5 月，我联系了美国东北大学的李杰教授，请她来给我们做个案咨询的现场观摩培训。由李杰教授现场为学生做个别咨询，其他老师现场观摩学习她与受访学生互动的全过程，使老师们直接学习心理咨询的技能。之后，我又思考如果能够让专家观察学员做咨询的过程，给予督导，那就更能提高我们的咨询技能。于是就想到了我校用于师范生教学技能训练的微格教室。我校教育技术系那里的教法实验室有若干个小房间，每个房间都有录像设备，总控制室可以看到每一间的活动。我感觉这正是用来进行心理咨询训练和督导的最好条件。我们在那里可以在同一时间，使用不同的房间由咨询师和来访者做咨询，然后回到大的会议室，在屏幕上放他们的咨询录像，这样可以使专家和所有的学员观察到咨询师的语言和非语言行为，请专家做实际的督导。于是，我又邀请李杰教授，给我校和全国一些部分高校心理咨询老师进行了两期的培训。由于这样的培训直观、形象，使老师们在心理咨询技能上有了很大的提高。这种实操式的培训在北京高校是第一次，在全国也不多见，受到了参加培训同行的一致好评。

首次举办全国心理咨询高级学术研讨会

1999 年，我正在北京师范大学参加香港中文大学与北京师范大学联合举办的心理咨询硕士研究生班学习。听到导师林孟平教授说她想用她申请到的一笔田家炳教育资金，举办一个心理咨询研讨会，以促进国内心理咨询水平的提高，推进心理咨询事业在国内的发展。但当时北京师范大学在承办会议上有些困难。我感觉这件事情对于当时国内刚刚开始的心理咨询事业非常有意义，于是我向校领导提出建议，由我校来承办这次会议。校领导当即接受了我这个建议，得到林孟平教授的同意后，1999 年 4 月 2 日至 4 日，我校与香港辅导专业协会、香港中文大学教育心理学系、香港中文大学香港教育研究所、北京师范大学心理系联合举办了主题为“华人社会心理辅导：迈向专业之路”的辅导心理学研讨会。

1999 年全国辅导心理学研讨会（第二排左三为作者本人，一排左五为林孟平教授，其余为香港及国内心理咨询学者、专家）

会议上林孟平教授做了“中国心理辅导迈向成长之路”的主题报告。香港和内地的代表做了心理咨询理论与方法研究及在中国发展研究的论文交流。来自香港的林孟平教授、陈宝安教授、蔡元云医生等知名专家做了完型治疗、小组辅导等多个工作坊。这一次参加会议的有来自香港、内地高校、医院和社会的心理咨询和心理治疗专业人员 300 多人。这是国内自 20 世纪 80 年代心理咨询工作开展以来，香港和内地联合召开的首次最大规模的高水平的心理咨询与治疗专业研讨会。会议的内容及组织工作受到了全体与会代表的高度肯定。这次研讨会对推动全国的心理咨询和心理治疗专业的发展起到了重要的作用。

首次把自杀危机干预培训引进高校

随着社会发展节奏加快带来的各种压力，高校每年都会发生大学生自杀事件。如何面对这种现实的存在？当时在高校普遍存在着一种尽量回避这个问题的现象。但是，如果我们不去面对，不去对学生进行积极的教育和引导，不对老师们进行自杀危机预防干预的培训，就不可能很好地预防高校大学生的自杀，维护学生们的生命安全。一次偶然的机会，我遇到了北京心理危机研究与干预中心办公室的主任张晓丽老师。在和她的聊天中，我了解到他们一直在做着自杀危机预防干预的研究和宣传教育培训工作。于是我向她提出，是否可以与他们合作，在大学里开展自杀危机预防宣传教育工作，请他们那里的专家给我们高校的老师做相关的培训，以在高校里更科学有效地预防大学生自杀。很快，我的想法得到了北京市心理危机研究与干预中心的支持。于是，2004 年 9 月 10 日，我校与北京市心理危机研究与干预中心联合举办了主题为“援救生命，重建希望”的第二届世界预防自杀日活动。这是首次在大学校园里开展预防大学生自杀的宣传教育。我们邀请该中心的执行主任、国际预防自杀协会中国代表费立鹏教授（Michael Phillips）和他团队中的其他专家，为我校从事学生工作的院系书记、班主任、辅导员及学生骨干做了自杀识别与干预的相关培训，还做了现场的自杀危机干预技能的演练。这对于在老师和学生中普及预防自杀的知识，提高大学生预防自杀的意识，维护生命安全起到了积极的作用。本次活动受到了我校师生的一致好评，也受到媒体的广泛关注。中央电视台、北京电视台、中国青年报、中国教育报、北京晚报等近 20 家媒体到现场进行了采访报道。此后，我们制订了一套全员参与的学校心理教育与危机预防干预五级机制。2004 年 12 月，北京市心理危机研究与干预中心邀请我在全国会议上介绍了我校的工作经验，引起了参会同行的强烈反响。2006 年 12 月，我校心理咨询中心的工作研究成果“高校全方位心理危机预防干预体系的构建”获得北京市党建思想政治教育优秀成果二等奖。此后，全国许多高校邀请我去介绍心理危机预防干预体系的构建。这项工作是我校心理素质教育的又一项重要创新，对全国高校开展心理危机预防干预工作产生了积极的作用。

首次被评为国家级精品课程

为了帮助大学生系统地学习心理健康知识，提高心理调节能力，1995 年，我在全校开设了大学生心理健康课程。此后，我校心理咨询中心有了自己的教师团队。我一直带领大家根据学生的需要，不断探索这门课程的特点和教学规律，使这门课程真正能够发挥提高大学生的心理素质的作用。

我们在“大学生心理健康”课程教学中，始终坚持科学性和应用性的统一，理论和实际的统一，在教学内容和教学方法上不断改革创新，形成了我校“大学生心理健康”课程的鲜明特点。

在教学内容上，创建了以应用为主的教学新体系。打破了以往以理论自身的逻辑体系构建课程内容的做法，坚持从学生的实际需要出发，针对学生经常出现的心理困惑，整合相关的心理学知识，创建了一个以实际应用为目

2006 年，我校“大学生心理健康”课程被评为国家级精品课程

的，以心理素质培养为重点，以科学的心理学理论为依据的教学新体系。

在教学方法上，我们探索了一套增强课程吸引力和感染力的教学方式和方法。例如，弹性开放的教学时空，多重互动体验式的教学手段，案例分析的教学方式，预设和生成的教学安排，现代化网络和多媒体教学方法等。

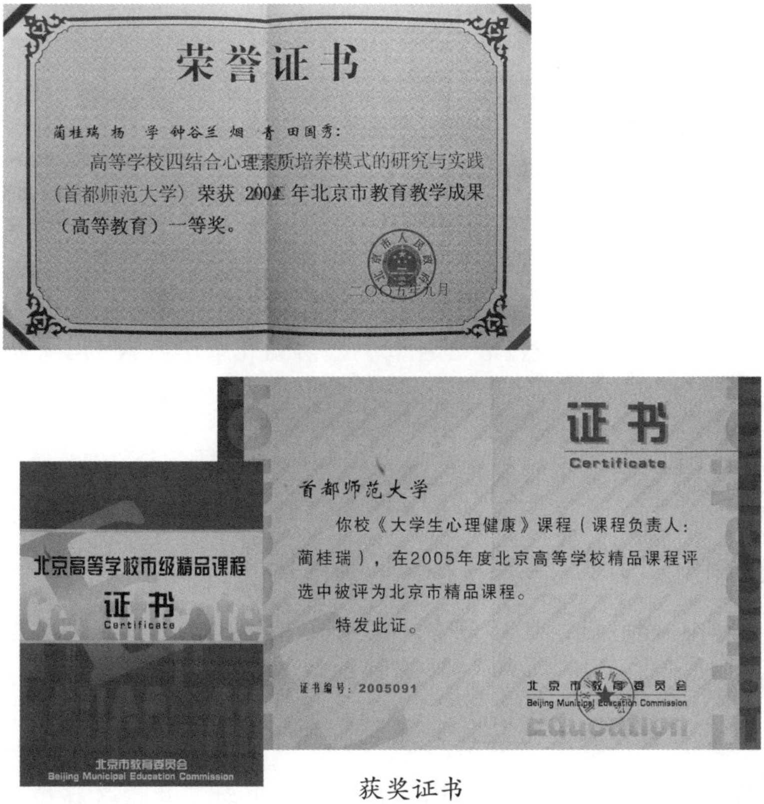

获奖证书

由于这门课程的教学内容和教学方式符合学生的需要，成为学生们最喜欢的一门课程。2005 年我校大学生心理健康课被设置为北京市大学生跨校选修课程，同年又被评为校级和北京市级精品课程。2006 年被评为国家级精品课程，这是全国高校心理健康领域中的首门国家级精品课程，也是全国唯一的一门由高校心理咨询中心开设的国家级精品课程。我认为大学生心理健康课程被评为国家级精品课程，不仅体现了我校心理健康教育课程的专业化水平，同时也是我国高校心理教育从不被重视到受重视，从不专业到专业，从创建到探索，到高水平发展的一个重要标志。2013 年，大学生心理健康课程又被评为国家级精品资源共享课程。2016 年经过教育部专家再次评审，又被正式命名为“首批国家级精品资源共享课程”。这也是全国高校心理咨询中心的首次殊荣。

除此之外， 在 2004 年我们还首次引进美国专家，给大学生开设了“心理学与生活”课程，并将其推广到北京和全国许多高校，让许多高校分享我们的专家资源。为了在全市大学生中广泛普及心理健康教育， 2007 年，我校心理咨询中心协助北京市委教工委举办了首届北京市“5·25”大学生心理健康节活动，后来，此活动成为北京市高校心理健康教育的一项名牌活动，每年举办一届，至 2018 年全市已经举办了十一届大学生心理健康节，对提高大学生心理健康水平起到了积极的作用。根据近年来大学生心理危机增多的情况，为了更科学有效地预防心理危机，2008 年我向教工委领导提出建议，对大学生自杀危机个案进行追踪研究。北京市委教工委领导采纳了我的建议，组建专家团队，首次开展了北京高校大学生自杀危机个案追踪调查研究。此项研究至今已经持续了十年，其研究成果对于北京各高校开展心理危机预防干预工作起到了重要的指导作用，维护了大学生的心理健康及生命安全。

回顾以上这些“首次”，心中充满了感激，因为这一切都源于各级领导的支持，源于团队的共同努力，同时也使自己的内心获得了一种富足感和自豪感。反思这些“首次”，再次体会到“一切为了学生”是我们最强大的内在动力。怎样让学生们成为积极乐观自信的人？怎样才能促进他们的心理健康发展？怎样的教育能更切合学生的实际？这是我们在从事心理健康教育工作中一直思考的问题。这些问题驱使着我们不断地学习、思考和探索。在创建这么多“首次”的过程中我体会到，当我们心中始终装着这个信念，就会主动寻找各种有利的机会和可用的资源。于是在客观的时机到来时，潜意识中“为了学生”的动力，理论学习的积淀，日常工作的经验，就会融合成一种创新的能力，就可以抓住机会，整合资源，开创这些“首次”。

和德国专家研讨

我和北京高教学会心理咨询研究会

2016年5月17日，我卸下了担任12年的北京高教学会心理咨询研究会副会长兼秘书长的重担。当我做完研究会的总结报告时，我看到台下的心理咨询中心主任们眼中流下了泪水，我自己也流下了眼泪。同行们的眼泪是对我的不舍，我的眼泪是感激和感动。我感激从2002年至2016年，这14年间研究会所有的成员和我并肩工作，多少个白天和夜晚我们放弃休息，一起争论、研讨，为了北京市高校心理健康教育的发展；我感激各校同行对我工作的支持，无论何时，无论分配到哪个学校承担工作，大家都毫不迟疑地接受并出色完成；我感激教工委领导对我的信任，多年来我向教工委提出的工作建议，几乎全部被采纳，这对北京市高校心理健康教育工作发挥了积极影响作用，14年来我不辜负大家的信任，尽职尽责，凝聚研究会所有成员的力量，把北京高教学会心理咨询研究会建成了北京和全国的先进学会，为北京高校心理素质教育的发展做出了积极的贡献。

细数14年我们这届研究会做的工作，我看到北京市高校心理健康教育的快速发展与变化，感到欣慰与充实；我感动自己这14年所经历的一切，让我经受了锻炼，增长了经验，提升了能力，收获了友情。

情感、责任与梦想

也许在有些人看来，研究会不过就是个社会组织，做研究会的秘书长，每年开一两次会也就可以了。可我是个重情感、有责任感、有理想的人。我觉得大家推选我当研究会的副会长、秘书长，是对我的一份尊重和信任，对别人信任的回报是负起责任，真心为大家做事。我不希望自己只把研究会的职务当作一个荣誉、一个标签、一个光环，借此来炫耀自己，甚至把它当作谋取私利的机会。我希望自己不辜负大家对自己的信任，运用研究会这个平台更多地为北京从事高校心理健康教育工作的老师服务，推动北京高校心理健康教育的发展。

我做心理咨询研究会工作，从始至终，一直怀有一份对高校心理老师们深厚的情感和一份深深的爱。这可能是因为我自己也是他们之中的一员，我能深切理解他们的感受与困难，也能理解他们的付出与爱心。

我自己在从事高校心理健康教育 20 多年的历程中，深深体会到在学校里一个人从开创到探索，到发展中的艰难与孤独。当我担任北京高校心理咨询研究会秘书长时，许多高校的心理咨询老师也还在经历着我曾经的那个艰难历程，他们很需要相互支持。所以我决定把研究会建设成为一个北京高校心理健康教育老师成长的平台，把各校的心理咨询老师组织起来，形成一个大的团队，相互交流，相互支持，共享资源，协同发展，使他们能够在我们全市同行的队伍中，感觉到大家庭的温暖，同时也能集中集体智慧，形成合力，共同推进全市高校心理健康教育的发展。

此外，我一直有个梦想，在北京培养出一支高校心理健康教育的专家队伍。

对于心理咨询专家，人们总会想到医院的精神科医生和心理学专业的教学科研老师，在心理咨询中心从事心理健康教育及心理咨询实务的老师往往容易被边缘化，甚至这个群体中的某些人也不认同自己的职业，对自己的职业缺乏自信。而我认为，在我国心理健康教育发展的初期，由于专业人才的缺乏，高校心理咨询的专家队伍确实主要就是医院的精神科医生和心理学专业的教学科研老师。但是我国心理健康教育已经发展了近 30 年，随着这项工作发展的深入，分工也更加明确和细化。例如，医院精神科专家的主要任务是精神障碍和精神疾病的诊断治疗；心理学教学科研专家的主要任务是通过学科教学培养心理咨询的专业化人才；而心理咨询中心老师的工作是直接为学生提供心理教育和咨询服务。在心理健康教育发展的初期，高校心理咨询中心专职老师很少，主要都是兼职老师，而这些年来，一批批高校临床心理咨询专业毕业的硕士研究生、博士研究生，加入了高校心理咨询中心的专职老师队伍。把他们培养成心理健康教育实务工作的专家，这不仅是当前高校心理健康教育发展的需要，也是青年老师自身成长的需要。我希望自己为此做出努力。

耕耘与收获

怀揣着爱与希望，我和北京高教学会心理咨询研究会的委员们在北京市委教工委的领导下，当好政府主管部门的参谋和助手，搭建政府与高校心理素质教育中心沟通的平台，心理素质教育老师专业成长的平台。

我带领专家团队连续十年对北京大学生心理素质状况进行滚动调查，对北京高校大学生自杀个案进行追踪调查，为北京市委教工委加强高校心理素质教育，预防心理危机工作，制定相关政策提供了实证研究依据。我们协助北京市委教工委制定了《北京高校心理素质教育教学大纲》《北京高校心理咨询大纲》《北京高校心理预防与危机干预工作手册》《北京高校学生心理素质教育工作建设与评估标准》和《北京市委教育工委关于进一步加强高校心理素质教育的若干意见》[京（教工）19 号] 等文件，指导了全市心理健康教育的创新发展。

为了落实这些文件在高校的实施，我们研究会协助北京市委教工委，对55所高校的心理素质教育进行了连续7年的评估与督导。评估与督导工作推动了北京高校心理素质教育的规范化建设，实现了北京高校心理素质教育的历史性跨越式发展。经过评估与督导，许多高校加强了对心理素质教育的重视，扩大了心理咨询中心的面积，增加了专项工作经费，增加了专职老师的编制。使全市高校的专职老师数量从评估与督导前（2007年前）的95人增加到了163人，增加了71.6%。督导与评估工作也使高校的心理素质教育得到了更广泛的普及，以各校开设必修课的情况为例，督导与评估前，全市开设必修课的学校仅有5所，而在督导与评估之后开设必修课程的学校已达39所，增加了680%。

2012年12月完形疗法培训

14年来我邀请了47位国际著名心理治疗专家为老师进行专业培训。培训内容有认知行为治疗、萨提亚模式心理治疗、完形心理治疗、沟通分析心理治疗、本体治疗、欧文·亚隆团体治疗、叙事心理治疗、催眠治疗、简要综合疗法、心理危机预防干预等。从2004年至2015年，共为心理咨询老师举办专业培训92期，培训的老师达5 281人。这些培训扩展了心理咨询老师的专业视野，提高了大家的专业技能。

专业的心理咨询督导，是协助咨询老师提升心理咨询技能，保证咨询效果的一项专业工作。由于大多数高校咨询老师数量少，加上专业的督导师缺乏，各校自己很难开展心理咨询督导。为解决这一问题，我们在清华大学、北京师范大学、首都师范大学设立了三个督导点，整合全市的专家资源，为专职心理咨询老师提供心理咨询的专业督导。我在任期间共为老师组织了 73 次督导，接受督导的老师 1 934 人，有效地提高了老师们的专业技能。

为了让老师们上好心理健康课程，提高教学技能，在北京市委教工委的领导下，我带领研究会的专家们组织编写了北京市高校精品教材，组织全市心理健康教育老师的示范教学、教学研讨、技能大赛和课程培训，努力推进大学生心理健康课程的建设。

我们每年都会协助北京市委教工委制定北京高校心理素质教育老师的科研课题指南，组织老师申报北京高教学会科研课题，并完成近年来北京高校心理素质教育老师的科研课题成果论著《北京高校心理素质教育的理论和实践》，提高了高校心理素质教育的研究水平。我们还多次举办了高层次的国际学术研讨大会，组织高校咨询中心主任赴国外进行学术交流。

此外，我们研究会自 2007 年开始，在教工委的领导下，整合全市各高校资源，举办了 8 届“5 · 25”首都大学生心理健康节。历时 2 个月，每年首都 60 余所高校近 20 万大学生参与活动，深入普及了心理健康教育。我们也协助教工委完成了 35 期的北京高校辅导员心理培训，提升了辅导员心理辅导的技能。

……

14 年，我看到北京市高校心理素质教育的蓬勃发展，看到年轻老师的茁壮成长，内心充满了付出后收获的喜悦。

心与心的陪伴

14 年来与各校心理咨询老师在工作中的相处，在危机干预工作中的并肩作战，让我和他们建立了深厚的情感。不记得有多少个夜晚，电话那端传来他们遇到学生自杀危机向我求助的声音。我听到了他们的紧张、焦虑和无助，无论我当时正在做什么，都会放下，安抚他们的不安，我也会尽快赶到他们的学校，协助他们处理紧急的事件。不记得有多少位同行伙伴邀我一起谈话聊天，甚至有人会在凌晨6点打来电话，向我诉说他们与领导沟通的困难，工作中的压力，个人发展中的困惑，家庭生活中的烦恼，无论我个人的工作有多忙，都会去耐心地倾听和陪伴。不记得在多少次的培训课上，我为他们请来授课的专家，和他们一起听课，一起讨论，一起争辩。我体验过与他们同样的孤独，也经历过与他们同样的艰难，我愿用自己的爱温暖他们，也愿用自己的爱给他们以力量。14年来，我在与他们共同为学生心理健康发展努力的过程中，也时时被他们对学生真挚的情感，对事业的高度责任感，被他们专业的思考与能力感动着、滋养着。我也得到了他们的信任与关爱。忘不了，一位年轻老师结婚，邀请我出席他的婚礼，并且担任他的主婚人。当时我正出差在外，但他不放弃对我的邀请，几次打电话诚恳地要我一定答应他的请求，当我终于协调了时间，告诉他我已买好返京机票，能准时出席他的婚礼时，他告诉我他流下了眼泪。忘不了，一位家在外地的女老师得知自己怀孕时，第一时间给我发来微信，微信中说："此刻，我想到了妈妈，想到了您……"忘不了，许多年轻女老师生了宝宝，第一时间就给我发来照片，报告喜讯。忘不了，那几位中年老师，在他们人生进入中年，过40岁生日那天给我打来电话，感激我陪伴他们从刚毕业入职的稚嫩到成熟的生命历程，他们把我当成了人生成长中重要的人……每次感受到这些，我心中都充满了幸福。

谁说付出只是奉献？我说，付出时，自己也获得了经历与成长，给他人带来快乐的同时，自己也获得了幸福。感恩我在研究会工作的14年。

我和领导们的相处

谈到领导，许多人会恐惧，会对他们敬而远之，认为与他们不好相处。而我在几十年的工作中，却遇到了许多好领导，他们不但在我工作中给予了许多支持，而且在我个人成长方面也给予了许多帮助。我感觉人们常常惧怕领导，是因为把领导这个工作中扮演的角色当成了他这个人。的确，在任何工作单位，由于工作的分工不同，总会有领导与被领导之分，在执行工作上，下级就要听从上级的安排。但这种分工，只是工作的角色不同，并不意味着人与人之间关系的不平等。从总体来说，作为下级，你只要摆正关系，认真做好工作，就会得到上级领导的信任与支持。当然，也不排除个别领导干部存在着不正之风，他们自视甚高，任人唯亲，喜欢讨好他们的人，但这毕竟是领导干部中的极少数，我们不应因为这些人影响了我们与领导干部们的相处。在我个人成长的经历中，我遇到的大多数领导都是作风正派、平等待人的，我在不同的成长阶段都得到过他们的帮助和支持，我内心很感激他们。

他奠定了我的职业品格

周庆魁老师是我在密云冯家峪公社文教组工作时的领导。当年他任公社文教组的组长，主管全公社中小学的教育工作。我原来不是他们那里的老师，因县里调整公社布局，我原来所在的公社被撤销，我所在的学校划归为冯家峪公社，我就成为周庆魁老师领导下的一名老师。周老师没有因为我是后调来的老师就轻视我。当他发现我在教学和管理上有一些能力的时候，他就把我调到公社文教组，和他一起负责全公社的中小学教育。

周老师有胃病，身体很瘦弱。但在工作上，他严格要求自己，凡事身体力行，对工作兢兢业业，认真负责。同样他也严格要求我，培养我。

有一件小事，虽然过去多年，但我记忆犹深。20 世纪 70 年代时，我们公社的 30 余所中小学都分布在山里的各条山沟里，学校条件十分艰苦，没有外来人住宿的条件。我们通常要自己背着行李，爬山涉水到各个学校去指导工作。我慢慢地跟各学校的女老师熟了以后，那些女老师很关心我，让我再去时跟她们睡在一起，不用再背行李了。我也觉得背行李很辛苦，所以我再去各校时就不背行李了。这个情况被周老师发现后，他狠狠地批评了我一顿。我当时不服气，狡辩说我跟各校的女老师很熟，是她们主动提出让我和她们睡在一起的。但是周老师说："我知道老师们很关心你，但是，我们到基层学校要为老师们着想，尽量不要给她们增添麻烦，这也体现我们的艰苦奋斗作风。"我接受了他的批评，从此，每次去基层学校指导工作，我都会自己背着行李，虽然走数十里山路很艰苦，但却培养了我朴实的工作作风，磨炼了我的意志品质。

周老师很关心我的职业成长和发展。每一次的工作研讨，每一次到学校去和老师们进行教学研究，他都用心带领我、指导我，帮助我在业务能力上更快提升，我从他那儿学到了很多经验。他也非常信任我，他会把一些重要的工作交给我做，让我在工作中经受锻炼，不断成熟。在他的培养下，我的工作能力不断得到提升，发展也很顺利。1973 年，我被提拔为县教育局的党委副书记，这与他对我的培养和锻炼是分不开的。周庆魁老师是我刚参加工作不久就遇到的一位好领导，他为我个人成长和职业发展奠定了坚实的基础。

他让我看到了刚正不阿

巩云老师是我在县文教局工作期间对我影响最大的一位老领导。我刚调任县文教局时很年轻，没有经验。局里有个别同事嫉妒我，看不起我，所以那时我在心理和工作上都有很大的压力。巩云老师当时 50 多岁，从事教育领导工作多年，有丰富的工作经验，工作能力很强。他无论在文教局机关内部，还是在各基层学校，都有很高的威信。但他并没有和其他人一样，而是非常关心我，耐心地帮助我、支持我、带领我、培养我。

最让我敬佩的是他的品格。他做人非常正直，坚持原则。曾经有一个时期，巩云老师亲自带领教育科的同志到基层学校去做调查研究和督导工作。每到一个学校就到课堂听老师的课，和老师、学生座谈。对于一些学校好的经验就及时表扬，对于一些作风浮躁、问题较多的学校，对这些学校的领导当面提出严肃批评。为此，个别学校领导对他有意见，甚至到县委领导那里说他的坏话，但巩云老师毫不畏惧，他说："就是上级领导把我的职务撤了，我也要坚持原则，因为学校是为百姓办的，就得办好百姓的学校，不正之风该批就得批，该纠正就得纠正，否则对不起百姓。”

他为人谦虚和善，但面对不良之风，他不惧权威，一身正气。记得有一次，县委的一位领导利用职权，干预学校对他亲戚家孩子的违纪退学处理。巩老师坚决支持学校的公平处理，抵制了那位领导的不当干预。巩云老师刚直不阿的品格，严谨认真的工作态度给我树立了榜样。我非常敬重他。很遗憾，他刚退休后不久就去世了。听到他去世的消息后，我很悲痛，我赶到了密云，参加了他的追悼会，与他做最后的告别，我一直都很怀念他。

她为我“雪中送炭”

贾希贤老师是我在北京师范学院分院的领导。她是一名老干部，无论在个人修养，还是在工作能力上都是我的榜样。但她为人谦和，从不张扬。

当年我调入北京师范学院分院时，她是我的办公室主任。那个时期是我个人家庭生活最困难的时期。爱人在远郊区工作，我自己带着两个年幼的孩子。儿子刚满 5 岁，女儿刚出生不久，并且体弱多病，父母身体也不好，时常需要我陪着去看病。当时我的生活处于焦头烂额之中。贾老师在我人生最困难的时候给了我许多关心和支持。记得有一次我女儿夜里发高烧至 43 度，天不亮我就独自一人抱着女儿去了医院。到医院后医生诊断为急性肺炎，需要马上交费住院治疗，可我因早上走得太急，身上没有带钱，而孩子急等住院。在紧急之下我给学校打电话求助，可因为时间太早，学校老师们还没上班。无奈之中，我给传达室的师傅打了个电话，请他在上班后转达给我办公室的老师，请他们帮忙先给我送来孩子的住院费。过了大约不到两个小时，贾老师亲自赶到了医院，帮助我交了费，办完住院手续，让孩子顺利地住进了医院。我感动的眼泪止不住地往下流。之后，她又多次来看望孩子。她一直无微不至的关心，帮助我度过了人生最艰难的时刻。贾老师不但生活上关心我，在个人发展上也一直支持我。她积极推荐我上大学深造，为我争取每一次的学习机会。在她的关怀与培养下，我慢慢地成长了起来。她为我取得的每一个学习、工作上的成就感到高兴。退休后她不幸得了帕金森病，但她一直与疾病做着顽强的抗争。我每次去她家看望，她不是在练习画画，就是在抄写古典诗词，她用这种方式增强自己的生命力，抵御着疾病对生命的威胁。我很敬佩她顽强的意志品质。很遗憾 2017 年她去世了，可我却没见到她最后一面，我有些愧疚和自责，但贾老师的爱，她的品格永远留在了我的心中。我永远感恩她！

他扶我走上心理咨询之路

我走上心理咨询这条道路，要感恩一位校领导——首都师范大学的原党委副书记李因老师。20 世纪 90 年代初，当许多人还不了解心理咨询，也不重视心理健康教育的时候，他支持我创办了我校的心理咨询中心。初建咨询中心时，没有师资队伍，没有工作地点。他都尽力帮我协调解决。记得心理咨询中心成立后召开的第一次会议，他到场支持我，并为心理咨询中心确立了心理咨询面向全体学生的工作方向。以后心理咨询中心每一次开会，只要他有时间都会到场给予支持。在那个心理咨询还不太为人所知的年代，李因老师作为校领导就对高校的心理健康教育，对心理咨询有了这样的先见之明，能够给予我那样大的支持，令我很感动。我看到了他内心深处对学生成长发展的深切关爱，也感受到了他对我的关怀。

由于国内高校心理咨询工作刚刚起步，缺少实际的经验，我个人又是从学生工作转到心理工作上来的，无论在专业的理论技能上，还是在实务工作经验上，我都很欠缺。为了让我开阔视野，在专业上更快地提升，他创造机会让我参加一些国际交流会议，让我与国外专家建立联系，进行学术交流。2000 年，他又为我争取了第一次去美国东北大学进行学术交流访问的机会，打开了我的国际视野，之后我与很多国家的心理学专家进行了国际交流合作，使我校的心理健康教育始终走在全国高校的前列，这与李因书记最早的引领是分不开的。

他让全校都知道了心理健康教育

现任北京市副市长的张建东同志，曾经任首都师范大学的党委副书记。他当时主管学生工作。张建东书记对我在心理健康教育上的职业发展也起到了关键的作用。当时学校内许多人不重视，也不了解我们心理咨询中心的工作。虽然如此，我们心理咨询中心的老师们仍然默默地为学生做着奉献。由于心理咨询的保密规定，我们为学生解除多少困惑，挽救了多少面临危机的学生，无人知晓；我们毫无怨言地为学生加班加点，从不计较个人得失地工作也无人所知。但是，我们内心都渴望学校里有更多的领导和老师了解我们的工作，了解心理健康教育，和我们一起关爱大学生的心理成长。恰恰在这个时候，张建东书记抓住一次重要的机会，让我在全校的一次重要会议上介绍心理咨询中心的工作，发动全校领导干部和教师重视心理健康教育。那是一次有全体领导干部、学科带头人、研究生导师参加的重要大会，会议共安排 7 个典型代表发言。在会上，当我结合对大学生心理健康状况的调查研究，讲到大学生心理健康教育的重要性时，讲到我们心理咨询中心老师们为学生所做的种种付出时，参会的许多人都流下了感动的眼泪。从那之后，学校的各级领导、教师开始重视学生的心理健康教育工作。那次会议对于我校心理健康教育的发展起到了关键的作用。张建东书记平易近人，和我们从事学生工作的老师一起研讨工作，一起唱歌，一起欢笑，还请我们到他家里去聚会，他像是我们大家的朋友。

他在关键时刻勇敢承担

接任张建东书记工作的是赵会民副书记。他在我校心理健康教育及我个人专业发展中起到了重要的作用。记得 1999 年由我提议，我校和香港中文大学的林孟平教授合作召开一次心理咨询学术研讨会。那是一次国内各领域心理咨询专家共同参加的一次学术大会。如此规模的心理咨询会议，当时是空前的。但是在准备会议中却遇到了很大的困难。由于某种特殊原因，临近开会时，接到上级部门指示，不能举办这次会议。可那时会议都已基本准备就绪，会议通知已经发了出去。怎么办？我立即给正在北京大学开会的赵会民副书记打了电话汇报此事。赵书记接到我的电话后立即骑着自行车往回赶。心急之下，他被迎面驶来的公交车撞倒在地，差一点出了车祸。当他赶到学校时，我看到他的裤子都被公交车剐破了一个大口子。他听完我的汇报后，冷静并坚定地对我说："我马上去找校长请示，无论如何也要按时召开这次大会，即使摘了我这个书记的帽子，也要办好这次会议！"我被他的话深深地感动了。后来，大会做了一些变通后按时召开了。这次会议的成功召开，对全国心理咨询工作的开展起到了重要的作用。赵会民副书记的这种不畏风险，不顾个人得失，敢于承担责任的精神让我很敬佩。他在任期间也给了我和心理咨询中心许多支持，使我校心理健康教育持续得到重视和发展。

她是领导，也是朋友

陈宁是我最年轻的领导，是当时首都师范大学的党委副书记。她思维敏捷，工作热情高，事业心很强。由于她曾经做过学院主管学生工作的副书记，也曾在学生处工作过，因此她很了解学生，关心学生，非常重视心理健康教育工作。跟她在一起工作时，她只要有时间就会参加心理咨询中心的会议，与我们一起分析学生的心理健康状况，研究学校的心理健康教育方案。她很开放，善于听取老师们的建议和意见。我经常参加国内外的一些心理健康教育的学术会议，对国内外心理健康教育专业发展的信息了解较多，常常会结合我校的实际，产生一些工作上的思考。每当有了这些想法时我就去和她讨论。她会认真倾听我的想法，然后站在校领导的角度，对我的想法进行完善和补充，形成一个更加完善的思路和一个切实可行的工作方案。接下来她会利用资源为我们搭建平台，协助我们把工作做好。有的时候，她有一些思考，也会约我一起进行商讨，形成我校心理健康教育的新思路。她做事有魄力，敢于承担责任，只要看准了的，无论遇到什么困难，她都坚定地支持我们。

2006 年，我们的“大学生心理健康”课程被评为国家级精品课程后，为了开阔我们的国际视野，使我校心理健康教育更进一步创新发展，她支持我们专兼职心理咨询教师去国外进行培训。9 名教师，21 天的培训，所需经费在我校各单位都是很少见的。在具体操作过程中遇到了许多的阻力和困难。但无论遇到什么情况，她都设法帮助我们解决。最终达成了我们专兼职心理咨询教师赴德国海德堡大学培训的愿望。所有的老师都非常感激陈宁副书记对大家的关心和支持。这次培训也成为全国高校在培训心理咨询教师工作上绝无仅有的举措，对我们的专业发展起到很大的作用。

陈宁副书记虽然是校领导，但是和我们一起工作时，更像是我们的好朋友。回想起在她的办公室我们一起交流信息，一起思考，一起探索，一起磋商我校的心理健康教育，一起撰写学校的工作报告，有时甚至工作到深夜。我们在工作中建立了友情，友情又让我们更好地合作开展工作。我们在一起推进了首都师范大学心理健康的发展。和她在一起工作感到很愉快，也很有成就感。

在我职业发展的道路上，我遇到过许多领导，我自己也担任过领导角色，我深深体会到，当我们接纳自己，更加自信时，就不会把领导角色固化，就可以透过角色与人相遇，就会让自己有许多学习机会，不断丰富自己和扩展自己。

5

思考，走近真实的自己

感恩我对哲学和心理学专业知识的学习，养成了我爱思考的习惯。当我对生活多了一些思考时，我就对自己多了一些清醒，就越加知道我自己是谁，我要什么，我就可以更加自觉地活出我的人生，也会因之带给我的学生，带给我的来访者生命的成长。

关于“我是谁”的思考

在教学和咨询实践中，我越来越多地思考“自我”和“角色”的问题，也就是“我是谁”的问题。因为我发现这是一个涉及我们平时如何与人相处和咨询时无条件尊重每一个来访者的问题。我也没有完全想清楚这个问题，但我对此有所感悟。

记得 1973 年，我在密云县被提拔为县文教局党委副书记时，我反复问了自己一个问题：我是全县教师中最优秀的吗？我是同时分配到这个县里的北京 200 多名青年教师中最优秀的吗？我是这众多人中唯一最适合这个职务的吗？实事求是地说，我是比较优秀的。但是，我绝对不是全县教师中最优秀、最适合这个职务的。因为许多老教师无论从个人素质，还是工作经验或能力上，都要比我强得多。就是在我们同来北京的 200 多名青年教师中，我也不是最优秀的。我之所以有了这个被提拔的机会，我认为除了个人条件外，机遇是很重要的。比如，要提拔年轻的女干部。另外，我也问自己：今天担任此职务的你，比昨天做老师的你，是否在素质和能力上有了一个质的飞跃呢？答案是没有，我还是我。认识到这一点之后，我更清醒了。当我走上这个岗位后，我尊重每一位同志，虚心地向每一位老同志和年轻同志学习，诚恳地与他们相处。在工作分工上我担任自己的角色，在工作之外我和大家是平等的朋友。在担任领导这个角色时，我变成熟了，与此同时我也结识了许多真诚的朋友。

1979年，我调回北京工作。记得我到师范学院分院上班之前，我主动找到学校的党委书记，请求领导不要因为我在县里有领导职务而考虑再给我安排相应的职位。因为对于高等教育我不熟悉，我愿从头做起。于是，领导满足了我的要求。那时，我又问自己：今天不再担任领导的你，是否素质和能力就比昨天低了许多？答案是没有。我仍然还是原来的那个我。在新的环境中，我努力学习，适应高校的工作。于是我又从普通老师提拔为副处长、处长。

1994年，我原来所在的师院分院与师范学院合并，由于客观原因，我选择了转向心理咨询专业，我就不再担任任何实质性职务。开始也有些不适应。我再一次地问自己：职务的降低是否意味着个人素质和能力的降低，个人价值的贬低？答案仍然是没有。我还是我自己。在自我的思考中我渐渐地认识到了，别人怎样评价你并不那么重要，重要的是你自己究竟是一个什么样的人，你能做些什么。于是我又义无反顾地投入了当时还不被人们看好的心理咨询行业。如今我已经成了行业中受到大家尊重的专家。但我仍然觉得我还是原来的那个我，我需要时时不断地学习理论知识，向周围的同志学习。

经历了人生种种角色的变化，我深深地体会到了，我们每个人在人生的这些变化中，怎么样认识自我和角色是非常重要的，否则就会迷失了自我，活不出自我的真实价值。

实际上，我们每个人从出生的那天起，都不是抽离了角色的单纯的一个“人”。我们生活在社会关系之中，从一出生就具有了各种角色，在扮演各种角色当中，拥有了“角色”意识。在家庭中，作为“儿子”“女儿”“姐姐”“哥哥”“弟弟”“妹妹”“爸爸”“妈妈”存在；在社会的各种文化形式和职业形式中，作为“小学生”“中学生”“大学生”“硕士”“博士”存在；作为“讲师”“教授”“专家”“领导”“下级”存在。这些角色规定了我们在生活中应当履行的责任、义务，规范了我们与角色期待相适应的言语和行为。我们在社会生活中，应当了解自己的角色期待，学习适应并胜任生活赋予的各种角色，使自己逐渐成熟，适应社会。这一过程是一个个体完成自己社会化的过程。也是形成自己的社会人格的过程。

然而，我们每个人的“人格”并不等同于自己的角色。抛开角色，我们都是普通的人，我们都有普通人的追求，普通人的情感，我们都有同等的作为人的价值。人在角色中不断地完成自我的反省与提升，在角色中实现自我的价值。人的成熟、自我意识的形成实际上是人格意识与角色意识的统一过程。但是，在现实生活中，许多人常常把自我与角色等同起来，他们把自我等同了角色，把面具当作了本质。于是，因为拥有某种优越的角色、某种头衔、某种职务就自视高人一等。他们需要别人永远地尊敬，而另一些人则因为自己不曾拥有这些光环就自视低微，自怜自卑，需要时时借助别人的阳光来照耀自己。由于人们不能正确看待角色和自我，做人处事时就失去了许多真诚，他们活得越来越不像自己，活得很累。当他们用角色代替了自我时，他们就与自我疏离，他们与自我的异化就发生了。

面对人生中常常遇到的角色和自我的矛盾，我想到了法国人文主义思想家蒙田的一段话：“需要好好扮演自己的角色，但是也不能忘记这完全是分派给我们的角色。不能把面具和外貌变成本质，不能把别人的东西变成自己的东西……当你在脸上涂粉的时候，你只要不同时往心上涂粉就是了。”

经历过人生的风风雨雨，我有过无数次的喜悦和痛苦。在这些喜悦和痛苦的体验中，我越来越清醒地认识到，我与所有的人一样都是普通的平常的人，只不过由于某种偶然的特殊的条件，使我成为现在的不同于别人的我。倘若我没有成长在北京，我没有读书的机会，没有某种机遇，我不会成为今天的我；同样，倘若我拥有了另外的一些条件和机会，我也不能成为今天的我。人和人之间实在是没有太多的差别。各自生活的境遇和条件，各种生活的偶然，造就了今天的你、我、他。因此我相信人与人原本是平等的，我应当尊重自己的独特价值，尊重别人的独特价值。

在人生的思考中，我能够逐步地区分出，什么是“我”，什么是我的角色。我希望胜任生活中的各种角色，“母亲”“妻子”“朋友”“教师”“领导”，因为那是我的一份责任，但我更懂得角色中的我是一个独立的个人，我有自己独立的追求、独立的情感与价值。我懂得角色后面的我与别人完全相同，因此我与丈夫、儿女、同学、朋友、学生、同事是平等的朋友关系。于是我越来越感受到家庭的和谐，师生的和谐，同事的和谐，生命的和谐。

当越来越清晰地了解“我是谁”后，我体会到了拥有一种独立的人格的自由与快乐。任何时候对人对己不卑不亢，尊重别人，尊重自己。

漫漫人生路上，我们每个人都会有过许多的迷茫和困惑，我们都在寻觅与探索。我们为什么而迷茫，为什么而困惑？我们在寻觅什么？我们在探索什么？我发现虽然每个人所经历的生活具体事件可能不同，但是抛开那些具体的事件，我们会看到，实际上我们时时都在做着自我的追寻：我是谁？我有什么价值？生活究竟是为了什么？认识自我实在是一件不容易的事情，也许有的人一生也搞不清楚自己是谁。他们有的活在某一个面具之中，不能享受做一个真实自己；他们有的总是活在别人的眼中，太在意他人的评价，他们缺少对自己内在的自信。我非常欣赏弗洛姆的这段话："生命的目的是真实地活过。然而，悲剧是许多人从未真正地活过便离开这世界。生命是每一刻都真实地活着……任何人若不真实地活着，死亡立刻随之而至……答案在于发挥自我觉醒的能力、理性及爱心，以至超越自我困限，达至新的和谐并与世界合一。"

所幸的是我所学的心理学专业，让我学会了不断反省自我，认识自我，在这一次次的反省中，使自己对自己有了一些比较清醒的认识，不再过多地陷入一些外在的困扰，省下精力做自己所喜欢做的事。因此活得越来越充实，越快乐，越有价值。

在我不断地追问"我是谁"时，我觉得真实的自我与心理咨询中专业的自我越来越自然地合一了。当我能够体验到角色与个人，面具与自我的冲突与痛苦时，当我能够体验到走出角色的束缚，摘下面具的自由后，我就更能够从内心尊重和理解每一位来访者了，咨询的效果也就提高了。

认识自我是一辈子的事。作为一名教师，一名咨询员，我时时提醒自己，做一个真实的自我，不断提升自己生命的价值。

我的一首小诗

（一次课堂练习，随手写下的几句小诗。）

我是一朵温柔纯净美丽的花
我想知道我的情感为什么那样多彩
我听见露珠轻轻敲打花瓣的声音
我看见蜜蜂在花丛中默默地劳作
默默地奉献
我真实和谐
我是一朵温柔纯净美丽的花
我不愿看到蝴蝶们为显示外表而争抢着舞动翅膀
我感到舒展与快乐
我触摸那嫩绿的小草
我担心嫩绿会变得枯黄
我哭泣我心爱的绿树小草离我而去
我是一朵温柔纯净美丽的花
我理解爱是生命的源泉
我说有爱就有成长
我梦想世界上永远是春光明媚
我尝试去做想而没有做过的事
我希望我和绿树小草一起成长
我是一朵温柔纯净美丽的花。

读书与学习

我喜欢读书，对学习有很大的热情，也很享受读书和学习的过程。书在我的生命中，给了我知识、温暖和力量，书是我生活和工作中的重要组成部分，是我最重要的伙伴，我跟书亲密不可分。我曾经对爱人说过，等我老得动不了的时候，我没有别的特殊需要，只要你们给我买书，我有书看就满足了。

儿时种下爱读书的种子

我很感谢我的小学班主任李玉珍老师。李老师从我们小学三年级一直教到我们六年级毕业。这几年当中，她非常注重我们读书兴趣和阅读能力的培养。记得李老师刚当我们的班主任，就为我们班建立了“读书角”，让同学把家里的书拿来大家交换着阅读，她还经常用自己的钱给我们买书和杂志。最让我难忘的是，她会利用每天早上上课之前的晨检时间（那时候学校每天在上课之前有一个大约半个小时的晨检时间，用于老师检查学生的个人卫生，以及学习用品是否带齐，作业完成情况，或讲一些当天对学生的要求）组织我们阅读。每天请一个同学朗读，每天一段，从儿童故事到长篇小说，随着年级的升高，阅读的深度也在增加。那个年代流行的小说，像《林海雪原》《烈火金钢》《青春之歌》等，我们都是这样读过的。是李老师在儿时培养了我读书的兴趣和习惯，给我种下了爱读书的种子。

我也很感谢我的妈妈。我的父母因为幼年家境贫寒，没有读书的机会，爸爸只读了两三年的小学，妈妈没有上过一天学。我小的时候妈妈没有工作，爸爸收入少，家里生活也很困难，常常连每天买菜的钱都没有。但是，每当我跟妈妈要钱订《少年报》和《中国少年》杂志时，妈妈都会毫不犹豫地给我钱，支持我读书。

小时候我也懂得家里的困难，想要看书，但也会尽量给家里节省钱。例如，我会省下看电影的钱去买书。小的时候，去影院看电影对于我来说是一件连想也不敢想的事。能看露天电影，就已经很享受了。记得那时晚上在小学操场放映的露天电影，每一场 5 分钱。尽管我很想看电影，但心里会把看电影和租小人书的价钱做个比较，看怎样更划算。看一场电影要花 5 分钱，而且只看到一个故事；如果要到胡同口的小人书摊租小人书看，租一本小人书只需要花一分钱；如果我把看一场电影的钱省下来租小人书，那我就可以看 5 个故事。于是我就忍痛割爱，放弃了看电影，去租小人书。那些小人书引发了我许多的好奇，给我的童年带来了许多乐趣。

书陪伴我度过人生孤独的时刻

1968 年，我被分配到了北京深山区密云的一所小学工作。从北京到山区，生活工作条件很艰苦。离家很远，半年才能回一次家；冬天没有菜吃，没有煤取暖；晚上没有电灯，只能点小煤油灯备课、批改作业……很多方面都不适应。我到了一个人生艰难孤独的时刻。因为回不了家，周日就整天看书，看了许多历史书，也看了许多中外名著。当我埋头读书的时候，感觉生活很充实，也忘记了想家，忘记了孤独。

2013 年，我两次发生骨折，最严重的那次是胸椎、腰椎骨折。躺在床上一动也动不了。那个时候曾经产生过恐惧，担心自己会瘫痪，这一辈子会永远站不起来了。于是书又陪伴了我。我躺在床上把以前买了，但一直还没来得及看的许多心理学的专业书籍，以及一些文学书籍都看完了。当我沉浸在书里的时候，感觉很充实，很快乐，忘记了疼痛。

现代社会由于生活节奏快，人们普遍感到压力大，心情浮躁，有时让我感到外部环境嘈杂，但是当我拿起书来时，心就立即沉静了下来，内心感到很纯净。我感觉看书也上瘾，因为它不断刺激着我的好奇心，扩展着我的世界。比如，我原本是带着一个不懂的问题到一本书中去寻找答案，但这个问题大概弄懂了，又发现了我未知的新问题，于是又去看书探求。就这样，我发现自己未知的太多了，于是就被未知吸引着，不断去看、去探求、去思考……书总能带给我很多新奇的感觉，带给我一个丰富宽阔的新世界，让我的思维变得不再那么狭窄，让我在浮躁的外部环境中保持着一份清醒，不陷入这琐碎的现实生活当中。

笨与不笨的读书法

我读书学习有时很认真，我称其因为“笨”；有时也比较巧，甚至比起年轻人来说也不“笨”。

“笨”，是说对于有些重要的专业著作，我要反复读，反复记，反复理解。例如，欧文·亚隆的《团体治疗的理论与实践》这本书，我已经记不清读了多少遍了。从我 1995 年学习团体治疗就开始读，一直读到现在。特别是我 2008 年至 2010 年参加欧文·亚隆团体培训期间，读的次数更多。我参加的那期欧文·亚隆的团体培训，是亚隆中美学院举办的第一期培训，由欧文·亚隆指定的两位优秀教师——朱瑟琳和莫林来负责教学。那期培训是一个精品班，一共只招收 8 名团体咨询师，另外 8 名学员是我们的实验小组成员。我是那 8 名团体咨询师之一。我非常珍惜这一次学习机会。那一次要接受 3 期共 15 天的亚隆团体治疗理论的培训，然后自己带领一个治疗团体，对于自己带领的团体，要接受授课教师的 12 次督导，然后通过笔试和面试后，最终获得欧文·亚隆认证的国际团体治疗师资格证书。为了使听课更有效率，我每次在去听课之前，都要认真阅读欧文·亚隆的《团体治疗的理论与实践》这本书的相关部分。听完课之后，我结合老师的讲课内容再去看书，加深对课程内容的理解。在接受理论课程培训之后，我和同

2008 年 10 月参加欧文·亚隆团体治疗培训

2007 年，参加舞动治疗培训

伴做了一个 20 次的抑郁症患者的团体治疗。为了使自己对带领抑郁症小组团体治疗的全过程有更多的学习，我向朱瑟琳老师提出让她做我们治疗全过程的督导。老师被我认真的学习态度感动了，欣然答应了我的请求，为我们每一次的团体治疗过程做督导。团体治疗结束后，我会根据团体内成员发生的变化，团体的动力，带着这些问题再去看书，思考我哪些地方做得是好的，哪些地方还存有问题，下一次再做时我会如何进一步完善。在每一次接受老师督导之前和督导之后，我会结合老师的督导，反复再读书，提升自己的专业能力。在参加笔试和面试之前，我会结合听课笔记，带小组的实践，老师督导的体会，再通读全书，写出读书总结，然后从容地去参加考试。记得考试结束之后，两位国外老师给予我充分的肯定，他们还在后面再来学习的学员面前表扬我，以激励他们认真学习。他们说："蔺老师是受训者中最勤奋、最认真的，是出色的榜样。"

我认为学习不是为了取得一个证书，或者为了炫耀自己，而是真正为了自己更好地理解和运用所学知识，最终更好地帮到来访者，因此读书容不得半点虚假，就是要花"笨"功夫。

读书时，在内容上我花"笨"功夫，但在采用读书方法时，我却有巧的方法。这些方法，帮助我更好地理解书中的内容。多年来我养成了一个习惯，在读书时，把对我有启发的内容，摘抄下来，以便日后的学习使用。早些年，我是把它们摘到本子上。后来工作忙了，没有那么多时间了，我就想了许多办法。最早使用扫描仪，把我认为书中重要的段落扫描下来。后来觉得扫描仪有点像高射炮打蚊子，即便只需要一页的一小段，也要把扫描仪所有的程序都操作一遍，太浪费时间了。丁是我就再寻找更先进的扫描工具。后来又发现了扫描笔。扫描笔比扫描仪方便多了，它小巧玲珑，想要扫哪一段就可以扫下哪一段，还能念出声来，很有趣。扫描完了，就随时把这些内容储存在计算机的资料库中，以便未来查找使用，很方便。最近我又发现了语音识别软件，就更方便了。当有时看书不方便扫描时，就自己朗读，念一段，录一段，随时通过语音把书上的内容转化成文字，存进计算机的资料库。每当和他人谈起我的这些学习工具，我都很高兴，尤其当听到一些年轻人还不知道有这样先进的学习工具时，内心还有些小骄傲。从这个方面来说，我读书使用的工具比有些年轻人还要前卫。

读书需要时间。我能合理安排自己读各种书的时间，因此虽然工作很忙，但我看书很多。为保证自己坚持读书，我在多年繁忙的工作中，摸索出了自己读书的规律。读学术类的书，需要专注和思考，我就选择不会被外界干扰的安静的时间。例如，早上我起床早，家人还没起床，无人打扰，我可以专心地看 2 ~ 3 个小时。而用一些碎片时间，看些不用太费脑力的书。例如，当我做其他事情累的时候，看些非专业的书调节疲劳，或是在每天睡觉前，看一小会儿书；出差在机场等候飞机或乘飞机时间，也是我读书的最佳时间。我每次出差都要带上一本书，通常有两次出差往返的时间，就能够把一本书看完。

读“杂”书

我爱读书，家里的书很多，搬家时最多的箱子就是装书的纸箱。书房整面墙上两层的书架摆不下了，地板上也堆满了。客厅、卧室，四处都是我随时拣起看的书。

我看书很杂，除了心理学专业的书，常看的还有哲学、教育学、文学、历史类的书。此外，我每年（包括退休之后）还坚持参加各种心理专业的培训。例如，我系统地参加了认知行为治疗、欧文·亚隆团体治疗、萨提亚转化式系统治疗、完型心理治疗、交互分析治疗等培训。我读书和学习这一方面是满足自己的好奇心，觉得世界之大，人生之短，未知得太多，为让自己活得丰富，就要广泛猎取；另一方面我认为这也是我做心理咨询工作的需要。心理咨询工作是与人沟通的工作，人的心理有多么复杂：从外在到内在，从生理到心理，从情感到认知，从群体到个体……认识自己和了解别人是一辈子的课题，对于人，永远研究不透，研究不完，所以就需要不断地进行多方面的学习。

2016 年参加萨提亚转化式系统家庭治疗高级培训

写给自己的“情书”

（这是2006年在香港进行心理培训时做的一次“写给5年后自己的一封‘情书’”练习。5年后培训机构把它寄给了本人，我收到后很感动，写下了自己的感受。）

给自己的情书——写给5年后的你

当你来到这长满绿树的山上，38年前的一个夏天，你同样攀登着，一步步走上了山，当起了山区小学教师，开始了你与青少年一起成长的教师生涯。面对荒芜的大山，你畏惧、彷徨、恐惧过，但山上那刚出土的小幼苗把你留在了山上。因为他们渴求你、需要你。于是你战胜了孤独、艰苦，陪伴着幼苗长大。你知道，只有这里的棵棵幼苗成材，大山才不会荒凉，才会撑起那广阔的天空。孩子们渴望的眼神留住了你的心，一干就是11年。你下山，又上山，爬过一个个坡，有艰辛、有孤独、有泪水。当年的幼苗早已长成了材，他们成了各条战线上的骨干。你现在面临下山，不，又要爬新的山坡。65岁的你，将有什么样的生活？

保持一颗青春的心，会让你仍然拥有年轻的活力；保持一个健康的身体，让你依旧可以做你想做的事。投入爱情与亲情，补偿自己以往的内心不安，与爱人周游世界和祖国美好河山，让大自然丰富你的精神世界。不再受他人控制的束缚，自由地放松身心，过一种平静、和谐、快乐的生活。那不意味着安逸，只是懂得了重新开始，用更新的方式教育、帮助青少年！

愿仍旧美丽、年轻、激情、进取！

蔺桂瑞

2006 年 7 月 31 日于香港突破机构青年村的小山上

5 年后我收到“给自己的情书”

2011 年 9 月 27 日，我看到办公桌上有一封来自香港的信，很好奇，以为是培训通知。打开一看，信的字迹和语言是那么熟悉！再往下看，哇！原来是我写的！我这才回想起，这是 5 年前我参加香港突破机构举办的 LA06 培训时，在青年村的山坡上静思时写给 5 年之后自己的一封信。

读着信中的内容，泪水充满了眼眶。我欣慰今天的我仍旧美丽、年轻、激情、进取，履行并实现着自己的梦想，我的确又重新开始，做着辅助教师成长的事，用一种更新的方式教育、帮助青少年。我发现自己一生都在爬坡，尽管每次爬坡时都会有畏惧、徬徨、恐惧，都会有艰辛、有孤独、有泪水，但我都走过来了，我都可以自豪地站在山顶上欣赏自己走过的路，收获累累的果实，因此，我欣慰，我满足，我兴奋，我幸福！

对照5年前的诺言，检视今天，也看到了不足，这提醒我去完善自己。

时间过得好快啊！5年，弹指一挥间！我要珍惜每一天，用丰实的生命留住人生的每一天。

感谢香港突破机构，珍藏了我的信，又寄给了我，让我对生命有了新的感悟与思考。感谢他们对我生命的尊重！我也要向他们学习，尊重与关爱我的学生。

2011年9月29日于首都师范大学

60 岁生日写给自己

曾经觉得人生的道路是那么漫长，曾经感叹60岁的人是那样沧桑，曾经觉得花甲离我还那么遥远，曾经拒绝乌发渐渐染霜……不经意间，当我切切实实地跨进自己生命的第60个门槛时，才真正体会到了人生的短暂与实际，不管你如何去经历，如何去感受，都要去坦然接受和面对。

60年，走过不容易。经历过儿时家境贫寒的艰苦，经受过三年困难时期的考验，体会过任教生涯中独自走在大雪弥漫崎岖山路上的孤独与恐惧，吞咽过不惑之年携儿带女挑灯苦读的泪水和汗水，体验过事业发展中的迷惘与失落……一路走来知道了什么是人生，什么是经历。

回顾走过的60年，我内心充满了感激。我感激父母，是他们给了我一个健全的身体，给了我一辈子享用不完的精神财富——慈爱、善良、勤奋和进取；感谢我的爱人，是他给了我体贴入微的爱，给了我理解、宽容和鼓励；感谢我的一双儿女，是他们给了我生活的幸福和快乐，给了我做母亲的骄傲与自豪；感激我的弟弟妹妹们，是他们给了我血浓于水的情谊，给了我做大姐的尊严与责任；感谢一路教导我的老师们，是他们启迪了我的智慧，教会我怎样学习，怎样做人；感激伴我成长的同学朋友们，是他们给了我友爱和热情；给予我温暖和力量；感激我的学生们，是他们给了我源源不断的青春活力，给了我事业成功的体验和快乐；感谢人生路上相遇的每一个人，从他们那里我都得到过恩惠，即使是那些带给我不愉快的人，也丰富了我人生的阅历，催发了我的成熟。

当然，我要感谢我自己。60 年不变的善良与单纯，60 年不变的真诚与爱心，60 年不变的乐观与自信，60 年不变的好学与勤奋，60 年不变的进取与坚韧……

所有的感激让我一路走来无怨无悔，能接受命运中的挫折，也能享受生活、事业带给我的幸福与快乐。

带着这些感激，我将走过人生未来的岁月。当然我知道学习生活的内容会有不同，但我相信，为了爱我的人，为了我爱的人，会坚持我不变的精神，拥有健康与快乐，走过 70 岁、80 岁……

2006 年 8 月 2 日

向孩子学习“生命本来的样子”

我小孙女芒果4岁了，陪伴她长大的过程，也是我向她学习的过程，是我学习“生命本来的样子”的过程，是让我回归作为一个人的真实的学习的历程，也是让我学习做一个无知的心理咨询师的过程。

信任生命力

每个人都有生命力，每个人都有适应和发展的能力。对人的信任，源于对人的生命力的信任，源于对人性的信任。芒果成长中的两件小事让我更加深刻地领悟到了这一点，让我对生命力，对人性有了更加深刻的认识。

芒果妈妈在医院工作。由于医务工作的特殊性，产假休满后芒果妈妈就要去上夜班了，芒果夜间要和姥姥一起睡。不满周岁的小芒果能够经受住和妈妈的分离吗？如果夜间哭闹着找妈妈，哭病了该怎么办？我在芒果妈妈产后上第一个夜班那一夜非常焦虑不安。我想象着芒果不睡觉，哭闹着找妈妈的样子，自己心疼得流了许多眼泪。第二天清晨，我就迫不及待地给芒果姥姥打电话，询问这一夜芒果的情况。

出乎我的意料，芒果姥姥说："芒果睡得很好，只是有一会儿夜间醒来哭着找妈妈，可我轻轻告诉她，你忘了妈妈告诉过你，她去给病人看病去了，今天姥姥陪你睡。她就慢慢睡着了，一直到天亮。"听罢姥姥的话，我焦虑的心才平静了下来。我谢过姥姥后，对孩子，对自己有了许多反思。孩子的适应能力远比我想象得要强。孩子并没有因妈妈的第一个夜班而睡不好觉，反倒是我因对孩子的担心一夜没睡好。我的担心中固然有爱，但也有对孩子成长能力的不够信任。芒果教育了我，让我学会信任每个人的内在能力。我做奶奶，做教师，做咨询师，应当对人性保持信任，这样才能让孩子、学生、来访者运用自己的能力，不断成长起来。

断奶是孩子和母亲生理上的第二次分离，是孩子独立生活的开始，也是孩子自我意识培养的关键点。由于孩子对母亲的依恋，使断奶成为许多母亲和孩子的一个难题。然而，我家小芒果在断奶时所表现出来的独立与自信却让我非常感动，让我从中对人性的"信任"有了许多体验性的理解。

芒果妈妈为了给芒果断奶，自己做了心理准备，并且与芒果做了充分的沟通，她告诉芒果，长大了就自己用奶瓶喝奶，可以吃饭了，就不再吃妈妈的奶了。这对孩子来说是一个比较艰难的过程，但芒果成功地完成了断奶过程。芒果妈妈记录下了那个令人兴奋和感动的时刻："娃终于在11月15日凌晨00点05分睡着了，这也是断奶的第30个小时。没有哭闹，只有腼腆地和我腻歪一下，然后就说不能吃妈妈奶了，晚上愉快地接过我手里的奶瓶，当我要照相留念时，她还竖起了胜利的两个手指。孩子的潜力永远超过我的想象，加油宝贝！这是你即将迈入人生新的开始。做一个独立、自信、勇敢、坚强的大芒果。"

没有恐吓，没有强硬的分离，有的是母女耐心的情感交流。没有哭闹，有的是为自己生命走向独立的庆贺。过了两天，芒果随爸妈来看我，她进门就兴奋地对我喊着：“奶奶，我不吃妈妈奶了！”我原以为这话是她爸妈教她说的，经与她爸妈核对，没有人教她，是她自发说出来的。她喊这句话的那份兴奋和自豪的神情，像是运动员在比赛中获得了一次巨大的成功，也像是英雄打了一场胜仗收获了巨大的荣耀与骄傲！是啊，这是芒果人生路上第一次战胜自己走向独立的成功，她值得为自己的生命庆贺！值得我们所有人为她庆贺！

生活中，我们大人常常认为孩子不行，常常替他们做他们能够做的事情，殊不知那会剥夺了孩子自我成长的能力。作为咨询师，有时我们也会不自觉地陷入帮助他们解决问题当中。实际上那是把来访者看作弱者，不相信他们有自己解决问题的能力，认为自己比来访者高明。小芒果断奶的经历再一次教育了我：每个人都是有能力的，要信任每一个生命力。

保持好奇，不评判

每个人都是不同的，永远不要用自己的想法去评判别人。只有当你对任何事物都抱有一种无知的态度，放下评判，保有一颗好奇心，才能走向对方的内心，了解事情的真相，避免产生误解，这既是与人和谐相处的前提，也是心理咨询师最重要的一个品质。在与芒果的相处中，从孩子那里我受到了许多启发。

我的孙女芒果

有一次芒果画了一幅画，那幅画中，有太阳、天空、房子、树、小河，画得很丰富，可唯独把月亮画在了下面。我刚要给她指出：“月亮是在天上的，不应该画在下面的。”但话没出口，我觉察到我头脑中有了一个“应该”的想法，于是，我放下了教导，用一种探寻的方式问她：“月亮怎么画在下面呀？”芒果说：“那是天上的月亮照下来的呀！”我接着问：“那怎么没看到天上的月亮呀？”芒果说：“天上的月亮让天狗吃掉了！”啊！可爱的芒果居然有这么丰富的想象力，我好欣赏！我庆幸自己没有批评她没把月亮画在上边，庆幸没有教导她那月亮就应该画在上边，如果那样，我怎么能感受到孩子可以想象出月亮倒映在水中的美，怎么能了解到孩子知道天狗吃月亮的故事？芒果教育了我，凡事不要先入为主，不要以为自己知道的就一定是对的，不要以为大家公认的一定是真相，在和别人交流时，在做咨询时，要先放下自己的主观想法，用好奇心去探寻，这样才能走向对方的内心，了解事情的真相。

记得还有一次，那是清明节的前一天晚上，芒果高兴地告诉我们大人说：“明天我们幼儿园放假了，我的好朋友圆圆要带我出去玩。”爷爷说：“圆圆是带你去游乐场玩吗？”芒果很不满意地对爷爷说：“爷爷，你不问，你怎么会知道呢？”这话说得太对了，“不问怎么会知道啊？”我们大人常常按着自己的想法去猜测别人的想法，而自己又不是别人，怎么可能知道别人的想法呢？只有问，才能知道对方的真正想法。这个道理是我们学习心理咨询理论时学到的，而小芒果天然就知道。我想，孩子本身就活在真相当中，那些心理学的理论反映的就是真相，只不过我们成年人在社会化的过程中，被加进了太多的“应该”“必须”的道理，而远离了那个本真的自我。

回归纯真与自然

生命本来就是一个真实的存在，生命的本然就是真实地活着。纯真、自然是生命本来的样子，每个人在生命之初都是纯真自然的样子。人的心理冲突大都源于我们渴望活得真自然，然而却活着活着又偏离了真自然。在芒果身上我看到了每个生命本来的纯真和自然，她呼唤着我回到生命本来的样子。

芒果 3 岁之前在姥姥身边长大，3 岁之后随爸妈搬到我这里住了。刚开始住过来时，她和我比较陌生，当她情绪不好，我要去帮她做事情时，她总会说："奶奶，我不喜欢你！"她妈妈连忙教导她说："你不能这么说奶奶，奶奶喜欢你，不是还给你买新玩具了吗？"但芒果仍然说："我不喜欢奶奶，喜欢姥姥。"有一次我跟芒果聊天，我问她："你都和谁亲啊？"芒果告诉我："第一亲的是妈妈，第二是爸爸，第三是姥姥，第四是姥爷，第五是爷爷。"我问她："那我呢？"芒果说："你排最后。"我问："为什么我排最后？"她说："因为你老出去讲课，不在家。"如果不是我的自我价值感比较稳定，如果不是懂得点心理学，我真有可能被孩子的这些话激怒了，或者委屈，或者生气，或者会给孩子讲许多道理，向孩子解释我是如何爱她，让她也爱我。但是，我在这样的时刻被孩子的真实所感动了。孩子说的是真心话。的确，她从小和姥姥生活在一起，和姥姥的感情深，来我这里时间不长，又加上我经常外出讲课，我和孩子相处的时间短，自然她和我的感情不深。在这样纯真的孩子面前，我思考着，我们大人可以像孩子这样真实吗？

有一次我们全家到日本奈良公园去玩，那里有许多小鹿。我指着一只小鹿对芒果说："你看这小鹿背上有小梅花。"她说："不是小梅花，是小点。它是'点点鹿'。"我纠正她说："它叫梅花鹿呀！"

芒果接着说："它的小名叫'点点鹿'，大名叫'梅花鹿'！"我说："它也有小名和大名？"她说："我不是小名叫'芒果'，大名叫'李昕湉'吗？小鹿跟我一样啊！"

是啊！孩子说得太好了，我惊叹她的真实与开放，也惊叹她与自己联结的那个联想，这就是一个纯真孩子的智慧。她眼中看到小鹿身上的就是小点，所以她给它起名叫"点点鹿"。所以她坚持自己看到的，不会因为我这个大人说了"梅花鹿"而放弃自己的想法，去迎合我。但当我说叫"梅花鹿"时，她也可以接受。因为她想到的是她小名叫"芒果"，大名叫"李昕湉"，那对于小鹿来说，"梅花鹿"的名字也是可以的。4 岁的小芒果用这样的方式既坚持了自己的看法，又接受了别人的看法，扩展了自己的认识。我想，如果换作是我们大人，面对这样的情况能像孩子这样反应吗？

我们大人常常担心说了真话，会伤了别人的面子，让别人对自己有不好的看法，或者为了讨得权威对自己的认可，就放弃自己的看法，马上认同别人的想法，甚至违心地说些言不由衷的话。而我们的孩子是那么纯真，那么真实自然。他们的心灵像一张洁白的纸，没有半点杂质，也像那湛蓝的天空，清澈、通透。其实我们每个人原本也是孩子，当我们是孩子时，也像芒果这样纯真，而我们活着活着就变得"复杂"了，离我们那个真实的自我越来越远了，所以我们活得越来越累，而孩子却总是那么快乐。我突然想到了一个可笑的逻辑：孩子本来就活的是她真实的样子，而我们成年人现在却要花钱、花时间、花精力去学习，让自己重新活出孩子的样子。因为我们每个人内心都渴求纯真和自然。

老子说要我们"复归于婴儿"。当然，并不是说我们不要顾及他人的感受，不顾及情境的真实，而是在有知之后，在社会化中仍旧保有那份孩子般的纯真与自然。那么，我们的生活就会变得简单些，人际关系也就会变得更加和谐，人们的内心也就少了许多烦恼，心理会变得更加平和与快乐。

感谢芒果，感谢孩子，让我从生活中，不是从书本中体验到了这些哲学、心理学的道理。向芒果学习，向孩子学习。

从一颗西红柿的种子谈生命的价值

我先生带 4 岁的小孙女在家里花盆中种下了一粒西红柿的种子。这粒西红柿的种子就像米粒那样，很小，很小。这几个月中，爷孙俩悉心地为它浇水、施肥，几个月后这粒西红柿种子长到了小树一般高。令人惊喜的是，它竟然结出了 22 个又大又红的西红柿。看着这 22 个红彤彤丰满的果实，我很激动，我感慨这么小小的一粒种子怎么可以长出 22 个这么硕大的果实？我猜想那粒小小的种子中原本就蕴含着长出这 22 个硕大果实的所有资源。它只是努力生长着，把自己所有的资源活出来，活出了这 22 个又大又红的果实。我感慨它强大的生命力，我从这粒西红柿的种子悟到了生命存在的价值。人的生命其实也如同这粒西红柿种子一样，每个人来到这个世界上都有他独特的价值，活着，就是活出每个人自己的资源，成为最好的自己。你本身已经具有足够的资源，所以你要欣赏自己，接纳自己，活出那个原本最好的自己。

自然界中存在的每个有机物的生命都是独特的，都是不同的。世界上除了有西红柿，还有黄瓜、茄子、花生、豆子；还有苹果、橘子、桃子和梨……每一个物种都有它独特的形状，独特的颜色，独特的味道，独特的美丽，独特的价值。正是因为它们独特的存在，才使这个大自然这么丰富，这么美丽。倘若缺少了哪一种，自然界都会缺了一份丰富和美丽，因此世界的每一份存在都很重要，都很宝贵。

每个人的生命也是独特的，各有各的特点，都有他者不可替代的价值，因此人活着，不需要与他人相比较，而只需看到自己存在的独特价值，活出自己的资源与潜能，成为独特的自己。

然而有些家庭教育和学校教育常常采用与他人比较的方式去评价孩子，常常忽视了每个孩子的独特性，忽略了每个孩子身上蕴藏的积极资源。他们常常用一些外在的标准，诸如考试分数、学历等来评价孩子，希望他们长成自己所期待的样子。当孩子长大的过程中，一味地按家长、老师的期待去活，便失去了他们自己，他们就会活得很压抑，很痛苦。我在日常的工作中遇到过许多这样的事例。

有一次我去一个重点中学做辅导。我让学生们围成一个圆圈坐。我对学生们说："请大家都坐成一个圆圈，让我们每个人都看到你，你也能够看到这里的每一个人。"当大家都坐好之后，我发现有一个穿着羽绒服的高个子男生坐在圈子外面。我请他坐到圈子里来。他很无奈地把椅子拉了过来，但我发现与此同时他把自己的头缩到了羽绒服的帽子里。我对他说："同学，你可以把帽子摘一下，让我们都看到你吗？"他出于对我的尊重，把帽子摘下来。但是他用很小的声音说了一句话："老师，这样我很不舒服。"我问他："是什么让你觉得不舒服呢？"他说："我不想让大家看到我，因为我是个学困生。"当听到他这样说的时候，我的眼泪差点掉了下来。一个学生因为学习成绩稍微差了一点，就被人们定义为学困生。让他看不到自己的价值，甚至于让他跟别人平等地坐着，相互对视，都做不到。一个身高一米八几的男生是如此不自信！这个景象一直深深地印刻在我的脑子里。我反思着我们的教育究竟是为了什么？

在一次培训课上，我遇到了一个刚刚毕业的博士研究生。他对大家说："我从来不知道究竟为什么读书？为谁活着？""当我上小学的时候，我父母对我说：'你要好好读书，争取考一个重点中学。'我就努力读书，考上了重点中学。上了重点中学，我父母又对我说：'你要努力读书，争取考一个名牌大学。'我就又努力读书，考上了名牌大学。上了大学后，我父母又说：'你要努力读书，考硕士研究生。'我就考上了硕士研究生。读了硕士后，父母又说：'你要努力读书考博士研究生。'于是我就努力考上了博士。今年我博士毕业了，我还应该干点儿什么？我不知道，我感到很迷茫，很困惑。"这个博士迷茫、困惑的是一路走来都在满足着父母的期待，而自己却不知道自己是谁，不知道人生的目标是什么，虽然有了博士学位，但却没有一种价值感的满足。

缺少自我价值感的满足，找不到自己生命的意义，是高校心理危机产生的深层心理原因。

一个因找不到自己活着的意义而自杀的大学本科毕业生幸运地被挽救了过来。事后咨询老师访问他，是什么让他在大学毕业时要放弃自己的生命时，他说："我从小到大，从来没有为自己活过，任何事情都是听从父母的决定。考什么学校，学什么专业，都是父母说了算。就连谈恋爱，我也不能由自己选择女朋友。"他还说："我曾经认识过一个女友，可母亲坚决不认可，非要把她自己喜欢的一个女孩介绍给我。现在我大学毕业了，别的同学还在考虑是先参加工作，还是先读研，我父母早已为我做好出国留学的决定，我连自己选择的机会都没有。老师，您看，我活了二十几岁，从来没有为自己活过，我想，今后的人生还是会这样。一个人如果不能为自己活着，只是为别人活着，这样活着有什么意义呢？”

一个人只为了满足别人的期待活，不能为自己活，是件很痛苦的事情。我在做大学生自杀危机个案追踪调查分析中，看到了一个自杀大学生遗书中写到了这样一句话：“我终于成功地活出了别人想让我成功的样子，但是我很痛苦。”这个学生用生命发出了强烈的呼喊：“我是一个人，我有存在的权力和价值，我要活出我自己，我不要活在别人的期待中！”

这一个个的案例深深地触动着我。我在思考着，我们教育的意义都是让学生活出他们自己生命的价值和意义。然而悲剧是当一些老师、家长用外在的价值标准要求他们、评价他们时，把那些外在的学习成绩，学位、地位、荣誉、金钱、财富看得比他们这个人更重要时，他们也会看轻自己，看不到自己存在的意义和价值，看不到自己身上的资源与能力，就使他们陷入失去自我的痛苦中，甚至放弃了自己宝贵的生命。

我们也常常见到有些低自我价值感的人为了不甘心被别人贬低，为了满足他人的期待，获得他人的认可，就会拼命地努力，用获取某些外在的成功去证明自己。当他们暂时获得了这些外在的认可和评价时，他们可能会获得暂时的满意与愉悦，但社会总会存在着竞争和差异，过了一段时间，他们发现自己又不如他人时，就又会陷入失败者的痛苦之中。

每个人都是有价值的，如同那粒小小的西红柿种子，它本身蕴藏着可以长出数十个硕大果实的潜能。每个人都有无限的潜能，都拥有自己存在的价值。生命的意义是充分活出自我，挖掘自己的潜能。这是一个不断向内求的过程，而不能总是向外求，通过满足别人的期待，换取别人的评价来证明。

我们的教育是一个不断让学生认识自己、发现自己、实现自己的过程。我们每个教师，每个家长，如同园丁为那颗小小的西红柿种子浇水、施肥一般，要为孩子们创造一个让他们自我成长的环境。信任每一个生命，信任他们拥有成长的能力。当他们感受到这份信任时，他们也会将其内化为信任自己的力量，他们也就会爱自己并发挥出自己的能力，活出自己的潜能和价值。

直接源于真实

塔克老师是一位加拿大的完形心理治疗专家。他为人做事直率而又充满智慧。在与他共同工作的过程中，我向他学到了很多。

认识塔克老师，是我在厦门参加他的完形疗法培训班上。我跟他学习了 10 天，我被他透过身体，敏锐地觉察一个人内心的体验式教学所吸引，我很佩服他那敏捷的身体动作和智慧的感悟力。我在培训时就产生了一个念头：请他给我们北京高校的心理咨询教师做培训。但内心又有些犹豫，社会上的商业培训公司给他的课酬很高，我们高校教师收入不高，不可能给他那么高的课酬，他会接受我的邀请吗？怀着一颗忐忑的心，我在培训班即将结束前的一个课间，向塔克老师发出邀请。我说："塔克老师，您讲的完形疗法对我们高校很适用，我很想请您到北京给高校的心理咨询教师做培训。但是高校教师收入不高，不能给您像商业公司那么高的课酬，可他们学习后，会运用完形疗法直接帮到大学生，让大学生们健康成长。我不知道您是否愿意接受我的邀请？"没想到我话音刚落，塔克老师就非常痛快地回答我："没问题，这件事很有意义，课酬多少，听你的！"没想到他居然这么痛快地答应，而且不计较课酬。我被他这种看重心理咨询事业发展，关心教师专业成长，关心大学生心理健康成长的精神所感动。我也为他对我的信任所感动。于是我们共同拟订了培训计划和培训时间。

我们北京高校心理咨询教师完形疗法培训班第一期开始了，塔克老师提前一天来到了北京。我们工作人员事先了解了他的需求，帮他安排了住宿酒店。没想到第二天中午他就打来电话，说他住的房间不是无烟室、冰箱有问题、室内温度高，酒店工作人员解决不了。我们立即跟酒店经理联系，尽快解决这些问题。酒店经理说，房间做不到绝对无烟，室内温度统一由中央空调控制，无法调控个别房间的温度，因此无法满足塔克老师的要求。经理对我说，塔克老师是他遇到的最难缠、最苛刻的客人。听到这些我很焦虑，心想，如果塔克老师对这些生活条件不满意，一定会影响情绪，那就一定会影响本期培训效果。于是我和同事连中午饭也没吃好，就忙着四处打电话，看附近有没有能符合他要求的酒店，听说有一家酒店符合要求，我们立即赶去查看。可到那儿一看，虽然空调可控制，但并不是无烟室，仍不符合塔克老师的要求。于是，我们带着一种失望又忐忑的心情来到了塔克老师那里。原本与他约好 3 点开会研究工作，可因忙着给他找调换的酒店，我们晚到了半个小时，因此我慌忙向他道歉："塔克老师，很抱歉，我们迟到了。因为听说您对现在住的酒店不满意，我们刚才去帮您寻找新的酒店，所以耽搁了时间。"我特意向他说明，到目前为止我还没找到符合他要求的酒店。原本想他听到这些会不高兴的。但没想到他笑着对我说："蔺老师，那些都不是最重要的，最重要的是工作。"于是他对酒店的条件没有再说什么，马上跟我们商讨培训课程的具体工作。

他工作起来非常细致。为了准备充分，他要我们带他亲自去看培训场地。到了培训场地后，他感到这里温度低，于是把这里的服务员找来，然后他带领我们和服务员一起往会议室门外走。我们不知道他要做什么。他带我们一边慢慢往外走，一边问我和小梁："你们感觉这里的温度是冷还是热？"就这样，他带我们边走，边问，直到我们说"这里的温度正合适"时，他才停下来。然后他对服务员说："明天学员到会场时，你要把会议室温度调到这个温度。"我们这才明白他为什么拉着我们往外走，原来是要找到一个让学员感到舒适的温度。经历这一幕，我非常感动。因为我知道，这个温度对他是不适合的，因为他从加拿大来，他怕热。因为他不适应我们中国酒店冬天里的室温，才提出要房间能自己调控室温的。此刻他却要让服务员把会议室的室温调到学员感到舒适的温度。要知道，他要在这里上整整 4 天的课啊！他让我看到了他对学员的尊重，考虑学员的感受胜于自己。他让我看到了一个心理学专家的品格。

经历了这些，原来脑子里对塔克老师"挑剔""苛刻""以自我为中心"的评价似乎没有了。感觉塔克老师也没有想象的那么不好相处了。理解了先前他对酒店房间提出的那些要求，只不过就是他表达自己的需求而已，当这些需求不能满足时，他能够坦然地接受。他并不是只考虑自己，而是以学员为中心。这让我联想到自己在跟别人相处时，有时明明心里对对方有需求，但也不直接表达，表达时含含糊糊、吞吞吐吐，不能让别人真正明白你的意图；而当别人没有满足自己的需求时，则内心充满失望或沮丧，甚至会对对方有愤怒和抱怨。为什么自己不能做到像塔克老师那样直接呢？我想，那是因为我们内心有许多顾虑，对自己、对他人事先有许多预设的评判。例如，对自己，会认为向别人表达需求是“自私”；对别人，则担心对方会责备自己要求太多等。殊不知，当这样想时，便压抑或掩盖了真实的自我。其实直接表达自己的需求，那只是表达你的期待而已，每个人都有自己拥有需求和期待的权利，这是作为一个人存在的真实欲求，这本身并无好坏、对错之分。当我们为自己加上那么多道德判断时，就意味着告诉自己：“我不重要，我不应该有这些需求。”但内心真实的自我又有这一需要，于是内心就发生了“我需要”和“我不应该要”的冲突，所以便不能真实地表达自己。想想看，在日常生活中，当我们有需求时犹犹豫豫不敢表达，而由于自己含含糊糊不直接表达之后，对方不了解你的想法，或误读了你的想法时，你因自己真实的需求不能得到满足，又为此感到失望、愤怒或焦虑，这前前后后耗费你多少心理能量啊！因此，要像塔克老师学习，做一个真实的人，学习自己直接表达，对别人的表达学会倾听和询问，不做评判。这样，我们可以活得更简单、更真实、更快乐、更有效率。

我对权威认识的改变

权威，是人们对负有一定领导责任和影响力的社会角色的心理定义。当我们处于低自我价值感时，会把它看得比自己高，对其敬而远之，甚至畏惧；而当我们能接纳自己和他人拥有同等的价值，在人格上是平等的时，就会正确看待权威，运用权威，将其作为自我发展及为他人服务的积极资源，这是我从人生实践中得来的认识。

对于权威的认识，我经历了一个“崇拜权威，依赖权威”，到“否定权威，排斥权威”，再到“正确认识，运用权威”的认识发展过程。这个过程也是我的心理不断成长发展的过程。

崇拜权威，惧怕权威

在我上高中三年级以前，我的眼中，老师是权威，领导是权威。我很崇拜权威，惧怕权威，很在意他们对我的态度和评价，甚至老师的一个不满意的眼神也会让我不舒服好久。那时候，认为权威是万能的，自己在他们面前是卑微的、弱小的。因此，见到“权威”就紧张，不敢跟他们接近，也不敢跟他们说话。当有了跟他们不同的意见时，更不敢表达。

走近权威，接纳权威

我对权威认识的改变，要感谢 2000 年的一次经历。

那是我应邀到新疆石河子大学去做培训。那一次主办方还邀请了著名的心理学家张春兴教授。

我看过张春兴教授多本著作，很崇敬他，但从来没见过他。他在我眼里就是权威。见到他时，我很惊喜，想接近他，又害怕，不敢上前，但见他面容和蔼，就鼓起勇气，上前去和他打招呼。我说："张教授，我读过您好几本书，今天在这里见到您，我很高兴。"张教授笑着问我："你是哪个大学的？"我一听他说话，一口纯正的山东口音，说话声调和我父亲一样，顿时觉得特别亲切，忘记了先前的紧张，我回答说："我是首都师范大学的。"而且马上说了一句："张教授，我猜您老家是山东的吧？"张教授眼睛一亮，笑着对我说："你怎么知道？"我说："我老家也是山东的，我听您说话的口音很像我父亲。"接着张教授又问了我老家具体是什么地方的，我们俩愉快地聊了起来，居然那么巧，张教授的家乡与我的老家是邻县。在这以后的几天里，张教授一有空就和我聊天，还送了我一本他刚刚出版的新书。

这一次经历让我感受到，我眼中的权威，其实并没有什么可怕的，只是我自己把他们看得威严，不敢接近。如果自己去掉自卑和恐惧心理，把他们的角色和身份当成他们自己，就会走近他们，接纳他们，从他们身上学习到许多。

正确运用权威

被看作权威的人，通常都拥有一些资源。这资源或者是有形的，或者是无形的。当我不再拒斥权威，对权威有了正确的认识后，我可以坦然地与各级领导们沟通，让他们了解心理健康教育工作的重要，反映大学生心理健康的状况，反映心理健康教育教师工作上的困难，给他们提供建议，请领导们运用他们的权威地位和影响力，制定相关政策性文件和措施，促进心理健康教育的发展。无论在首都师范大学，还是在做北京高教学会心理咨询研究会工作时，我和领导都有很好的沟通，有效地推动了学校和北京市心理健康教育的发展。

当我做了北京高教学会心理咨询研究会副会长后，我也被一些年轻同行视为权威。过去，我很怕他们把我看作权威。现在，当我对权威有了正确的认识后，我可以运用自己的权威，发挥专业影响力。例如，在北京市委教工委督导各高校的心理健康教育工作时，我就充分运用市领导给我的专家身份，直接对话被督导的工作不达标的高校相关部门领导。我会对专职心理咨询老师数量不足的该校人事处长说："某处长，按教工委文件规定，专职心理咨询老师的师生比是 1 ∶ 3000，按这一比例，你校还不达标，请问您校何时能配齐？"对经费不足的高校，我会直接对该校财务处长，问什么时候可以把经费配齐。同样，对还没有把心理健康课程列入学校教学计划的高校，我则直接对话该校的教务处长。各校咨询中心主任们对此非常开心，觉得我为他们发了声。督导之后，果真许多高校在心理咨询专职老师数量上，在专项经费上有了增加，更多高校将心理健康课程列入了教学计划，高校心理健康教育有了一个较大的发展。

对于权威认识的过程，是我对自己、对他人不断认识和接纳的过程，也是我个人不断成熟发展的过程。当我更加强大，更加自信时，我也就对权威有了更加正确的认识，更加自主地生活与工作。

从积极方面看孤独

孤独是人生中的一种生活状态，一个人一生中不可避免地都会经历孤独。如同三位大学生所经历过的情景一样，从中学刚刚进入大学，离开了父母，离开了熟悉的同学和朋友，来到一个陌生的环境，需要自己独立面对许多新的问题，但是又欠缺独立的能力，许多同学都会产生孤独的心理。遭遇失恋或亲人逝去，感情无处寄托，也会使人陷入孤独。非典期间，无论何种原因的隔离，给人们带来的最深切的感受就是孤独。孤独来源于人的归属感和安全感不能得到满足。孤独会使人变得空虚和无助，消极和沮丧，紧张和焦虑，甚至还会出现抑郁和绝望。但是如同世界上所有的事物一样，孤独也有积极的一面。如果我们能够对孤独有多一些正面的认识，就能把每一次的孤独看作是个人成熟成长的机会，我们在孤独时就会变得积极主动了。

孤独是成长的需要。回顾一下我们的成长过程，从小到大一直有父母的呵护，大事小事都有父母为我们操心，那时我们觉得很温暖，很安全。但是，有一天，我们突然变了，变得不愿意让父母管了，常常把自己关在屋子里，不愿意和任何人交流。那时，我们自己选择了孤独。从那一天起，我们开始长大了。因为经由孤独，我们能够意识到一个独立的自我存在，开始认识自我，规划自我，开始走向成人式的独立。这一时期我们也曾有过紧张、焦虑、烦躁和不安的感觉，那就是青春期的孤独。但是我们必须去承受，没有哪一个人愿意选择躺在妈妈怀抱中一直享受温暖和安全，永远依赖别人，拒绝长大。

生活中每经历一次孤独都能带给我们成长的机会。我们每一个人都有很多的潜能，平时有别人可依靠时，我们会感到踏实、安全，但是与此同时也助长了我们的依赖感，丧失了许多可以发挥自己潜能的机会。当生活环境发生了某些变化，我们失去了往日的依靠时，客观环境逼迫我们自己要去面对。那时，我们就会调动自己的一切潜能去解决问题，应付困境。在这一过程中，我们的能力就会得到增长，我们就会变得独立。记得我高中毕业分配到深山区做小学老师时，当时生活条件很艰苦。老师要自己挑水，自己烧火做饭。刚去不久时，赶上学校放假，当地老师都回家了，我因家远回不去，独自一个人留在山村小学校里。因为刚刚从北京分到这里，生活适应能力很差。我不会挑水，也不会用灶火做饭，生活上遇到了很大的困难，远离父母，又非常想家。那时我真的是很孤独，甚至于哭过好几鼻子。但是，没办法，谁也帮不了我，我必须靠自己度过这些天。我跟老乡学着打水，可是水桶在井里总打漂，就是打不上水来。总不能让人家给自己天天送水吧，于是硬着头皮练，终于可以打上半桶水了，慢慢地也能打满一桶水了。刚开始烧火做饭时，灶火不是点不着，就是熏得满屋都是烟，呛得我直流眼泪。由于火烧得不匀，饭不是煮生了，就是煮煳了，搞得我很狼狈。为了摆脱孤独，我就拼命看书，还抽时间去做家访。就这样假期很快过去了，我不但战胜了孤独，而且还学会了打水做饭，我看了好多书，还通过做家访熟悉了一些学生的情况。我为自己的进步而感到高兴，我惊喜自己在短短的时间内做了那么多事情，感谢那次孤独带给我的成长。

一个人的思想成熟也需要孤独。当我们寂寞时，孤独就像水中的沙子，清洗和沉淀着我们的思绪，使我们的思想变得更清晰，更深刻。孤独使我们有机会反思自我，在反思中获得对自我、对世界的领悟，使自己能够超越过去，变得更加成熟。王保云同学失恋后曾经感到非常孤独，在孤独中他对自己进行了深深的反思，反思中他找到了自己思维的误区，于是用合理的认识取代了不合理的认识，个人的思想获得了升华。

孤独是人生的重要组成部分，孤独总是与我们相伴。孤独不仅伴随着我们个人的成长，孤独也伴随着人类的文明和进步。

哲学的发展需要孤独。孤独是哲人的品格与宿命。哲学家把孤独看作是一种精神上的自主，一种精神上的自由和超越。我国古代儒家哲学就一直积极倡导“慎独”。道家哲学则积极倡导清净无为，庄子认为能够甘于寂寞，享受孤独，就可以追求到生命的自由。现代西方哲学家尼采是孤独者中的孤独者，孤独一方面酿造了他的人生悲剧，但也成就了他独特的思想和艺术。伟大的无产阶级革命导师马克思能够享受孤独，没有孤独中的求索与思考，就不会有《资本论》巨著的诞生。

文学的发展需要孤独。没有屈原的孤独，何以有“千古绝唱”的《离骚》；没有司马迁的孤独，哪会有“无韵离骚”的《史记》；没有曹雪芹的孤独，怎么会有百世流传的佳作《红楼梦》。

科学的发展也需要孤独。爱因斯坦如果不能忍受常人不能忍受的孤独，“相对论”就不可能问世；居里夫人如果不能忍受实验室里的孤独，镭的发现不知会推迟多少年；陈景润要是不能忍受运算的孤独，怎能摘下“哥德巴赫猜想”的桂冠。

综上所述，孤独是人生的一种存在，它有消极的一面，也有积极的一面。孤独让我们可以变压力为动力，变危机为生机。但这种变化要靠我们自己的努力去实现。那么，我们如何才能在孤独时变消极为积极呢？个人认为，一是要认识到孤独是人生的一种常态，要敢于面对。二是要对自己有信心，相信自己有能力独立处理眼前的困境，能够超越自我，走出困境。三是要积极思考，勤于行动。在思考和行动中会忘却孤独与寂寞，得到充实与快乐。还要提醒一些青年朋友，千万不要寻求一些消极的方式来排遣孤独，例如，不健康的网上交友，只是为填补空虚而进行的“恋爱”，或者借酒浇愁等。因为这些方式虽然暂时转移了孤独的痛苦，但是会损害人的精神，阻碍青年成长。

大学生正处在人生发展的重要时期，需要广泛地进行人际交往，积极参与集体活动，在交往活动中学会完善自我；同时也要学会享受孤独，在孤独中学会独立，使自己的人生更加完美，更加和谐。

放弃是为了更好的发展

选择与放弃是人生的主要课题，人在生活中，总要遇到选择和放弃，适当地放弃，是为了更好地适应和发展。许多年轻人在自己的人生发展中都有过选择与放弃的体验，都从其人生经历中体会到了选择和放弃这些重要的人生哲理。他们有的主动放弃了将要捧“金饭碗”的机会，选择了去偏僻的乡镇企业奋斗，换得了更大的发展空间；有的为了坚守自己内心的坦诚，放弃了梦寐以求的翱翔蓝天的理想；有的为了亲情放弃了舒适的城市生活，有的为了养育孩子放弃了深造的机会……他们有的是主动放弃，有的是因种种原因而做出的无奈的放弃。但无论是何种放弃，都让他们体验到了人生的真实，体验到了“暂时的放弃可能会有更大的机会，顺应生命的自然与随意可能会换来生存状态的和谐。因此他们都生活得很快乐，很幸福。

的确，人生就是一系列的选择和放弃。只有适时、适度地放弃，才能集中你生命的智慧和能力做好想做的事。人生的许多烦恼都源于人们不愿放弃。每个人的能力是有限的，如果所有的欲望、机会都不想放弃，那么不是一事无成，就是使自己终日处于压力之下，搞得自己混乱不堪。我在心理咨询中心常常遇到许多人，就是因为所有的都不想放弃，导致无法做出选择，产生了许多心理冲突。例如，选择职业，既想要公务员稳定的收入，又不甘心受国家机关严格的制度约束；选择爱情，既喜欢张三的人品，但又不愿放弃李四的高学历……

在选择和放弃中，人们最难的是要放弃一些既得的利益，或者是未来的一些发展机会。但是一个人永远不可能拥有所有的机会，常言道："舍得，舍得，有舍才能得。"因此人们必须学会恰当地分析自己的优势和劣势，了解自己的内在需要，同时分析客观条件，然后做出恰当的决定。固然放弃有时是痛苦的，但那是为了达到内心真实的目标，必然要经受的。

说到选择和放弃，我想起下乡时有一项农活是在谷子地里薅苗，就是间苗，在每一垄地里留下少数壮一些的秧苗，把其余的都拔掉，为的是使留下来的秧苗得到充分的阳光和营养。有时真的是难以下手，因为常常几株苗长得都很壮，哪株都舍不得拔掉。但是为了保证丰收，我们也只能留下一定数量的秧苗，把其他的毫不留情地拔掉了。不然的话，几株秧苗共同争抢阳光和养料，结果必定是每一株籽粒都不饱满，那农民一年的辛苦岂不白费了？

人生也是这样，为了保全最重要的，为了获得长远的健康、幸福、快乐和事业发展，我们必须学会放弃。

放弃，不仅是一种新的获得，而且，它使你摆脱了许多因负荷太重带来的压力和烦恼，让你变得更轻松、更快乐。在现在这个到处充满机会、充满诱惑的社会，让我们把握好自己人生的航标，学会选择、学会放弃。

我人生中的“想不到”

回想起我这几十年所走过的人生道路，发现有好多次是我自己事先完全没有预想，但好事就突然降临到我头上了，我称之为“想不到”。这些“想不到”，是我原本只是想踏踏实实做好我应该做的工作，无意去争取什么，而随之到来的。回顾这些“想不到”，其实这偶然中有必然。只是我做工作的初心，并非是为了这些外在的荣誉，只是想尽自己的所能把工作做好。但经历了这些事，让我对如何做人，对于人生多了一些领悟与思考。

没想到被提拔为县文教局党委副书记

我1968年分配到密云山区做老师，只想认认真真地教好学生，做一名优秀的山区女教师。但是，1973年的冬天，一天下午，我和领导一起讨论公社下一年中小学教育工作的计划。我把自己对工作的许多新的设想讲了出来。忽然，我的领导说：“很遗憾，这些工作你在这里干不成了！”我听了一愣，以为自己没听清，就问他：“您说什么？我不明白您说的是什么。”领导说：“县文教局要调你去当党委副书记。”

我觉得他是在和我开玩笑，我说："这不可能，您别跟我开玩笑了！"这时，我的领导郑重其事地对我说："是真的，县里来人好几次了，跟公社党委要你，公社不放，但最后还是要服从上级安排，就同意了。"我觉得这太不可能了。我还年轻，经验不足，全县比我有经验的老师多得很，怎么会挑上我这个山区年轻老师了呢？我认为自己不够资格，就对我的领导说："我真的不合格，您跟县里领导说说让我还留在这里工作吧！"领导说："我也舍不得放你走，但那是要担负全县的教育工作，你在那里可以发挥更大作用。在这里你锻炼锻炼就行了。"就这样，没想到我这个山区年轻老师被提拔为县文教局的党委副书记了。

没想到评上国家级精品课程

1979 年，我被调入高校工作。我带领团队获得了两项教学方面的重要奖励，都是我没想到的。

一次是 2014 年，我获得北京市人民政府颁发的优秀教学成果一等奖，据说是四年评一次的教学领域的"奥林匹克奖"。我从 1995 年首次在学校开设"大学生心理健康"公共选修课程，从来没有关注过学校的教学评奖，更没想到去申报教学成果奖。忽然有一天，教务处的一位老师来找我，说："蔺老师，学生对你们心理咨询中心的'大学生心理健康'课教学效果反映非常好，学校正在组织优秀教学成果奖的评选工作，您申报吧！"我听了她的话后，一方面非常感动她对我的课程的关注和肯定，尤其感动她所传达的学生们对我课程的肯定；但另一方面也觉得总结报审材料是件很麻烦的事情，而且全校那么多学科，那么多课程，怎么可能就评得上我们的呢？我担心白白浪费了时间和功夫。于是，我对她说："谢谢你，但我不想报。"她仍坚持动员我，从支持学校工作考虑应该申报一下。看到她那么诚恳，我就答应了。我从来没申报过教学成果奖，也不知道怎么写申报材料，我只是把这些年我们所做的工作总结了一下就报上去了。没想到，这一次不但被评为学校的优秀教学成果一等奖，还被评为北京市优秀教学成果一等奖。真有些受宠若惊，感觉很幸运，因为当年全校很多学科申报，仅有两人的教学成果获此项奖励，而且从建校来获此项奖励的也仅有三人，不经意间我居然成为其中的三分之一。

2006年，学校又组织申报精品课程了。我依然没关注，更没有意愿申报。教务处的老师又找到我，动员我申报精品课程，说学校期待我们评上校级精品课程和市级精品课程后，能评上国家级精品课程。我一方面感谢学校对我们"大学生心理健康"课的重视与肯定，另一方面从内心深处不想申报。因为那一段时间工作很忙，也很累，而申报精品课程则要准备许多材料，我实在觉得压力大。我就对那位老师说："能不能今年先别让我申报了，等过两年再说。"而那位老师说："申报精品课程可以促进课程的进一步建设，也是为了学校的发展，您克服一下困难申报吧！"于是，我和同事把我们上课的资料整理了一下，就报上去了。我认为交上申报材料就算完成任务了，至于最终的评审结果，我是不关心的。没想到，最后评审结果出来了，居然评上了国家级精品课程。有点"天上掉馅饼"的感觉。从来没想到我的一门公共选修课能够评上国家级精品课程。正式公布的那一天，主管教学的副校长见到我说："听说教务处动员你申报，你还不积极。"我不好意思地承认："是的，我不积极。"

50年的教师生涯中还有许多次类似以上这样的"想不到"的经历。

回顾这些经历，我感到很欣慰，因为虽然这些都是我获得的外在的评价，但这些是对我努力工作的肯定。这些看起来都是一个个“想不到”的偶然，但静心想起来，这些“想不到”，也并非是纯粹的偶然，这些偶然中都有必然。就拿我从山区教师被提拔为县文教局党委副书记那件事来说，那时，我教过小学、中学，当过学校负责人（那时的校长都叫负责人），后又调到公社文教组，负责全公社十几所中、小学的工作。无论在哪个岗位上我都认认真真、兢兢业业地做好本职工作，受到学生和领导的一致肯定。在学校工作时多次在全公社的教育工作会上介绍经验。在公社文教组工作时，县文教局领导到基层考察工作，对我们的普及教育工作给予了高度评价，在我们这里召开全县教育工作经验会，我也曾代表我们公社文教组在全县教师代表大会上做过一经验分享。我想，尽管我认为自己年轻、没经验，但可能领导看中了我热爱山区教育、吃苦耐劳的精神，我认真钻研业务，在工作中不断创新，才有了这次的“想不到”。

我的课程被评为北京市优秀教学成果一等奖和国家级精品课程，其实也并非偶然。我从 1993 年开始从事大学生心理健康教育工作，1995 年开设“大学生心理健康”课程。我一直注重研究学生的心理需要，把培养学生良好的心理素质作为自己教学和工作的出发点。在教学中，我一直在思考让学生学习哪些心理健康的理论和方法，才能帮助学生提升自己的心理素质。为此，我积极参加各种专业培训，努力研读心理咨询的各种论著，把最新的理论知识整合到课程中去，丰富课堂的内容。我努力探索教学方法改革，激发学生的学习兴趣，增强课堂的吸引力。为此我探索了“大学生心理健康”课的一些独特的教学方法，例如，互动体验式的教学方式、案例分析式的教学方法、封闭与开放相结合的教学途径，使学生们在课堂上参与、感受、感动、领悟、理解，在实际生活中应用。几年下来，这门课成为学生们所喜欢的一门特色鲜明的课程。同学们反映这门课是对他们在大学期间的心理适应和发展，且对他们未来的人生发展最有帮助的一门课程。因此，这“想不到”的成果中，包含着我和同事们多少年的艰辛努力和不懈的探索，包含着我们勤奋的学习与持续的创新，更包含着我们对学生心理成长的关心和热情。这些看起来是“想不到”的偶然，但实际是长期努力付出与工作积累的必然结果。

没想到被评为全国抗震救灾先进个人

2009年，我被评为全国教育系统抗震救灾先进个人，这是全北京市，包括所有大、中、小学，教育科研，行政部门唯一的一个获奖者。事先我并不知道此消息，是我校党委直接上报，被教育部评选上的，这也是我的一次“没想到”的经历。

2008年5月12日，四川汶川发生了前所未有的大地震，数万同胞受难，我和全国人民一样，陷入了极大的悲伤之中。地震发生的第三天，我和来自全国的5位心理专家随同教育部领导赴灾区进行心理救援。刚回来没几天，学校接到北京市对口援助什邡灾区洛水中学的任务。学校党委书记亲自召开我校心理咨询中心教师和心理系教师的动员会议。当时我内心比较矛盾，一方面感到灾区师生处在心理危机之中，需要紧急援助，同时也感觉自己在危机干预方面较年轻老师更有经验，且自己已经去过一次灾区了，情况也更加熟悉，当即就想报名；但另一方面，又考虑到自己已经62岁了，而且心脏有些问题，这次到灾区时间长，任务重，生活条件又艰苦，担心自己身体坚持不下来。

我家里人也因我年龄大，身体有病，不同意我去。在我内心纠结的时候，灾区那些失去家园，失去亲人的恐慌、焦虑的眼神，闪现在我眼前，这种种的冲突很快平静了，我决定说服家人，带队赶赴洛水中学进行心理救援。

6 月 3 日，在学校领导的支持下，我带领由 4 名教师，3 名研究生组成的首都师范大学抗震救灾心理救援服务队赶赴四川洛水中学的临时安置点——什邡中学。

我们在临时搭起的帐篷中安置下行李后，就立即与校方沟通灾情。当我们得知洛水中学有 92 个师生在地震中逝去了时，心情格外沉重，也很悲伤。我带领服务队员到逝去的师生坟墓前，默默地向他们致哀，悼念。之后带着一颗沉重的心开始了心理救援工作。

心理辅导的工作任务非常繁重。无论是那些痛失爱生的老师还是失去同窗好友的同学；无论是那些从坍塌的房屋下被救出的幸存者，还是参与救援、目睹生命逝去的亲历者；无论是那些在灾难中备考的高三学生，还是经受了地震惊吓的师生；都存在着严重的恐慌、恐惧、胆怯、愤怒、悲伤的心理。我们根据了解的情况，与校方共同制订了师生并重，团体辅导、讲座和个别辅导相结合，分期、分批进行疏导的工作计划。

在老师心理援助方面，我和刘兴华老师每天白天分别做老师哀伤团体工作坊，晚上接待教师的个别咨询。在团体辅导中，遇难学生的班主任们抒泄了自 5 · 12 大地震发生以来，压抑许久的巨大情绪压力，有对痛失爱生产生的强烈悲痛；有由于对学生深深的爱，而产生的内疚和自责；有在抢救学生和协助家长辨认学生遗体时产生的巨大恐惧；有在抚慰遇难学生家长时，遭遇个别家长的谩骂、指责，甚至人身攻击时产生的愤怒和委屈……我们协助老师们重新找到了自己在灾难中表现出的勇敢、坚韧、关爱、自信等积极资源，帮助他们慢慢走出了阴影，缓解了压力，重新坚定了人生的信念。一位老师说：“以为自己永远不会有真正的笑脸了，今天心情轻松了，终于可以开心地笑一次了。”老师们表示，自己走出来了，可以帮助更多学生平复心理创伤，他们对做好学生的工作更有信心了。

6月，四川的天气炎热多雨，且余震不断。我和服务队的成员都住在帐篷里。中午帐篷内温度高达40度，非常闷热。有几天还整夜下大雨，我们的帐篷都进了水，被子被打湿了。在这样恶劣的生活、工作环境下，每天面对严重创伤师生的心理工作压力，加上长时间高强度的工作状态，服务队员自身也产生了心理压力，因此，我注重进行服务队自身的心理建设。每天夜里10点后，在完成对受创伤师生的个别咨询后，我们召开内部会议，首先服务队成员进行心理沟通，处理彼此在压力下产生的各种情绪，然后总结当天工作，研讨安排次日工作。

在洛水中学十余天，我们所有服务队成员都抱着向灾区师生学习，为灾区师生全心全意服务的精神，克服困难，努力工作。我们的工作获得了全校师生的一致认可和好评。但是，我们从不张扬，也从未在媒体进行宣传，因为我们的工作不是为了让别人看见，而是实实在在地为灾区师生服务。但想不到的是我们服务队被全国总工会授予了“抗震救灾心理救援先锋队”称号，我自己被教育部评为“全国抗震救灾先进个人”。

经历了这多次的“想不到”之后，我有了一些人生的感悟。我以为，当我们摒弃浮躁心理，把功夫用在扎扎实实地提升自己，实实在在地做事情上时，收获的是在做事过程中个人思想的升华，学习的提高，经验的积累，理论的提升，享受的是“想不到”的喜悦，这样也就少了一些失望和沮丧的情绪。我以为，人生的发展没有捷径，也不可以取巧，唯有踏踏实实做好每一件事，走好每一步，才能有所收获。我在此文中举例说的“想不到”似乎都是外在的评价，我承认它们带给我快乐。当然外在的肯定是必要的，它能激励人们不断地努力。但我们更重要的是要遵从于自己内在的肯定。当我们踏踏实实做好某一件事情时，我为自己的全力付出，为自己拥有的能力，为在这一过程中所获得到的提高，为自己的成长而感到自豪。也许在做这些事情时，永远没有机会得到外在的肯定，但我们要告诉自己，我们已经收获了，成长了。所以，抱有一颗认认真真、踏踏实实做事的心，一切顺其自然，心情就是平静的，快乐的。

2008 年 6 月，汶川地震后在四川什邡市洛水中学进行心理援助（前排右二为作者本人，右三，右四为洛水中学校领导，其余为同去的心理救援师生）

相信每个人都会改变与成长

在心理咨询行业里，我们说的频率最高的词是成长，感受最深的也是成长。在我从事心理咨询工作的历程中，越来越能感受到每个人的成长。这种成长有时来自于对自我的深层探索，有时来自于课堂上某一理论观点引发的思考，有时来自于学生个人经验分享带来的彼此间的心灵撞击。它们让我相信每个人都有成长能力，每个人都会改变与成长，这对于我个人的成长和心理咨询专业技能的提升很有帮助。

信任，要对自我保持觉察

以前我对身边人的成长能力不够信任，常常为他们担心。比如，在我的家庭关系中，尽管弟弟妹妹已年过半百，都早已成为单位的负责人，而我却常常视他们为“小弟”“小妹”，他们做事我总是指手画脚；尽管我的儿女已年过30，但我也总是像对待小孩子似的，左叮咛右嘱咐。在单位里，由于身边的年轻同志多是我的学生（应该说曾经是我的学生），因此在关心他们的同时，还常常将他们看作是“学生”，而不是同事，以往看这些事情时，认为这么做是对他们的关心。但是随着对心理咨询的深入学习，我看到了关心他们的同时，也反映了我对他们的不信任。当我对他们不够信任时，有时我可能会成为他们成长的阻力。与此同时，我也反思到在心理咨询工作中，有时我也会像是“妈妈”。当“妈妈”的身份多了些时，就会带来咨询关系的不平等，带进咨询关系中的主观因素会很多，同时这也会使来访者投射了日常生活中，他们与父母的关系，如果我自己没有觉察，就会产生咨询师对来访者的反移情，不但不能帮到来访者，还会给他们造成伤害。

对他人的过度担心，就是对他人的不信任，不相信他们可以独立成长。而这些问题会给我的生活、工作带来限制。因此我在生活、工作中时时提醒自己，保持自我的觉察和学习，信任他人，相信他人有独立成长的能力。

信任，需要放下对他人的评判

曾记得我在上督导课时，老师为一名咨询师做督导，先让我们观看他的个案咨询录像。在看他的录像前，老师问他有什么需要讲的，他烦琐地讲了一大套话，让我感到他很好面子，不愿意让别人看到他的不足。放完录像后，他又百般解释，一再申明自己平时咨询做得很好，很有经验，这个录像不能反映他的真实咨询水平。当时我很不喜欢他，甚至还闪过这样一个想法：这个人把自己包裹得这样严，能做心理咨询吗？但是，随着课程的进展，我看到了他惊人的变化。我永远忘不了那个激动人心的时刻。他勇敢地走到台前，讲述了自己不平凡的经历，我知道了束缚他多年的“铠甲”是怎样一层层包裹在他身上的。我理解了他的“面子”背后是他的不安全感。处在他当时的生活境况下，他需要用这种方式来保护自己。当我看到他从束缚自己的“铠甲”中挣脱出来，找到了真实自我，看到了一个真实生命的鲜活。我为他高兴，激动得流下眼泪。这眼泪一半是为他的成长，为人性的恢复，一半也为自己。因为这使我深深地感受到了，每个人都具有成长的能力，每个人都是可以改变的。每个人的某种不被别人理解的行为背后，总有他存在的可以理解的理由。当我们了解了他的“理由”时，就能理解他的行为了。而我，为什么先前会有那种想法？这实际是对人的一种不信任，不相信每个人都有成长的能力，不相信每个人都是可以改变的。所以，不要轻易评判他人，要相信每个人。

信任，就会带来改变

有一次，我带一个学生的团体咨询小组开展活动。在这一次的团体活动刚开始时，有一个男同学诉说了他一个人际关系上的困扰。他说他学习很好，也积极为班级工作，可同学们却不喜欢他。小组成员让他举一个事例。他说：“比如，昨天上政治课时，刚上课，我们那个年轻的政治课老师就对同学们说：‘同学们，你们知道什么是潇洒吗？’好多同学说：‘老师，像你这样就是潇洒！’我觉得他们这是对老师不尊重，于是我就站起来，对大家说：‘咱们上课应当对老师尊重些！’我发现下课后，他们都不太愿意理我。”这个同学的话音未落，小组里的一个女生很愤怒地对这个男生说：“我最讨厌你这种假正经的人！”这时，其他人都一下子愣住了。因为大家感觉这个男生在人际沟通上太刻板，而这个女生在指出男生有问题的同时，自己也不会顾及对方的感受，过于直率，也会造成她人际沟通上的困难。这时我什么也没做，先把这个事情放在了这里，继续进行着团体的互动。团体成员们在讨论着、分享着。在小组活动快要结束时，那个男同学分享了他自己在人际沟通上存在的极端思维，如表达不够幽默的问题，并做出了改变。这时令大家没想到的是，这个女同学突然走到这个男生面前，向他深深地鞠了一个躬，诚恳地对他说："很抱歉，我发现当我指出你人际沟通上存在的问题时，说话太直，没有考虑别人的感受，这也是我的一个问题。"我被她深深地感动了。我没有对她做什么，她自己在团体的互动中透过别人觉察了自己，发生了改变。这个事例让我相信每个人都有能力，所以我要信任每一个人。

信任，需要等待

在萨提亚转化式系统治疗模式培训中，为了不断巩固课上的学习内容，将所学习的心理学理论和方法应用于生活，需要将学员组建成三人组。三人组除了课上一起学习讨论外，在培训结束后要长期一起学习，相互支持。三人组是学员们根据自己内心的意愿，自由选择适合自己的人组成。我常常运用选三人组这个过程，引发学员们对自己日常的人际沟通模式、人格特点进行深入觉察，由此带来自我的改变。一次选三人组的经历，带给了 6 个人深刻的自我改变，令我很感动。

那是在一个萨提亚心理治疗模式初级班培训课上，选三人组的过程中，有 6 个人没有被选入组。他们没有被选入组的原因各不相同。有的人很自卑，不敢主动去选择；有的人自恃其才，对班上绝大多数人都看不上，只想选他看得上的两个人，可当他选人家时，人家已经被别人选走了；有的人在人际关系中太依赖他人，跟人交往缺少界限感，不受大家欢迎；有的人为人处世太强势，总爱指挥别人，让大家远离了他……当这 6 个人落单，没有自己的小组时，他们很尴尬，也很孤独。面对这种情况，我的助教想帮他们解决，被我制止了，因为我想利用这个过程让他们自我觉察，自我反思，达至自我在日常人际沟通上的改变与成长。但为了课上的继续学习，我让他们临时“客居”在其他组学习。

两天之后，我把他们6个人召集在一起开会，请他们分享这两天的经历，内心有什么想法。这一次，他们的状态像被大坝阻截了好久的潮水，一下子涌动了出来，争抢着发言。那个原来在选三人组时被动的学员第一个发言，觉察到了自己的自卑与退缩；那个高傲的“公主”觉察到了自己的盲点；那个总黏着别人的人找到了与人交往的界限……原来这两天里，他们表面平静，可内心却翻江倒海，个人在觉察、反思、改变。这两天之中，我和助教没有对他们做任何工作，他们就这样神奇地改变了，真是令我感动！这让我再一次深刻地领悟到：每个人都有能力在团体中觉察和改变自己，要信任每一个人！

一次不寻常的专业伦理学习

2002 年，通过观看国外专家做一个真实的个案咨询录像来学习做心理咨询的培训很罕见。为了让同行们有机会真实地观摩国外专家面对面的个案咨询，并就咨询过程学习心理咨询理论和方法的运用，我们咨询中心举办了一个认知行为疗法的培训班，邀请美国东北大学的临床心理咨询专家李杰教授来做培训。这一次全国各高校同行报名很踊跃，大多都是奔着可以现场观看美国专家的咨询示范这个特点而来的。

培训之前，我们做了各种准备工作。最重要的是找到了一个志愿做咨询的女生。我跟她有一个很正式的谈话。第一，非常感谢她愿意参加这次培训班；第二，告诉她，这次咨询她不是扮演来访者，而是向咨询师谈自己真实的心理困扰，寻求帮助；第三，这次咨询的录像要放给来参加培训的全体教师看，帮助他们学习心理咨询的方法；第四，与她讨论保密问题。我向她说明，我们会对这次咨询采取严格的保密措施，包括这个录像带只在这次培训班中使用，不在培训之外的任何场合使用，所有参加培训的老师都要签订保密协议，承诺只在培训教室内讨论录像有关内容，离开这里不可议论任何有关内容。如果她本人同意以上内容，就在保密协议上承诺同意，并签名。如果不同意，现在可以退出。她认真思考了一下，最后表示同意，并在保密协议上签了字。

培训班经过了两天的理论学习后，进入了现场观摩阶段。李杰教授在录像室中对女生进行咨询，学员们在教室里讨论上次课所讲的内容，并翘首期盼可以观看他们咨询一个小时的录像。我也急切而又兴奋地盼望着。

一个小时到了，咨询结束了，我快步迈进了录像室。我对女生表示了感谢，和李杰教授一起送走了女生。然后我对李杰教授说："我们可以给大家放录像了吧？"令我没想到的是，李杰教授对我说："对不起，蔺老师，这个咨询录像不能放！"听了李杰教授这意想不到的话，我愣住了，满心的期待像被当头泼了一盆冷水。我吃惊地问："女生不是同意并签了协议了吗？""是的，但是我认为不适合公开放。"李杰教授平静而又肯定地说。"为什么？"我好奇地问。她回答道："因为她谈了很深的隐私。尽管她个人签了同意书，但我认为需要尊重她，保护她的隐私。""那就不放她谈到个人隐私的部分，放你们在她谈隐私之前的谈话。"我说。李杰教授说："也不行，她太信任我了！我们刚开始咨询时间不长，她就跟我谈了隐私。"我理解了，这是一名咨询师对来访者最大的尊重！但我想到那边教室中学员们那一双双期盼的眼睛，想到他们许多人来这个培训班，很大程度上是为能通过观看美国专家真实的个案咨询而来学习的。他们听到这个消息一定会很失望。我感觉很难面对他们，也无法向他们解释，感到压力很大。我把想法跟李杰教授说了。她坚定地说："我来向大家解释。"

当我俩来到学员面前时，李杰教授向大家讲了不能放录像的原因。

果然不出我所料，她的话音刚落，学员们的期待立刻变成了失望和愤怒。他指责我们说话不算数，甚至说我们是用观看真实咨询录像作为一种宣传，来诱骗他们来参加这个培训。我作为培训班的承办负责人，站在那里十分尴尬，有说不上来的一种复杂感。原本是想让大家用这种方式学到更实际的咨询方法，怎么会成了欺骗大家？原本我是被同行普遍认为真诚可信任的人，现在一下子变成了骗子？我感到很委屈，也有些愤怒。我能够理解大家的学习愿望和热情。我也担心学员们的情绪会伤害到李杰教授。因为她是我从美国请来的专家。我处在这种情绪下，不知怎样才能说服大家。这时我看到李杰教授依然那么平静。她用平和而坚定的语气说："我能理解大家的心情，我让大家失望了，很抱歉！我可以用晚上时间为大家义务加课，也可以现场演示为学员中的来访者做咨询，或者还可以采用别的方式来补偿大家，但是这个录像的确不能放，我必须保护来访者最根本的利益，我不能违背原则，否则我就不能再做心理咨询师了！"听了她的这一番话，大家的情绪安定下来了。我也平静下来了。在平静之中，我反复感受并思考着李杰教授今天对这件事所采取的态度和行动。我被她的一言一行深深地感动了。她让我看到了一个专业的心理咨询师对来访者真正的关爱和尊重，即使来访者本人事先同意公开她的咨询录像，即使她坦露了隐私后没提出反悔她先前的协议，心理咨询师出于对她长久的关怀，仍然要保护她的隐私与尊严。李杰教授不惧众人的压力，宁可付出个人的时间来补偿，也绝不放弃心理咨询保密原则的职业操守，让我深深地敬畏。这正是我们心理咨询师所要学习的重要专业内容。它比起任何专业技能学习更为重要。于是，我就用此时此刻发生的事，让大家讨论心理咨询的保密原则及其他伦理规范。大家讨论之后，情绪平静下来了。透过这个事情，大家对心理咨询的伦理规范有了一次深刻的学习。学员们感到李杰教授用自己的行动为我们国内咨询师进行了一次非常实际的专业伦理培训，这是在平时单纯的理论讲授中所学不到的。大家也从李杰教授身上学到了什么是对来访者真正的尊重，学到了作为一名咨询师应具有的高尚人格。

这次经历深深地印刻在了我的心里。“尊重来访者比什么都重要”，成了我一直以来所遵循的原则。不只在心理咨询中，在处理任何与来访者相关的事情中，我都始终不渝地坚持这一条原则。记得前几年电视台在筹划一个心理咨询方面的栏目时，记者找到我，希望我参与合作。说要在电视中呈现一对一的个案心理咨询现场。我问记者，是真实的个案，还是找人扮演的个案，如果是后者，我可以考虑，如果是真实的个案，我就不参加了，因为我无法做到为他的隐私保密。记者说，可以事先与当事人签同意协议书，可以隐去当事人的真实姓名，可以挡住他的脸。但我想，即使挡住来访者的脸，可他独特的声音，他讲述的独特的事件，恐怕也难以保护他的隐私。我想到了那次李杰教授的培训经历，就拒绝了在别人看来可以在公共媒体上展示自己的机会。因为我怕自己保护不了来访者。

当我“遇”到了萨提亚

当我看完约翰·贝曼教授著的《当我遇见一个人》这本书的时候，有两个深切的感受：一个是感慨于萨提亚女士本人写的“当我遇到一个人”，一个是让我 “遇”到了萨提亚这个人。

当我读完书中萨提亚本人写的“当我遇见一个人”后，我看到了在萨提亚的眼里，来访者是一个真实的人，是一个拥有积极资源和自我价值的人，是一个渴望改变的人。而不是一个被外界环境所控制的人，不是一个由生理本能所决定的人，不是一个被定义为有了各种精神病症状的人，也不是只拥有种种不被人们喜欢的外在表现的问题人。她说：“在所有这些表现之下，我总会看到一个活生生的生命，我觉得，如果过去或现在，他或者她真实地生活过，他们可能就会用一种不同的方式使用他们自己。所以当我和遇到的每个生命个体在一起时，我都会在心里放下他或她的外在，而尝试去关注他们的内在，内在也是自我的一部分，我称之为自我价值或自尊。”

我欣赏她的这个治疗观。因为许多的心理治疗理论并不把来访者当作一个人来看待。在他们眼里，人变成了心理治疗师手中的物，由治疗师用自己的理论设想给他贴上标签，然后用自己的方法对其进行“修理”“加工”“塑造”；在他们眼里，仿佛只有来访者的问题，而看不到来访者自身的积极资源和价值，他们背离了对人的本性的真实认识。因为每一个人都拥有自我的价值，都是带着自己的问题和积极资源去生活的。

当萨提亚把见到的每一个来访者都当作“遇到的一个人”时，她就会深切地关怀他，用自己的生命和来访者的生命相碰触、相联结，陪伴来访者去经历自己的生命历程，陪伴他开启生命的新篇章。我深深地被萨提亚对人的关切所打动。“假定你是我刚刚遇到的某个人。你和一群人在一起，也许是你的家庭成员，我站在你的面前，把手伸向你。当我伸手时你把手递给我，我感受到一种联结。在那一刻，我正在看着你；我感受到你皮肤的触感和我皮肤的触感，在那一刻，在这个世界上除了你和我没有其他人。那一刻我会全心关注你。你可以感受到，我正在与你整个人联结，我觉得我把自己完全交给你。同时也伴随着微笑，我的微笑在向你和作为所有生命代表的你的生命‘问好’”。

正是萨提亚女士这种把每一个来访者都当作“遇到的一个人”的治疗观，她对人的那种深切的关爱，使她创造出了一种更加符合人性的积极治疗的理论和方法。我喜爱她的治疗方法，更喜爱萨提亚这个人。

萨提亚女士已经离开这个世界20多年了，我当然没有机会跟她见面。但是近几年来，我从贝曼教授关于萨提亚心理治疗的书和课程里，认识了萨提亚，了解了萨提亚创立的转化式心理治疗模式，我很激动，我“遇”到了萨提亚这个人。

我欣赏她在学术上的那种开放、包容的态度。她不像有些心理治疗理论流派那样，排除异己，唯我独尊。她对人性充满了好奇，她不满足于自己已经掌握的心理治疗理论和方法，她总是不断地学习，不断地探究。她努力地吸收各个理论流派的理论和方法的精华，如精神分析、人本主义、存在主义治疗等，同时又摒弃他们的不合理部分。她吸收了东方文化的许多智慧，如东方传统的哲学观、人性观及冥想等。正是她的这种学术上的开放和包容的态度，使她“发展出自己独特的治疗风格和模式，这些风格和模式建立在她的经验、信念及深入洞察人类渴望的核心或本质的直觉力之上。她将来访者看作是有爱的、关怀的、正在经历挣扎和伤痛的人，他们天生拥有内在的能量和资源去学习，并可以改变自己的应对方式，更负责、更有力量地去生活”。

维吉尼亚·萨提亚（1916—1988）

我欣赏萨提亚的心理治疗理论：每个人都是宇宙生命力的独特展现，拥有内在的资源，这一生命力推动人们积极成长；改变总是可能的；问题本身并不是问题，如何应对才是问题；治疗需要把焦点放在健康及可能性的部分，而非病理负面部分；希望是促使改变发生的必要因素；人们因相似而有所联结，因相异而有所成长。这些理念和我们中国传统的人性观是完全一致的。因为中国传统哲学认为每一个人原本都是和谐的，在每个人身上都存在着相互对立又统一的因素，如积极因素和消极因素。这两个方面是可以转化的，而且从一个方面看是消极因素，但从另一个方面看，可能就是积极因素。它们之间不存在不可逾越的界限，彼此可以转化。

我欣赏萨提亚把治疗师自身的成长与治疗有机地结合在一起。她认为，治疗过程是一个动态的对话过程，是人与人之间的交流。在治疗过程中，治疗师整个人和来访者相遇，治疗师自身对生命的态度，自身的人格都会对来访者产生影响。当治疗师用自己的自信、生活经验及专业的技术和知识工作时，会让来访者发现自己身上也具备同样的能力，让来访者内在发生的变化。因此她把治疗师自己看成是一个引发来访者改变的媒介。她认为治疗师参与了别人生命的改变过程，为要使对方发展出丰富的生命和健康的人格，治疗师个人需要不断地发展自己的人性和完整性，需要不断地自我成长。

以上是贝曼教授《当我遇见一个人》这本书所带给我的感受。这些也是当前我国心理咨询工作最需要的。感谢贝曼教授把萨提亚心理治疗带进了中国，感谢他让我“遇”到了萨提亚。

2017 年我和约翰·贝曼教授

感动罗杰斯与萨提亚的合作

感谢贝曼教授送给我的罗杰斯与萨提亚在 1979 年共同带领的工作坊“时代的涟漪”的录音盘。这是世界心理治疗史上鲜有的，两位著名心理治疗大师共同带领的团体心理治疗。让我学到了很多，不仅学到了两位大师精湛的治疗技术，更主要的是他们高尚的人格。

感动他们对人的高度尊重

罗杰斯是著名的人本主义心理学家。我们在学习罗杰斯的心理治疗理论和方法时，都知道真诚和尊重是他建立治疗关系的基本要素，也是治疗的主要原则。而在这次他和萨提亚合作的工作坊中，我看到了他对人的真诚与尊重的具体体现，真实地体验到了他高尚的人格。

在工作坊一开始，罗杰斯就对团体成员和萨提亚说：“我的妻子最近七周都在住院，在生死边缘，我的一部分留在医院陪着她，但其余的大部分在这里，我很期待着和大家在一起。今天也是我儿子的生日，所以是双重庆祝。”当我读到这段话时，感动得眼泪都要掉下来了。他是那么坦诚地说明自己家里的真实情况，他是那么尊重团体成员。在他妻子处于生死边缘的时刻，在他儿子生日的当天，他没有陪伴在家人身边，而是来到了团体成员面前。同时，他又是那么真诚地向学员分享他的内心：“我的一部分留在医院陪着她，但其余的大部分在这里。”我看到了他对团体没有讨好，没有愧疚；没有掩饰，没有隐藏。他用自己的存在阐释了他作为一个人本主义心理治疗师对人的极大真诚和尊重。七十多岁的著名心理治疗大师的品格太令我敬佩了。

罗杰斯对人的尊重，还体现在对他的合作伙伴，比他年轻近二十岁的协同治疗师——萨提亚的尊重上。罗杰斯在工作坊中经常肯定萨提亚。他对萨提亚说：“我很好奇在你的工作中，当你和一个人做着疗愈的工作时，那个改变就奇迹般地像水面的涟漪一样拓展开来……”“我真的觉得很奇妙，好像打开了一个大门，虽然我还不算是一个很属灵的人，但也感觉到奇妙。”

萨提亚同样非常尊重罗杰斯，她对罗杰斯非常景仰。萨提亚对罗杰斯说：“谢谢罗杰斯，我最早进入专业领域里就听到人们到处在说‘卡尔都知道！’”这句话虽然不长，但分量很重，她对罗杰斯一直以来的敬佩和尊重都在其中了。

看到这些，我为两位治疗大师的相互尊重所深深感动着。我时刻提醒自己，向罗杰斯和萨提亚学习，不断完善自己，尊重每一个人。

作为咨询师，他们这样准备自己

罗杰斯和萨提亚都认为，在心理咨询中，心理咨询师本人比他所使用的方法更为重要，因此他们都强调，无论在个人咨询，还是团体咨询中，咨询师准备好自己最重要。在工作坊中，我看到了他们是如何做准备的。

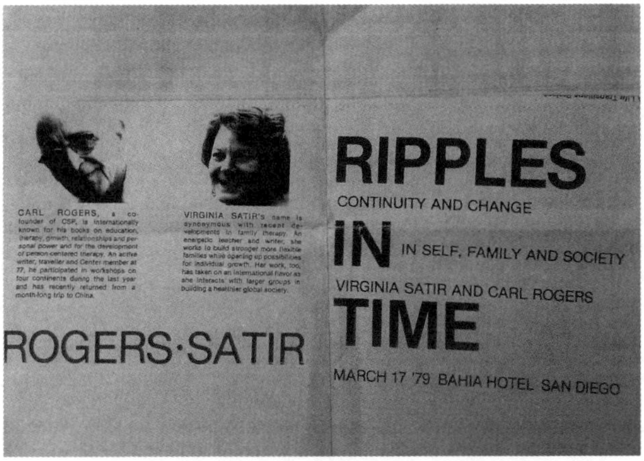

1979 年，罗杰斯与萨提亚工作坊的广告

萨提亚提出，在建立一个治疗性团体之前，先要做些什么，才能使团体发挥每个人成长的作用。罗杰斯说："我想首先是工作人员必须要先预备自己。在早些年我们总是在会务上做很多准备，给学员提供更多自由的选择；但这几年来我们更倾向于对'人'的准备，我们在工作坊建立之前，提前三四天就来到这里，彼此非常开放敞开地畅所欲言。对彼此完全敞开，而且百分百地做自己。我们就用这样的方式为即将建成的工作坊做好准备和打下基础。我们都是各自不同的人，而且我们也丝毫不想隐藏彼此之间的差异。但尽管我们是不同的人，有不同的感受，但这丝毫不妨碍我们找到共鸣和同频。这里有一个足够大的容器，可以承载我们所有人的情感。我们发现这样的准备是非常非常重要的。"

为了让团体更能畅所欲言，更有凝聚力，更有治疗效果，罗杰斯说重要的是做"自己人"的准备。两个治疗师先要彼此完全敞开心扉，而且百分百地做自己。萨提亚说这就是团体治疗师先要回到自己的"生命力"，先要保持自己内在的一致性。两位治疗大师为我们示范了在带领团体之前，治疗师作为一个人，如何面对和处理彼此之间的差异，真实地做自己，做好自己作为一个真实的人，而非治疗师角色的准备。这既是治疗师作为一个人自我成长的需要，也可以避免在带领团体的过程中因个人的问题影响来访者，所以这也是对来访者的尊重和负责。我自己要向两位大师学习，无论是带领培训团体，还是咨询团体，或是个别咨询，都要做好自己个人的准备，让自己保持内在的和谐一致。在两个人共同带领团体时，要彼此敞开心扉，处理彼此之间的差异，使彼此之间和谐一致。这样才可能带领团体成员更好地改变与成长。

他们都是“哥伦布”

罗杰斯和萨提亚都是具有创新精神的心理学家。罗杰斯在由治疗师主导的行为主义、精神分析心理治疗理论占统治地位的时代，勇敢地创造了以来访者为中心的人本主义心理治疗理论，为心理治疗界带来了“第三种势力”。萨提亚在罗杰斯人本主义治疗的基础上又创造了系统转化式家庭治疗，他们都是那个时代的心理治疗的革新者。

在工作坊中，萨提亚谈到传统的心理学将人定型时说：“关于心理学里人格的理论，比如被动型攻击的男人、侵略型的女人，我们甚至有人格分类，但不管怎样，卡尔还是说先别去看那些，来访者在不同的情景中可能做出不同的选择和反应，我们总是可以有新的创造的。”表明罗杰斯和她本人都认为人是可以改变的，不要为人定型，为人贴标签。这对当时传统心理学将人们的行为分类，将人格定型的理论盛行的状况，是一个革命性的突破。萨提亚将这一革命性的突破，比作哥伦布。如同当年哥伦布质疑人们普遍认为“地球是平的”的传统认识，提出“地球是圆的”革命认识一般。她说：“我们都是哥伦布”“我们都要做新意识的榜样”。我被罗杰斯和萨提亚尊重人的本性，敢于挑战传统心理学的创新精神所感动了。在当前，我国心理治疗领域中许多人盲目照搬西方传统的心理学理论，将人们类化，病理化，忽视每个人自身的生命力和每个人自身拥有的积极资源，看不到人在不同情境下改变的可能性。罗杰斯、萨提亚这种对人性的积极认识，与我们的传统哲学是相符合的。因此，我要学习罗杰斯、萨提亚的革命精神，敢于坚持积极心理学的理念，将其与中国传统文化相结合，发展适合我国本土特点的心理咨询，即使受到排斥，也要勇敢坚持。

示范和而不同

人们常把彼此之间的不同看作是问题，会把对方看作是一个有问题的人，因此不能彼此接纳，甚至批评指责，造成了彼此之间的矛盾冲突，使人们失去了联结。而在这个工作坊中，我看到了两位心理治疗专家运用尊重和真诚的原则，处理他们之间的相同与差异，为团体成员，也为我们示范了如何处理人际关系中的相同和不同，建立了和谐的人际关系的榜样。

在如何看待人们的独特性和彼此的不同对人际关系的影响时，两位治疗大师表现出了高度的一致性。

罗杰斯把人们之间的不同，看作是每个人的独特，他要人们在与他人联结时，先要接纳自己的独特性，他认为：一个人越是分化得好，越是为此骄傲，也越能够去理解他人。

萨提亚很支持罗杰斯的观点，她说："我百分百相信每个人都是不同的。"在过去很长时间里，人们认为差异只是麻烦。我的经验里只有当我们能去欣赏彼此的差异，真正的联结才会开始，才会有真正的能量。她说："人们很容易产生不同意见，这会带来有趣的事情，因为人们可能会觉得不应该有不同意见，而不同意见是不可避免的。我有不同想法的时候，能够表达出来，才能展示我的正直与诚实。人们很难把负面的体验从指责和评断中分开，今天仍然如此，人们一有负面的感受，就开始指责。"萨提亚指出，指责只是针对问题行为，而不是针对有这个行为的人。这样人和人之间就能够彼此接纳。她说："就好像说指责不是让人们彼此针对，而是只聚焦问题。就好像当一个人的胡子上蹭上了汤，我们是可以直接告诉他的。这些就是在'重塑'我们的思维，思考方式。"因此她鼓励人们把不喜欢的东西或事情直接表达出来，告诉对方。对此，罗杰斯给予了积极支持："这相当有帮助，我们要学习分离感受和评判。我们可以指出人的错，而不是说'你是一个愚蠢的人'。"

但是，当他们在彼此的认识上出现了分歧时，他们又可以坦诚地表达自己与对方的不同意见。

在谈到如何去帮助一个人对待自己内心的冲突时，罗杰斯和萨提亚所持的观点与方法上有了分歧，罗杰斯直接坦诚地向萨提亚表达了他的不同意见。

萨提亚认为对人要有一定的教育和引导。她说："我会帮助人们用自己的力量支持自己，而且让他们可以接触到自己的完整性，虽然可能需要穿越痛苦，这可能不是他们希望的，但这是我会做的。

他们需要对此有所学习，也许在更深的层面，他们希望你能够对他们有所帮助，教给他们一些东西。”

罗杰斯不同意在对人的帮助中有引导性，他认为只要对其尊重和接纳，人们感到安全，就会自己改变。他直接对萨提亚表达了不同于萨提亚的观点：“我的答案可能稍微有些不同，你用了‘鼓励’这个词，我希望为人们创造一个可以使用自己的勇气的环境，但我不是说鼓励人们朝向某个特定方向前进，不，我不这么做。当我用‘引导’这个词，我不是引导他去某个特定方向，而是我引导一个人去向他所选择，要移动的方向。我也不能像你所说那样，特别感觉到那位女士需要在她的愤怒、嫉妒等感受下做更多的探索，或去感受这些感受。不管她选择、决定要去向哪个方向，我都会引导她去向她所选择的方向。而且，我也不喜欢为和我一起工作的人设定某些特定的目标，我想做的是为他们赋能，然后他们可以去他们想要去的方向，而不是我想要去的方向。这是我认为对他人的人生有帮助的方式。所以看起来好像你和我是有些不同的，虽然我说的也不是特别清楚。”他说：“我会试着去倾听对方说话的语气，并依次做出回应‘哦，你感觉你总是对的’。在我的经验里，如果一个人感觉到他的这种需要被接纳、认可，他的这种需要自然不会那么带有防御性，那么强烈。”

我感动两位心理治疗专家用自己的行为示范了他们如何处理人际关系的相同与差异。

听了两位大师共同带领的工作坊的录音后，我更坚定了要向他们学习，做一个真诚、和谐的人的决心。因为作为一名教师或一名心理咨询师，我们对他人的影响，重要的不是你讲了什么，而是你是一个什么样的人。人们信服你所讲和所做的，首先不是你拥有的理论和技术，而是你这个真实的人。

6

生活，还有诗和远方

生活不止眼前的苟且，还有诗和远方。我对生活充满了好奇和喜爱，我享受着每时每刻生活的美好，我希望自己活出春天般的生命，我也希望我的学生和来访者活出生命的春天。

“穿”出心理学

穿衣服是日常生活中最常见的事情了。但在穿什么样的衣服适合自己这个问题上,我也经历了一个不断突破自我、认识自我的心理过程。这个过程对我也有许多启发。

记得上中学时，因为我们学校是女校，女教师很多，她们个个都穿得那么优雅美丽，让我们这些女孩子羡慕不已。记得初一时的班主任姚老师，夏天里她的那些颜色淡雅带有小碎花的连衣裙，把她打扮得知性又活泼，让我们很乐意和她在一起。教我物理的梁老师大约有50多岁，她身着一件合体的蓝色旗袍，胸前佩戴着一朵精致的小红花，显得很清爽、很典雅。看到她，那时的我就想，到了她那个年纪，我也要像她这样优雅。

穿衣理念的第一次突破

20世纪90年代初，我的一件毛衣穿坏了，需要买一件新毛衣。我爱人陪我去商场。我一眼盯住的不是黑色就是灰色。可我爱人指着柜台上边挂着的一件花条纹的毛衣说：“我觉得你穿那件不错，试试看！”我连忙摆手拒绝：“太花了，不适合我！”爱人却让售货员拿下那件毛衣，坚持让我试。我只好试了。当我穿上时，我也觉得挺好看，但又觉得不习惯，仍然固执地说：“这不适合我。”爱人却说：“我看挺好，买这件吧！”随即他就付了款，把这件衣服拿回了家。后来我穿上后，所有见到的人都说我穿这件花条纹的毛衣比之前穿的毛衣漂亮。这件毛衣的购买过程打破了我之前的固定思维，不仅成为我穿衣的一次思想解放，也让我突破了工作和生活上的一些僵化的想法，开始敢于尝试做一些与之前不同的选择。

试一试，总有可能

有一次我和爱人外出，突然天下起了雨，我们就在路旁避雨。路旁有一家时装店。我爱人说，进去看看有没有适合你的衣服。我赶忙说：“我从来不进时装店，那里的衣服太时尚，不适合我。”我爱人说：“反正也避雨，进去看看呗！”我想倒也是。既然进来了，就逛一逛吧！我爱人指着一件红色的衣服说：“你试试这件，怎么样？”我吓得直往后躲：“那可不是我穿的！”爱人真的跟售货员要了一件，对我说：“试试，又不是马上决定买！”我听从了他的建议。一试，对着镜子中的自己，果然我像变了一个人一样，人显得很精神，确实很漂亮！我爱人说：“你看，这衣服像是专门为你订制的，穿上去合体又优雅，买了吧！”但我还是觉得价格贵了些，最终没有买。但这一次的经历，又使我有了一个新的观念，时装店我也可以进，这里也许会有适合我的。试一试，这是一个尝试新的可能性的行动，只要敢于试，就有可能的机会。

有了这次经历，我思想就更开放了，以前我从不进的一些店，特别是年轻人经常光顾的品牌店，现在我也时常进去逛一逛，搜寻一下有没有适合我穿的。说起这事，还有一段有趣的故事。我有一年去大连理工大学讲课，大连理工大学心理咨询中心主任胡月老师知道我爱逛街，她没时间，就派了他们中心的一名年轻男老师陪我。我逛了几家店，最后在 ZR 买了一件物美价廉的衬衫。第二天，胡月老师对我说，那个陪我去的年轻老师带着惊讶的语气对她说："蔺老师居然还进了 ZR！"言外之意：这老太太居然这么时尚！

其实如同买衣服，所谓"时装店不适合我""年轻人的店"，都是自己在观念中为自己设定的限制。一般中有特殊，必然中有偶然，世界上任何事物没绝对，总会存在着可能性。只要勇于去试，凡事皆有可能。买衣服如此，对待生活、工作的态度也是如此，不为自己做预设，敢于尝试，努力寻找解决问题的可能性。

适合自己的就是最好的

儿子要结婚了，儿子的婚礼，我一定要买一件最漂亮的衣服，而且不计较它的价格，因为这是儿子一生中最重要的时刻！这次抱定决心要买"档次高"的礼服。可几乎逛遍了北京所有我认为"档次高"的服装商店，也没有遇到适合的衣服。最终还是在一家普通的店里看上了一件紫红色的唐装，穿上得体又高雅，很适合在婚礼上穿，价钱才 200 多元，好开心！这个经历让我领悟到：适合自己的才是最好的。

可到了女儿结婚的时候，我又再一次下定决心：参加女儿的婚礼，我一定要买一件"高贵"的礼服。于是我又开始了全北京服装店的寻找。在一家商场里看到一个大品牌的衣服正在打折。我知道这个品牌的衣服平时一件至少是七八千元，甚至是上万元一件，我从来不去光顾。今天打折，我上前去挑了一件试试。售货员热情地向我推荐："平常这件衣服9 000多元，现在打三折，才3 000多元，太划算了！”我看了看这件衣服，出席婚礼也还算可以，但也不是太满意，因为它显得太“高贵”，只适合婚礼穿，并不适合日常穿。犹豫之中，冒出来一个念头，这个品牌的衣服，平时不敢问津，今天偶遇打三折，让我感受一下穿名牌的感觉吧！于是就买回来了。但回到家后，心里总是不踏实，再试试这衣服，还是先前的那种感觉，婚礼穿还可以，但以后穿不太实用。犹豫再三，最后决定将其退回。第二天我退衣服时，售货员对我说：“今天这衣服的价格又涨上去了，现在是5 000多元一件了，别退了。”但我还是坚持退掉了。此时我心里想的是，就算这件衣服今天卖一万元一件，我也要退掉，因为价格不是最重要的，最重要的是它适合我。后来我在另一家买了一件600元的紫色金丝绒旗袍，穿着它出席了女儿的婚礼，客人们都称赞我这件旗袍又高贵，又典雅。

反思这一次买礼服的过程，我觉察到自己内心深处也有崇尚名牌、好虚荣的一面。当我可以重新回到“我是一个什么样的人，什么才真正适合我”的时候，就可以排除那些杂念的干扰，回到本心，可以为自己做出恰当的选择。买衣服是如此，做人也是如此，一定要了解自己，选择适合自己的才是最好的。

对不敢接受表扬的自我觉察

我买衣服少了许多对自我的限制，所以选择面更广了；加上我闲时爱逛街，所以经常能买到既适合自己，又价格便宜的衣服。60元一件质地不错的中式印花上衣，很有民族特色，我曾穿着它出席过国内外的多次学术会议，也曾在美国和澳大利亚的大学做过学术演讲，获得了国内外朋友们的许多赞誉。可是，每当人们夸奖我的衣服漂亮时，我总会不太好意思地说："这件衣服很便宜。"有一次，一位朋友又赞赏了我的衣服，我顺嘴又回应了她和以前同样的话。她好奇地问我："为什么我们每次夸你衣服好看时，你总先不回答我们对你衣服的评价，而是说'价钱很便宜'？"是啊，我觉察到这是在"打岔"啊！"打岔"是一种回避，我在回避什么？我觉察到，我在回避别人对我的表扬。长久以来我所受的家庭教育、学校教育是"谦虚使人进步，骄傲使人落后"。每当我取得一些好成绩，受到奖励或表扬时，父母都会马上告诉我："不要翘尾巴！"这位朋友的疑问，让我对自己又一次进行了觉察和反思。实事求是地对待自己，勇敢地接纳自己的长处，不是自私，不是骄傲，那是自信的表现。此后，再有别人夸赞我的衣服漂亮时，我会开心地告诉她："嗯，我也觉得很漂亮，而且还很便宜！"这个回应既是对自己审美能力的自我肯定，也是对自己选择能力的肯定，内心有了双重的自信。

穿衣服里边也有心理学，从穿衣服的变化中，我的心理也发生了许多变化，我变得更加开放，更加灵活，更加自信了。

冬日游颐和园

颐和园离我家不远，但一直忙于工作，却很少去游玩。2003 年非典时，不能正常上班，倒给了我休闲的时间。从那时开始，我和先生养成了到颐和园散步的习惯。颐和园面积很大，视野开阔。平静的昆明湖，使人心旷神怡；形态各异的楼阁让你随时感受着悠久的历史和文化；参天的松柏和名贵花草让你惊叹大自然的美妙。我们在感叹着昔日皇帝们奢华的享乐之时，也感慨着今日我们也能享受皇家花园的愉悦。我们称颐和园为自家的后花园。只是过去终日忙碌奔波，忘记了欣赏，多么遗憾！非典时我们天天去颐和园，后来就每个周日去。我们从小南门进去，经铜牛、迎春亭，去谐趣园，然后经后山走到耕织图，走过西堤，绕颐和园一圈，有时从耕织图西边沿湖西岸走，绕一大圈。边欣赏风景，边聊天，心旷神怡，日常工作、生活中的烦恼全都丢掉了。

春天，碧蓝的昆明湖边垂柳吐出了新绿，嫩黄的迎春最早迎接着清晨早来的游人；夏天，粉红色荷花在宽大的绿叶陪衬下竞相开放，成群的野鸭给平静的昆明湖带来了无限生机；秋天，渐渐变黄、变红的树叶与松柏的绿色交织成一幅五彩的图画，浓郁的桂花香气弥漫着整个公园。冬天的颐和园则又是别一番景色。

冬日里的一个周日，我和先生到颐和园散步，感受了冬日游颐和园独有的乐趣。冬日的颐和园一身素装，园中的景物显得格外沉静。昆明湖结上了厚厚的冰，一眼望去，像一面巨大的镜子镶嵌在园中。冰上，许多游人在新奇地散步、溜冰、摄影、嬉笑，他们那五颜六色的棉衣装点着昆明湖，给颐和园带来了新的色彩，带来了冬日的欢乐。

我们慢慢地走着，走到了后山。走着走着，突然，在后山阳坡上那一片干枯的草丛中我发现了一小点的绿，我好奇，春天还没到，哪里来的绿？我走上前去拨开覆盖着的干黄的枯草，发现这绿竟然是小草刚刚钻出的小嫩叶。这冬日里小草怎么会发芽？我先生说：“今年是暖冬，可能这里向阳，土壤里的温度够了，小草开始生长了！”我和先生一同俯下身子，拥抱这第一眼的绿色，这冬末里勇敢的小草，夹在那满地枯萎的干草之中，虽然是那么纤细，那么幼小，但那绿色却是那么鲜明，充满了勃勃生机，像是一个个绿色的小精灵。我佩服小草的顽强。严寒的冬天，它没有被冻死，它一直在默默地抗争着，守候着，它在努力积蓄着自己的能量，一旦适宜的阳光给了它生长的温度，它马上勇敢地钻出了地面，哪怕顶着漫天飞舞的鹅毛似的雪。小草是有灵性的，需要它等待时，它便能静静地等待一个漫长的冬天，需要它成长时，它又会把握时节迅速地成长。它不像有些草本花，应季那几天，开得无比灿烂，然而，花期过去，它就会枯死，永远不会复生。我敬佩小草，它懂得什么时候需要静静地守候，什么时候可以勇敢地钻出。我们人呢？有时太心急，耐不住寂寞与等待，无论何时都急着展现自己；有时又太欠缺力量，不能把握成长的最佳时机。让我们向小草学习顽强而坚韧的精神吧！

这次我和先生游颐和园最令我们兴奋的是，我们登上了往日根本不可能到达的地方——昆明湖上的两个神秘的小岛。十七孔桥正南，西堤东南边的那个无名小岛，是园中最小的岛，岛上有一个小亭子，亭子周围有一些树，远远望去，那小岛仿佛是一个精巧别致的盆景，摆放在昆明湖上。因湖水环绕，我们从来没上去过。

我们相互搀扶着，小心地走过“冰桥”，登上了那个往日看上去像盆景似的小岛。小岛上有一个八角的玲珑小亭，小亭的四周栽着16棵垂柳，小亭的每一个角都正好对着两棵柳树。在这个小岛上还有一棵桃树。到春天来临时，那岛上粉红色的桃花在四周嫩绿的丝丝垂柳的掩映下盛开，将是一番多么盎然的春色。

西堤西边湖中的一个孤岛稍大些，往日里被郁郁葱葱的树遮掩着，不知上边有没有楼阁，也不知上边有什么古迹，因四周湖水环绕，无法上去，因此总是个迷。今天，这光滑坚实的冰湖，为我们探索这个小岛的奥秘提供了条件。我们终于可以登上这个神秘的小岛了！

我们小心翼翼地踏着脚下的冰，一步步地向前移动着，终于登上了这座神秘的岛。穿过外层密密的树丛，到了小岛的中心。一个高大的碉堡式的土围呈现在了我们面前。蹬上几层乱石堆垒的“台阶”，我们进入了土围里边。四周是又高又厚的土墙，墙上没有一块石头和砖，全是黄土，中间掺着一些细小的石子，虽经数百年的风吹日晒，依然那么坚固。土墙里边是一小片空地，什么也没有，土围没有窗口，也没有门，只有我们进来时那条窄窄的只能并排通过两个人宽的一个出口。站在土围中有一种阴森、压抑的感觉。这里过去究竟是做什么用的？有人猜测是朝廷囚禁犯罪的高官、太监用的，有人猜测是用来存放宝物或武器用的……这仍然是个谜。但不管怎样，我们今天总算知道了这小岛上有个碉堡式的土围!

很庆幸，我们登上了这个从未去过的岛。以后也不可能再登上这座岛了。因为这岛周围的湖水是要供北京人饮用的净水，为防止那些不守规则的游人进湖野泳，保护这湖净水，工作人员在这湖的四周安装上了密密的铁栏杆，这座岛游人们再也不可能登上去了。不但不可能再登上去了，连这湖和岛也看不清了，人们游颐和园缺少了一处可欣赏的独特的美景。我不由得想到了文明行为与道德素养的关系，想到了我们教育者的责任。

我与花

我爱花，我常欣赏各种花，有时去公园看花展，有时在我家小区看花，有时在路上不经意发现的花，都会令我心旷神怡。仔细地欣赏它们的形态、颜色，细细地闻闻它们的香味，花给我的生活带来美感，也带给我做人的许多感悟和启发。我爱花，我爱各种花的美丽，我喜欢各种花展现出的不同的品格。

每年五月初，北京植物园的牡丹盛开时，我就和先生携手一起去植物园看牡丹。那里数万株牡丹绽放芳容，花团锦簇，姹紫嫣红，场面蔚为壮观。只有置身在这盛开的牡丹当中，才能真切地感受到“唯有牡丹真国色，花开时节动京城” 的意境。我爱牡丹，我爱她的雍容大气，气度非凡。牡丹的花朵开得很大，花瓣宽厚饱满。牡丹盛开时，每一朵花都开得那样洋洋洒洒，不羞怯，不扭捏，不娇嫩，不媚俗。尤其听了武则天贬牡丹出长安，火烧洛阳牡丹的传说，我更加敬佩它的“焚后犹自开”，不惧强势，越烧越艳的傲骨。

我也不会错过每年颐和园春节的梅花展。站在形态各异，傲骨幽香的梅花前，我有许多的感动。曾几何时，我人生遇到挫折，落入低谷，是“风雨送春归，飞雪迎春到，已是悬崖百丈冰，犹有花枝俏”的诗句，给了我自信和坚韧，让我抵住了压力，度过了寂寞与孤独，迎来了生命的春天。当我经历了开创心理咨询事业的艰难，在事业繁荣发展之际退下时，“俏也不争春，只把春来报，待到山花烂漫时，她在丛中笑”的诗句，让我平静地享受着自己为所热爱的事业所有的付出和投入，我也享受着年轻一代心理咨询教师成长的喜悦和感动。梅花 “不要人夸好颜色，只留清气满乾坤”的品格，影响了我的一生。

桃花盛开的地方是我的家园

圆明园中深秋的菊花展也是我必去观赏的。记得有一年我们去的前一天北风乍起，突然降温，我不知那些菊花会受到怎样的摧残。怀着一种爱怜的心情，我和先生来到了圆明园菊花展。不曾想那菊花开得正艳，那黄的鲜黄，粉的艳丽，白的洁净，绿的似碧玉，每一朵花，每个纤细的花瓣都在尽情地绽放，看不出刚刚经过昨日的寒风侵袭。我爱菊花，我爱它不与春花争荣，不与百花争宠，我爱它敢在风霜中怒放，爱它在柔美中蕴藏着那铮铮的铁骨。观看菊花，还常常让我想起陶渊明“采菊东篱下，悠然见南山”的诗句，体悟其中“心远地自偏”的人生境界。

我见过的荷花很多，但福州西禅寺中的白荷花给我留下的印象最深。那池中白色的荷花，花朵开得很大，使人看去，就会想起古人赞美荷花“出淤泥而不染，濯清涟而不妖”的诗句，感受到它“只染碧波不染尘”的洁净。我突然想起最近常常对自己说的一段话：“我曾经以为心理咨询是净化人们心灵的事业，后来发现也不完全对；我曾经以为学习萨提亚心理治疗，可以让人内心安宁，后来发现也不尽然；最终我发现心灵的纯净与安宁在自己这里。”

中山公园的兰花展不去是会遗憾的。走进公园，一进入展厅，就被那一盆盆精致高雅的兰花吸引住了。兰花长得很清秀，修长的茎，细长的叶子，衬托着那或紫色，或白色，或绿色的淡雅的小花，花朵不大，但散发着淡淡的香气。我爱兰花“芝兰生于深林，不以无人而不芳”，我爱兰花“不将颜色媚春阳”，我爱它优雅而不张扬。我喜欢兰花与我做人的理念相关。我不喜张扬，不爱喧闹，喜欢踏实读书、做事。

我家院里海棠盛开

欣慰的是，我依然会有许多真诚的朋友，工作上的表现也还让自己满意。

江苏兴化油菜花海

我也喜欢海棠花。每年春天，我家楼下那十几棵海棠盛开时，满树的粉红花朵，搭成了一条花的长廊。那含苞待放的花蕾，娇艳得似古代仕女的胭脂，那绽放的一簇簇花朵白里透红，好像一张张少女粉嫩的笑脸。由于天气暖得早，刚进四月，海棠的花蕾便挂满了枝头。我担心出差一个星期回来错过了海棠花开的旺季。但是令我兴奋的是等我出差回来时，那海棠树上繁花似锦。这一定是我离家这几天北京降温，海棠花期推迟了。我先生打趣地说：“咱家院子里的海棠等你回来才开！”是啊，海棠也唯恐我看不到它最美丽的样子，一直把它最美的时刻留给我欣赏。我尽情地享受着它馈赠给我的美。在海棠树下，看着那粉红的花朵，我仿佛回到了少女时代，虽然生活清贫，但心中和脸上都洋溢着甜美。在海棠树下，我和爱人牵着手，尽情地欢乐，尽兴地拍照，仿佛回到了我们浪漫的初恋。我爱我家院子里的海棠花，它留住了我的青春，我的爱，留住了我的甜蜜。

我爱路边那些不知名的小野花。它们总是不挑剔生存环境，有点土就活，有点水就长，给点阳光就灿烂。我常常被那石头缝中绽放的小黄花所感动着，被那草丛中淡淡的像小米粒大小，但把每个花瓣都开得那样舒展的小紫花所吸引着。有一天清晨，我到附近的小公园散步，看到公园里那盛开的五颜六色的月季，张扬着它的艳丽引来蝴蝶围着飞舞。而路边那淡粉色的小小的牵牛花却在默默地绽放。那牵牛花太小了，它小得人们几乎看不到它，甚至在人们的脚下被踩来踩去，蝴蝶们当然更不会青睐它。但是我看到它依旧以自己的样子在那里绽放，在那里贡献着它的一份独特的美丽。无论人们看到看不到，它都在那里。我在牵牛花那里驻足了好久。

花是美的，我的心灵也是美的。我愿我的生命像花一样自在地绽放，无论别人看到看不到。

难忘的南极之旅

对南极，我一直觉得很遥远，也很神秘，以为只有考察队员才有可能到达那里。前几年听说我们普通人也可以前往时，就产生了去南极旅游的愿望。没想到这个愿望实现得这么快。2016 年 1 月 20 日的晚上，儿子告诉我和爱人，中科院下属的一个机构组织了一个赴南极考察团，一周之后出发，临时有两名成员因病退团，需有人补位。听了这个消息，我和爱人很兴奋，毫不犹豫地做了去南极的决定。当时我还在给石景山区教师培训的课程中，没有太多时间做准备，只是抽空买了去南极必备的防水裤，按考察团的要求做了一些简单的准备，70 岁的我们就开始了这场说走就走的远行。

33 个小时的飞行，从亚洲到非洲，穿过赤道，绕地球半周，我们来到了南美洲阿根廷最南端的港口城市乌斯怀亚，从这里登上了驶向南极的轮船，开始了我们对向往已久的南极的探访。

神秘的冰雪世界

走进南极，一下子被这神秘的冰雪世界吸引住了。那岸边高耸的皑皑雪山，那洁白无瑕壮美的巨型冰川，那从船舷边驶过的形态各异的巨大浮冰，那遍布海面的载着海豹和企鹅漂过的冰层，宛如一部神奇的冰雪世界大片，壮观、震撼、奇异、梦幻……

大自然给南极形态各异的冰山染上了淡淡的蓝色，冰清玉洁，玲珑剔透，仿佛是蓝宝石制作的工艺品，吸引着人们贪婪的目光。那蓝天白云下的冰山倒映在海中，亦真亦幻，简直分不清哪是实体，哪是倒影。雪白的山，洁白的云，蓝色的冰，蓝色的海，我置身于这白与蓝的世界中，仿佛进入仙境，内心十分宁静。

南极的冰山体积巨大，高达一二十米；形态多姿多彩，有的似宏伟的建筑，有的似巍峨的山峦，有的似雄壮的动物，有的似精巧的假山……进入峡湾，各式各样的冰山遍布海面，好似一个巨大的冰雕展览，放眼望去，又像一个硕大的港口，停泊着无数艘整装待发的轮船；也似一个庞大的机场上，停放着无数架等待起航的巨型飞机，好壮观！当一座座冰山从我们的船舷边漂流而过时，又像是国庆时天安门检阅台下驶过的一辆辆彩车，好美，好精彩！听科研人员说我们见到的这些大型的冰山已经在南极漂浮了16年。我感慨这漫长的岁月中大自然这个伟大的艺术家雕刻出这样精美的冰雕艺术品，我深深地敬畏并臣服于这伟大的自然力！很遗憾我们的相机只能拍下少数单个的冰山，不能把那气势宏大壮美的景象全部展示出来，但那壮美的场面永久地留在了我的心中。

走进企鹅大家庭

从来没有见过这么多的企鹅，成千上万，密密麻麻地遍布在海岛，海滩、海冰上，令人震撼！从来没有跟企鹅有这么亲密的接触，就在自己的脚下、眼前。南极是企鹅的世界。在南极，我们每天和企鹅见面，看着它们那笨拙可爱的样子，欣赏它们不畏严寒的精神，好开心！南极企鹅的种类很多，我们见到的有三种：阿得利企鹅，整个头都是黑色；白眉企鹅，眉毛是白的；帽带企鹅，脖子处有一条像帽带的黑道。

企鹅们穿着那身黑白分明的“燕尾服”，走路时高高仰起脖子，胸脯挺得直直的，胖胖的身体扭来扭去，看上去像是矜持高傲的绅士。然而当你看到企鹅妈妈在暴风雪中把小企鹅放在自己的肚子下边，紧紧地守护着它的幼子时；当你看到企鹅妈妈给小企鹅喂食，把小企鹅的嘴含进自己的嘴中，生怕孩子吃不好时；当你看到企鹅爸爸妈妈把身子伏下循循善诱地“教导”孩子时，当你看到它们高声训斥不听话的孩子时……你一定会被它们那深深的爱所感动。

2015 年冬我在南极

一场惊心动魄的生死搏斗

贼鸥是企鹅的天敌。在南极的一个岛上，我们目睹了一场小企鹅与贼鸥生死搏斗的激烈的情景，让我对生命有了更深刻的领悟。一只小企鹅在海中自由地游耍，被一只贼鸥发现了，突然飞上前去捕捉。那只小企鹅慌忙逃开，但很快被这只高大的贼鸥捉住，拖到了岸上。贼鸥拼命地啄它的头，受伤的小企鹅奋力挣脱，逃到了海里。不幸，小企鹅敌不过它的对手，又被拖到了岸上。这时又飞来了一只贼鸥。两只贼鸥凶狠地撕咬着小企鹅。在两个强大的敌人的攻击下，这只幼小的企鹅奄奄一息。但突然见它带着伤残的身体挣扎着站立了起来。但很快，那两个强敌继续把它压倒在地。这时，只见两只贼鸥在凶残地继续撕咬，看不到小企鹅有任何动静，“可怜的小企鹅，这次真的是死了！”我们所有人的心情都非常沉重。但出人意料的是，眼前一个血肉模糊的躯体突然又摇摇晃晃地站立了起来，我们被震撼了！但接着又被它那两个强大的敌人扑倒。这一次的奋争后，再也没看到小企鹅站起来……此情此景，让我的心里有许多哀伤，也有许多感动，是为小企鹅，也是为生命。小企鹅抵不过强大的贼鸥，但它那为生命抗争到最后一刻的精神令我感动，为它顽强的生命力所感动。我联想到人类，我们应当如何尊重和捍卫自己的宝贵生命呢？

与海豹和海狮的亲密接触

说到海豹和海狮，我对它们总有一种很恐惧的感觉，总会联想到陆地上那些凶猛的豹子和狮子，担心它们随时会弱肉强食，担心会遭到它们残暴的攻击。然而在南极看到的海豹却没有那样令人恐惧和害怕，反而是一种很奇特的享受。

南极的海豹大多生活在浮冰上，由于在这里它们没有天敌，海豹们可以自由自在地躺在冰面上睡觉。站在船的甲板上，我们时常看到从船边漂过的浮冰上载着海豹。有的浮冰上只有一只，有的是两只，有的甚至是七八只。这些海豹大都在安静地睡觉，有时也看到它们在自由地玩耍。它们有的比较顽皮，一会儿滑行着它们的身体进入海中，一会儿又跑了上来；有时一只爬到另一只的背上，相互挑逗着，开心玩耍。

海狮最爱在海滩上睡觉。看到它们懒懒地趴着睡觉的样子，感觉它们很温顺，很可爱，很想为它们拍照，但怕惊扰了它们的美梦，于是我们常常会耐心地等待，等它们醒来时才会偷偷地为它们拍下美丽的倩影，因为不想给自己留下从南极没有带回海狮照片的遗憾。

2015 年冬我和鸿昌在南极

以往只是在电视里和海洋博物馆中见到过海豹和海狮，而这次在南极我是第一次在大自然中见到了这么多海豹和海狮，感到很满足。

精彩的鲸鱼表演

去南极也并不是一定能看到鲸鱼的出现，而我们真的是很幸运。当我们的船驶入一个宽阔的海湾时，船长惊喜地说："太幸运啦，前边发现了鲸鱼！"闻此消息，我们立即冲出船舱，当我们挤到甲板上时，看到我们的前方海面上有多只鲸鱼在海中翻滚。我们看到一条鲸鱼喷出的水柱已有 4—5 米高，另一条鲸鱼把尾巴翘出水面，像是在向我们船上的这些来访者表示欢迎。哇，看那两条大胆的居然游到了我们的船头。它们那宽大厚厚的脊背很像牛的脊背，可身体扭动起来却比牛灵活多了。当我们关注这两条鲸鱼时，又听到有人惊呼："快看那边！"顺着他指的方向望去，我们发现左前方又有几条水柱喷出。忽然又有手指指向右前方："这里又来了！"转头一看这边又有几条尾巴露出，正自由地拍打着水面。这时整个海面四处喷射水柱，数条尾巴时隐时现地在舞动，如同演员们在翩翩起舞。此时远处鲸鱼尾巴拍打水面的声音，近处鲸鱼吼叫的声音，游人手中照相机按快门的"啪啪"声音，人们惊喜的喊叫声音，汇成了一场绝美的海上音乐会。我陶醉在这精彩的舞蹈和音乐中。

造访长城科考站

我们有幸参观了位于乔治岛的我国的长城科考站。当我们登上乔治岛，看到五星红旗高高飘扬时，心情无比激动。长城站是我国在南极建立的第一个科考站。我们在这里参观了科考站的工作和生活场所，还参观了科考队员自建的蔬菜温房。在这个温室中长着绿莹莹的青菜，有顶着黄花的嫩嫩的黄瓜，也有缀满枝头的红红的西红柿……这些是科考队员自己亲手栽种的，是他们唯一的蔬菜来源。南极没有植物生长，在长城站的温室中，这是我们第一次见到南极的绿色植物。我被驻扎在这里的南极科考队员们在艰苦环境中为国家奉献的精神深深感动了。

在长城站的会议室里，我们听了科考站站长给我们介绍南极科考站的工作，参观了长城站建立的历史。在这里，我们见到了一位第一批参加建长城站的科考队员，听他讲述了科考队员们首次登上南极，白手起家创建长城站的艰苦创业精神。他说这一次他来长城站，不是来工作，而是来度假。我看到了科考队员们对南极，对长城站的深厚感情。这里留下了他们的汗水和泪水，留下了他们不畏艰险为国奋斗的人生轨迹，以至在休假时，他们不在温暖的家中休息，不到国内外美丽的山水间畅游，而是回到这长年冰雪覆盖的南极，这是常人所无法想象的。在这里我还偶遇了一位正在长城站工作的女科考专家，她是我校一位老教师的女儿。真是缘分，我们之前并不认识，在这里相见，格外亲切。她说她这是第五次来这里工作了，她也给我讲述了她和同事们在这里创业、工作的情况。在长城站，我了解到我国目前在南极已经设立了长城、中山、昆仑、泰山 4 个科考站，在南极科考投入的力量已仅次于美国。我们为祖国科考事业的发展感到自豪，为科考队员的奉献精神所感动。

越过南极圈

到了南极圈，意味着到了真正意义上的南极。南极圈，对于我来说，过去只是一个地理概念，而且从来也没想到会穿越南极圈。而今天，我真的要穿越南极圈了，心情格外激动。一大早上，全船的人都聚集在甲板上，像迎接盛大的庆典，期待着这一重要时刻的到来。甲板上工作人员放置了一个大桶，里边盛满了带着冰块的水。水桶旁边还放着一个巨大的勺子。我们很好奇，不知道这是用来做什么的。当我们的船进入南纬 66 度 30 分时，汽笛鸣响起来，南极圈到了！人们激动得欢呼起来。一个奇特而快乐的庆典仪式开始了。只见船舱里走出了一位高大魁梧的中年男士，扮演海神，走到了甲板中间。他就是我们最尊敬的船长。他在我们心中就是个伟大的英雄。是他在漫天的风雪中，不畏艰险，驾驶着这巨大的轮船破冰前行；是他首先发现海上那些出没不定的虎头鲸，呼唤我们赶快出来摄影；是他随时报告海上即将出现的美丽景色，让我们别错过在这里的留影。他就是我们心中的海神。我们平时只从广播中听到他的声音，今天见到了他本人，大家都热烈地鼓掌欢迎他。他的身边有另一位穿着制服的男士，他是我们船的大副。只见“海神”和大副手持大勺，把冰水浇到了一位志愿者的头上、脖领里，我们也弄不清楚这象征着什么，但大家都争相上前，让“海神”往自己头上浇冰水。此时全船不分国家，不分肤色，不分种族，所有的人欢呼跳跃，尖叫声、大笑声、欢呼声回响在南极的大海上空。在欢笑声中，全船人员拍了一张大合影，留下了这难忘的时刻。这是人生难忘的一段经历——我越过了南极圈。

在南极过春节

在南极，我们度过了一个独特的春节。

除夕一早，我穿上从家里特意带来的大红的中式上衣，和先生在我们船上的房间里自己拍照，留下了在南极过春节的照片。下午，我们中国船员自己动手包饺子，准备年夜饭。晚上，我们中国船员们聚在一起，喝酒，吃年夜饭。我们也请外国游客们分享我们包的饺子，分享我们的快乐。外国友人们很热情地向我们表示庆贺。菲律宾服务员特地拿来一面中国国旗向我们拜年。当孩子们展开五星红旗后，我们全体人员激动得唱起了《歌唱祖国》。“五星红旗迎风飘扬……”的歌声，在地球的最南端唱响。歌唱我们伟大的祖国，歌唱我们伟大的民族，多么自豪！我的眼里涌出了泪水。感恩伟大的祖国，祝愿我们的祖国更加强大！

大年初一晚上，孩子们演出了一台精彩的南极“春晚”，许多外国朋友也和我们一起观看，一起欢乐。我们在南极度过了一个难忘的春节！

南极归来，我更加自信

20天的南极之行结束了，但在南极所经历的一切时时在感动着我。此次南极之行，除了观看南极的奇特美景之外，还有一个对自己的感动：我比自己想象的还要棒！在南极，当我们的轮船经过德雷克海峡时，海风很大，海浪掀起六七米高，轮船颠簸得很厉害。全船大约有一半左右的人晕船。他们轻的呕吐，重的只能整日躺在床上，不能吃喝，也不能行动。我爱人就是后一种。早、中、晚的用餐时间到了，往日里拥挤的餐厅这一天变得冷冷清清，只有很少的人去用餐。而我在那段时间里身体没有任何的不适，不但一切生活如常，而且还可以去船上的各个会议厅听讲座，看录像，内容是关于“南极的地质”“南极的鸟类”“南极的鱼类”的，我还参观了轮船的驾驶室，满足了自己的许多好奇心。当我愉快地享受这些精神大餐时，看到我爱人因晕船而痛苦的样子，在同情他的同时，心中也隐藏着像小孩子似的对自己身体欣赏的得意与自豪。

从南极回来后，许多朋友听说我和爱人去了南极，都好奇地问我们："你们70岁了，还敢去南极？""坐30多个小时的飞机身体吃得消吗？""你们不担心被南极的海冰封在里边出不来？"……我说："我们真的没想过这些，想去就去了！"现在想起来，真的欣赏我和爱人的自信和勇气，如果当初想这么多，也许就去不成了。许多时候人常常对自己没有做过的事情说"不行"，其实那不是自己真的不行，是头脑里认为自己不行。经历了这次南极之旅，我更加增添了自信。当面对一件之前没有做过的事情时，我的认识是，要在评估了自己的基本能力之后，敢于大胆尝试。在尝试中可能会有风险，但也会有成功的机会，如果只活在"我不行"的思考中，纵然是会获得内心的舒适和安全，但永远无法见到新的风景，无法扩展自己的眼界，无法验证自己的能力与自信。我很自豪，我在70岁时去了南极。

南极，永远留在了我的记忆里！

生命可以这样绽放

看到加拿大老师约翰·贝曼博士，一年有三分之二的时间在中国各地奔波培训，帮助更多的家庭获得幸福，你不会相信这位满面红光，充满活力的教授已经 83 岁了！听另一位加拿大老师葛莫利·玛瑞亚老师讲课，看她在个案治疗示范中呈现出的敏锐的观察力、超强的记忆力和精准的表达，你不会相信她已经 98 岁了！我常常好奇他们旺盛的生命活力从哪里来？他们为什么活得如此充实而自在？

跟随他们学习萨提亚转化式系统治疗模式十几年来，我慢慢地理解了这些，原来生命可以这样活！

选择第三次诞生

在贝曼和玛瑞亚老师的课上，他们会经常讲到萨提亚女士的“人的生命的三次诞生”理论。人的生命的第一次诞生，是精子与卵子的结合；第二次诞生，是出生来到这个世界上。这两次诞生，都不由我们自己决定，是我们父母的决定。而第三次诞生，我们可以自己选择过怎样的人生，要什么样的生命。当我思考着这些的时候，我开始思考自己的人生和生命，我认识我自己吗？我了解我自己吗？我有多少时间是活在别人的眼中，多少时间是为了证明自己的存在，努力地活给别人看？当这样活着的时候，我还没有第三次诞生。于是，我开始思考我是谁？我想到了我们每个人的生命如同一粒种子，种子中蕴含了让它成长发展的一切资源。一粒很小的树种，可以长成参天大树，为人们遮风挡雨，贡献栋材；一粒小小的苹果种子，可以长成硕大的苹果树，结出无数个又脆又甜的苹果，供人们食用，给人们营养；一粒小小的蒲公英的种子，可以开出灿烂的花朵，装扮着美丽的春天，也会把它的“小伞兵”带到四方，撒去来年的一遍金黄……我突然悟到，我们人的生命如同那些植物的种子，蕴含着一切成长的潜能，它存在着，它努力把自己活到它能活到的最好。我们人的生命的意义也如同这些种子，要把自己充分地活出来。

2018 年，我和 98 岁的葛莫利・玛瑞亚

2010 年我在意大利威尼斯

2008 我和鸿昌在埃及金字塔前

你是松树的种子，就长成那棵参天大树；你是苹果的种子，就结出最优质的苹果；你是蒲公英的种子，就绽放出最美丽的花朵……无需证明自己，无需被人看到，无需被人认可，因为你本来就拥有。当我们可以这样认识自己的生命，选择过这样的人生时，就可以放下人生的许多牵累，选择了自己的第三次诞生。

给生命“增源”

一株植物要茁壮成长，需要不断地吸收所需要的阳光、养料和水分，一条河流要源源不断地奔腾向前，需要不断注入雨水或山泉。人的生命的成长与发展，需要不断地给予滋养，注入新的能量。这些新的能量首先是满足我们生存的物质的营养，但更重要的是精神的营养，因为人要活出生活的质量。这就要给自己不断地增添生命的正能量。

每个人获取正能量的方式各不相同。贝曼老师说他获取正能量的方式是看书、冥想、听音乐，到大自然中去，和亲爱的孙子在一起玩耍，到世界各地讲学，给人们传播爱……玛瑞亚老师获取积极能量的方式是读书，学习新事物，和朋友在一起逛街、买漂亮的衣服和饰品……

对于我自己，我给自己赋能的方式很多。我爱看书，只要我捧起书来，就会忘记外部世界那些嘈杂的声音，那颗浮躁的心就平静了下来。当我钻到书里时，我就像一个无知的孩子，在文字中贪婪地寻觅着、探索着，总有无穷的未知吸引着我的好奇心。

我热爱大自然，无论是那高耸入云的险峰，还是那秀美如画的山峦；无论是浩瀚无边的大海，还是那平静湍流的小溪；无论是那雍容华贵的牡丹，还是路边那静静绽放的小野花……它们都能让我感受到美的力量，带给我美的享受。外出时，我总喜欢观览各处的风土人情；在家时，随便走在路上，一花一草也会让我驻足许久。我像孩子一般好奇，即使走路，我也喜欢在去同一个地方时探索不同的路。即使总走一条老路，我也会走出不同的心情，因为我每一次都会发现一些之前没看到的景物。当我内心丰盈时，无论什么样的路，都会走出新的感觉。

我喜欢逛街。闲时逛街是一种享受，我总能买到价格实惠，又很喜欢的衣服，双重价值感的获得让我心情愉悦。即便没有物质的收获，也很开心，因为满足了我审美和放松的需求。

我喜欢和朋友们在一起聊天。和比我年长的人聊，会带给我很多人生的经验和智慧；和同龄人聊，会激起我许多的情感与共鸣；和年轻人聊天，会给我注入新的信息和新的活力。我最喜欢和家人在一起。和爱人一起散步，一起旅游拍照，一起交流，永远有说不完的话题；跟儿女在一起，交流情感，交流工作，

2015 年，我和鸿昌在宁夏回族自治区中卫金沙岛花海

欣赏着孩子们的成长和成熟；跟小孙女在一起，和她一起游戏，一起“过家家”，一起唱歌跳舞，笑声溢满心底；跟弟弟妹妹们聚在一起，感恩父母，回忆童年，分享今日，享受亲情，乐在其中。

2015 我和鸿昌在新疆禾木村

我喜欢做有意义的事，因为我在做这些对别人有益的事时，感受到自己的存在给别人带来了快乐和幸福，我更加快乐，感受到了自己生命的意义和价值。我给学生上课，看到学生们从中得到了启发，看到了他们的改变和成长时；当我做心理咨询，看到我的来访者擦干了眼泪，自信地站起来时；当我给咨询师做督导，看到他们增强了对自我和个案的觉察，提升了咨询的能力时；当我给教师们做培训，看到他们脸上绽放出灿烂的笑容，再把这种笑容传递给他们的学生时；当我做研究会工作，看到北京高校的心理健康教育蓬勃发展时，我内心充满了满足和喜悦。

我喜欢感受每时每刻的生活给我带来的乐趣，享受其中的点点滴滴。早上打开窗户，看到今天冉冉升起的太阳，感受到美好的一天从这时开始；清晨和先生到院子里散步，欣赏着院中的美景（春天海棠的粉嫩，夏天月季的艳丽，秋天银杏的金黄，冬天松柏的墨绿……），吸吮着新鲜的空气，心旷神怡；散步回来品尝着早餐，对比半块窝头就咸菜的儿时，心中漾起满满的幸福；走出家门时，穿上女儿给买的衣服，戴上儿媳买的项链，围上侄女送的围巾，背上外甥女送的背包，蹬上姑爷买的舒适的鞋，怀揣着满满的爱去享受播撒爱的工作了……

当我心中装满这些爱的情感时，我就时常能够感受到自己生命的活力，也能把这些活力带给我的学生和来访者们，带给周围的人们，给我的工作和事业注入了活力。

为生命“节能”

减少心理能量的耗损，为生命“节能”是保持生命活力的重要方式。在我们的生活中，每个人都会有心理冲突，都会有自己成长的种种限制。当我们对自己的内在缺乏觉察时，那些不被觉察的生命限制就会耗费我们的心理能量，如同电能在传送过程中四处损耗，最终使电灯因电力不足而不再明亮。为使我们保持自己生命的能量，让我们更有能量做自己喜欢的事情，要为生命“节能”。

保持对自我的觉察，经常检视自己，尽早知道自己哪些地方“漏电”了，就可以减少心理能量流失，保有生命活力。

习惯性的思维，会损耗心理能量，阻碍我们活在当下。我们常常容易被过去的习惯思维困住不前，不能享受当下的时光。所以觉察自己是否被过去的思维定式卡住，是“节能”的一个重要方面。我经历的一件事情对我觉察这一点很有帮助。2013年，我的脚骨折了，恢复之后我去厦门参加培训，课后外出时路过一个小栏杆，我的授课老师塔克一脚迈过去了，他让我也迈过去，我说：“我脚没好，不敢迈。”他却仍坚持让我迈。在他的坚持之下，我不太好意思再拒绝，就硬着头皮行动了。结果，很轻松地迈过去了，脚丝毫没感觉到任何不舒服。塔克看着我笑了，我也笑了。我明白了他的用意，他是让我觉察到我的脚伤实际上已经好了，但“心伤”未愈，心理还停留在“我受伤没好”的认知上。这个经历让我反思，生活中我会有多少时候，人生活在当下，而思维还停留在过去。当被过去的认识束缚着时，它会阻碍我对当下事物的真实认识，阻碍我勇敢地去尝试。这件事过后，让我再应对一些人和事情的时候，我学会了不要太快地做出反应，而是觉察一下，我是否又陷入过去的固定思维中了，现实问题的解决是否有新的可能性，这样就可以让生命能量卡住得少一些。我能运用所学的心理学理论，注意觉察自己有哪些未愈合的“内伤”（心理学称之为未竟事宜），及时处理，不让自己继续活在其中的“受苦”之中。

活在别人的期待当中，会让自己的生命能量在自我和他人的纠缠当中耗损。我们人生中不能没有期待，但忘记了那些具体的期待背后，自己究竟想要什么，就会让自己活在他人对自己的期待当中，远离了真实的自己。当我们对别人抱有太多期待时，因为别人不是你自己，他们不可能完全满足你的期待。当别人不能满足自己时，个人常常会产生失望和抱怨，甚至还会产生愤怒情绪。当我们太在意别人的看法或评价时，我们就会活在别人的评价中，让自己的生命为别人而活，失去了自我。我会注意察觉自己是否活在这些未满足的期待之中，学习放下去自己和他人的不恰当期待，保有自己的心理能量。

尽量减少内心的纠结，可以减少生命能量的耗费。学习心理学，让我注意觉察自己容易产生纠结的情境，有意识地减少生活中的这些纠结。比如，我发现自己在两种情况下容易产生纠结。一种情况是，当自我与社会规条发生冲突时，我容易纠结。那时候自己内在有一个真实的感受或想法，但同时又有一个内化了的社会规条“我应该”。这两种动力相交时内心会产生纠结。比如，我身体累了，想休息，可这时候别人请我帮忙做事，就会产生纠结："到底要不要帮别人？"这时候，如果我及时去觉察：是什么让我不好意思拒绝别人？当我更加关注我内心真实的需求时，我就会照顾到自己的身体，真诚地向别人说明情况，坦然地拒绝别人的请求，因为那不意味着我"自私"，我可以让自己不再纠结。另一种情况是，当我被一些利益诱惑时，会一方面想坚守内心的信念，但另一方面会不自觉地与别人比较，也会被外部的一些名利所冲击，产生内在的纠结。每当这时候，就要问问自己，什么是你真正想要的？这样就回到自己最深层的需要，稳定自己。

当一个人内心纠结时，内心的平静就会打破，就会有负面情绪产生。情绪是内心的晴雨表，当我平日里注意觉察自己的情绪状态时，调整自己的内心，就可以避免负面情绪积累太多，耗费了自己的心理能量。

我感激自己选择了学习心理学，感激我学习了萨提亚转化式系统治疗，它们让我知道我想要活出什么样的生命。当我自己可以不断地回到自己，问自己"我是谁？我真正想要的是什么？"时，我就可以真实地和自己在一起时，为自己的生命"增源节能"，保有旺盛的生命活力，活出自己精彩的人生。

附　　录

获奖情况

1. 2004 年 11 月主持的“高校四结合心理素质教育模式的实践探索”获北京市优秀教学成果一等奖
2. 2005 年本人主讲的“大学生心理健康”课程被评为北京市级精品课程
3. 2006 年 3 月主讲的“大学生心理健康”课程被教育部评为国家级精品课程
4. 2006 年主持的“高校全方位危机预防与干预体系的构建及实践”获北京市党建思想政治教育优秀成果二等奖
5. 2007 年主持的“构建全方位关心学生心理成长的校园心理环境”获教育部校园文化建设优秀成果三等奖
6. 1998 年 10 月、2007 年 10 月，被评为北京市优秀德育教师
7. 2008 年 8 月，被评为全国教育系统抗震救灾先进个人
8. 2009 年 10 月主持的“高校大学生生命教育的理论与实践”获教育部新中国成立以来 60 年优秀德育成果二等奖
9. 2012 年主持的“大学生朋辈辅导体系的探索与构建” 获北京市党建思想政治教育优秀成果一等奖
10. 2012 年 12 月主讲的“大学生心理健康”课程被教育部评为国家级精品资源共享课程

主要科研成果

主编的著作：

1.《心理健康视域下的高校心理生态环境建设》 2017.5 首都师范大学出版社

2.《北京高校心理素质教育研究》 2016.7 北京交通大学出版社

3.《心灵深处的关爱——高校辅导员心理培训教材》 主编 2013.5 高等教育出版社

4.《高校心理危机预防干预工作指导手册》 主编 2013.5 高等教育出版社

5.《大学生心理健康与自我成长》 主编 2011.12 北京出版社（北京市精品教材）

6.《呵护心灵，播洒阳光》 主编 2010.4 高等教育出版社

7.《大学生心理健康与人生发展》 第一主编 2010.4 高等教育出版社

8.《心灵阳光伴我成长》 主编 2008.5 北京出版社

9.《心理困扰自解》 主编 2005.3 高等教育出版社

10.《性心理与人才发展》 第一主编 2001.5 世界图书出版社

发表的部分论文：

1. 师范生心理素质教育模式的探索 首都师大《高教研究》思想政治教育专辑 2001 年 11 月

2. 大学生心理健康精品课程建设的理论与实践《北京教育》（德育）.2010 年 Z5

3. 互动体验式教学在大学心理健康课程中的应用 北京教育》（德育）.2012 年 Z3

4. 心理咨询师的个人成长 《中国青年政治学院学报》2002 年第 2 期

5. 高校发展性心理咨询目标探讨 《思想教育研究 》2002 年第 7 期

6. 近年来大学生心理问题及教育对策 《北京德育》2009 年 8 月

7. 罗杰斯的自我概念理论与心理治疗的重点 《走进阳光地带——全国高校大学生心理健康教育优秀论文集》高教出版社 2002 年 8 月出版

8. 以人为中心疗法与中国传统文化 《首都师范大学学报（社科版）》2002 年第 3 期

9. 以人为中心疗法中的共情《中国心理卫生杂志》2002 年第 6 期

10. 学校心理咨询中的价值观教育 《教育研究》2001 年第 12 期

11. 治疗师的价值观对心理治疗的影响 《中国心理卫生杂志》2002 年第 6 期

12. 职业自我概念与大学生职业指导 《首都师范大学学报社科版》2002 年 6 月

13. 萨提亚心理治疗模式应用于大学生自杀危机干预 北京教育（德育）2014 第 4 期

14. 萨提亚转化式心理咨询督导模式的理论与应用《北京德育》2009 年 8 月

15. 心理健康 ——现代女性适应社会的需要 《中华女子学院学报》2000 年第 6 期

16. 高校四结合心理素质教育的实践探索《构建与探索》首都师范大学出版 2013

17. 高校全方位心理危机预防干预体系的构建《构建与探索》首都师范大学出版社 2013

18. 研究生自杀风险因素个案研究 北京教育（德育）， 2014 第 5 期

19. 五级机制 ——高校心理危机预防干预工作的创新《广东青年职业学院学报》2014 年第 2 期

后　　记

多年以来，我常把自己生活、工作中的心理感受，个人的反思与成长写下来，起初是为记录个人的生命印迹，让自己从走过的人生轨迹中不断学习与成长。后来发现，当我可以这样去体验自己的生命时，这些记录也会成为我进行心理教育、心理咨询、心理培训最生动的资源，因为我自己时时在运用心理学，我的体验与成长就是心理咨询理论的真实验证。我自己一直想把它们汇集成一本书。很多同行、朋友也多次建议我出一本关于自己的书。但因忙于各种事务，一拖再拖，未能完成。非常感谢原哈尔滨工业大学的童志祥处长对我的鼓励和支持，在他的督促下，我才得以抓紧时间完成了自己和大家期待的这本书。非常感谢林崇德教授在百忙之中给我作序，更感谢他一直以来在我个人专业发展和工作上给予的鼓励和指导。非常感谢高校同行们给予我日常工作上以及完成这本书过程中的各种支持和帮助！

写这本书的整个过程中，我的心情一直无比激动，我的头脑中一幕幕地呈现着我的家人、领导、同事、同行、朋友、学生给予的支持和关爱。借此机会，我对所有关爱、支持我的人致以最诚挚的感谢！